Florian Gottschick machte 2013 sein Diplom in Filmregie an der Filmuniversität Babelsberg. Die Filme unter seiner Regie liefen auf über 70 internationalen Filmfestivals. Sein Diplom-Film »Nachthelle« wurde für den Grimme-Preis nominiert. Seine Komödie »Du sie er & wir« ist 2021 als Netflix Original erschienen und war international ein Erfolg. Er lehrt als Dozent Filmschauspiel, Drehbuch/Dramaturgie und Filmregie. »Henry« ist sein Debütroman und wird derzeit verfilmt.

*Henry* in der Presse:

»Die entspannteste Entführungsgeschichte aller Zeiten.« *WDR 1Live Stories*

»Florian Gottschick findet eindrückliche bezaubernde Bilder, einen schönen Rhythmus, schreibt kurzweilige Dialoge und der Plot ist auf jeden Fall filmreif.« *NDR Kultur »Neue Bücher«*

»Unvorhersehbar und originell!« *freundin*

»Eine abwechslungsreiche, zarte und witzige Geschichte, mit der Gottschick beweist, dass er nicht nur auf der Leinwand von den Irrwegen des Lebens erzählen kann.« *Galore*

Florian Gottschick

# HENRY

ROMAN

 PENGUIN VERLAG

Für Rike

und ihren Mann Thomas
mit Theresa und Hendrik

*Erwarte das Glück schlafend.*

*Japanisches Sprichwort*


*Eine Dummheit zu begehen ist kein Verbrechen.*
*Sie nicht zu Ende zu bringen, das schon.*

Sergej Lukianenko
*Sternenspiel*

# 1

»Polizei Notruf?«

»Ja, hallo, mein Kind ist entführt worden.«

»Wo ist das passiert?«

»Zu Hause, hier zu Hause.«

»Wie ist die genaue Adresse?«

»Bamberger Straße 30.«

»Wie ist Ihre Postleitzahl?«

»Ich … Bitte fahren Sie los! Die können noch nicht weit sein!«

»Bitte bleiben Sie ruhig, und geben mir Ihre Postleitzahl.«

»10797, nein, 79.«

»Sind Personen verletzt? Sind Sie verletzt?«

»Nein … nein …«

»Wie ist Ihr Name?«

»Die können noch nicht weit sein!«

»Bitte bewahren Sie Ruhe, nennen Sie mir Ihren Namen.«

»Angermeier mit e-i.«

»Ein Wagen ist unterwegs, Frau Angermeier. Jetzt sagen Sie mir bitte, was genau passiert ist.«

»Nein, Sie sollen doch nicht zu *mir* fahren! Sie sollen … die sind vielleicht gerade mal ein paar Straßen weiter!«

»Bitte bewahren Sie Ruhe, und beantworten Sie meine Fragen. Setzen Sie sich hin, Frau Angermeier, und schauen auf einen fixen Punkt. Und jetzt erklären Sie mir, was genau passiert ist.«

# 2

Statistiker gehen davon aus, dass weltweit 2,6 Millionen Geschlechtsakte im gleichen Moment vollzogen werden. Während sich Nigerianer mit rund 24 Minuten die meiste Zeit dafür nehmen, ziehen die Deutschen die Erhebung mit nur 15,2 Minuten nach unten. Was ihnen nicht unangenehm sein muss, denn ein Forscherteam aus den USA soll festgestellt haben, dass die ideale Dauer 13 Minuten beträgt.

Der Akt, um den es hier geht, ist in diesem Moment einer von 19 im Berliner Bezirk Wilmersdorf, einer von 1230 in der ganzen Stadt und von 19748 in ganz Deutschland.

Die eher schlechte Statistik für diesen Abend kann eventuell nach dem anstehenden Fußballspiel Deutschland gegen Frankreich nach oben korrigiert werden. Demografen hoffen auf einen guten Spielausgang. Und dennoch ist es müßig zu erwähnen, dass die Deutschen kein sexuell sehr aktives Völkchen sind. Während in Frankreich, Italien und Spanien Konflikte über einen einfachen Beischlaf beigelegt werden, tun sich die Deutschen schwer damit, die Aktivität vom Hirn in den Schritt zu verlegen. Im Kongo und in Angola gibt es sogar Affen, nämlich Bonobos, die das den Deutschen voraushaben.

Der Akt, um den es sich hier dreht, endet wie einer von dunkel geschätzten 5 Millionen im Jahr in Deutschland: mit der Befruchtung. Die kleine Samenzelle erweist sich auf ihrem

Marsch durch die Uterushöhle schon in ihrem zarten Alter von drei Stunden als stur und im Wettkampf ihren mehr als 116 Millionen Genoss*innen überlegen. Weit über die Hälfte ist sowieso in den falschen Eileiter abgebogen – Sackgasse. Spektakuläre 9 Minuten und 8 Sekunden nach der Ejakulation durchstößt sie, später auf den Namen Henriette getauft, mit ihrem X-Chromosom die Gallerthülle der Eizelle, nur um sie daraufhin eigennützig zu fertilisieren. Aus einer puren Laune der Natur heraus wird die bisherige Alleinherrscherin über diese Eizelle entmachtet.

Von allen 398 Eizellen, die sie im Laufe ihres Lebens produziert haben wird, ist dies die erste (und letzte) befruchtete.

# 3

Ihr Höhepunkt verebbt gerade, und Marion hält sich die Hand ermattet an die Schläfe. Sie hört Thomas lachen, wie jedes Mal, wenn er wie ein Pferd, oder den Geräuschen zufolge wie ein Walross, gekommen ist. Warum tun Männer das nur immer nach ihrem Orgasmus? Thomas liegt auf Marions Schlüsselbein und fasst an ihren linken Busen, vielleicht um sich zu vergewissern, dass er auch nach dem Sex noch da ist. Drückt zwei Mal zu, ohne hinzusehen, und kratzt sich dann mit der gleichen Hand umständlich am Rücken. Marions Gedanken schweifen ab. Zu all den Aufgaben, die sie noch zu erledigen hat, bevor sie ihre Diplomarbeit abgibt. Sie geht die einzelnen To-dos im Kopf durch. Thomas' Hand wandert zu dem Kondom, er zieht sich aus ihr zurück und rollt sich von ihr herunter. Marion presst die Lippen zusammen.

»Woran denkst du?«

*An nichts*, will sie sagen. »Dass ich noch zum Copyshop muss«, antwortet sie stattdessen.

Er lacht auf.

Die Zeit dehnt sich aus, zumindest wenn sich Marion später an den Augenblick erinnert, als Thomas an sich heruntergeschaut und einen Fluch ausgestoßen hat. Um daraufhin mit seinen zitternden Händen – zitterten die wirklich?, fragt sich

Marion im Nachhinein – die Latexreste von seinem erschlaffenden Glied zu ziehen.

»Schatz?«

»Was ist?« Marions Blick fällt auf die Überreste des Kondoms. Gedanken überschlagen sich und galoppieren in wirre Richtungen davon.

»Ich habe nicht gespürt, dass es kaputtgegangen ist«, beteuert Thomas hilflos.

»Ich auch nicht. Ich dachte immer, es macht irgendwas, wenn es reißt. Dass es ziept.«

»Bei mir hat nichts geziept.«

»Bei mir auch nicht.« Marion zwingt sich, ruhig zu bleiben, aber Panik schleicht sich in ihre Stimme: »Du hast mich quasi ohne Präser gebumst. Fühlt man das nicht?!«

Thomas will mit den Schultern zucken, weiß aber, dass Marion das hasst. Er unterdrückt den Impuls, sagt stattdessen: »Es war unglaublich schön.«

Marion rollt mit den Augen, bevor ihr einfällt, dass Thomas das eigentlich hasst. Marion steht auf.

»Ich mach jetzt mal besser keine Kerze«, sagt sie beschwichtigend, aber nicht ganz ohne den Klang eines Vorwurfs, und geht ins Bad.

Marions Regel bleibt aus. Henriette hat es geschafft, das Ruder zu übernehmen. Kein Wunder, sie ist ja auch Marions Tochter. Da stoßen zwei Gemüter aufeinander, die ähnlicher nicht sein könnten. Die beiden Leben gehen weiter. Während es sich Henry in der Gebärmutter gemütlich macht, verteidigt Marion ihre Diplomarbeit. Sie hadert nur selten mit der Situation, und wenn, dann aus verletztem Stolz. Ihr Plan wurde ohne Absprache mit ihr geändert. Eine Änderung, die ihre Lebensziele, so nimmt sie sich vor, so wenig wie möglich beeinflussen soll.

Thomas schlägt Marion vor, die erste Zeit für sein Start-up zu arbeiten. Marion lehnt launisch und beleidigt ab:

»Du glaubst also, nur weil ich jetzt schwanger bin, kann ich nicht mehr meine eigene Karriere machen, oder was? Wir haben die Zweitausender!«

Thomas bleibt gelassen. Er ist jemand, der es intuitiv draufhat, statt in Konfrontation in eine Umarmung zu gehen. Und so lange »schschsch« zu machen, bis sich Marion beruhigt hat.

Keine 276 Tage mehr, da bahnt sich Henriette ihren Weg in die Welt. Marion bekommt – wie weitere 665 126 Frauen in Deutschland – ein kleines, wunderschönes, verrunzeltes und der Welt gegenüber durch und durch misstrauisches Baby.

# 4

Henry hat ihren Kosenamen von ihrer Großmutter, die findet nämlich, dass sich »Henriette« sehr nach einer feinen Lady anhört. Aber für eine Lady ist Henry doch viel zu keck! Sie versteht es, die Menschen um sich herum zu bezirzen. Und sie hat, wie Marion, ihren eigenen Kopf und ist, wie Marion, über alle Maßen stur. Thomas ist der einzige Mensch, der sich ihr gegenüber durchsetzen kann. Und das auch nur mit einer wasserdichten logischen Argumentationskette. Denn seit Henry vier Jahre alt ist, kann sie es nicht mehr leiden, wenn man sie als Kind behandelt; wenn Erwachsene glauben, sie müssten ihre Sprache kindgerecht anpassen.

Henry nimmt die Welt nicht hin, wie sie ist, sie erforscht sie. Zu allem hat sie Theorien und erklärt sich Funktionsweisen von allerlei Gerätschaften auf zwar naive, aber oft erstaunlich logische Weise.

»Na, wer bist du denn, kleine Dame?«

»Mein Name ist Henry. Ich hätte da mal eine Frage. Wie oft reinigen Sie Ihr künstliches Gebiss?«

Noch bevor Henry lesen kann, fischt sie sich Bücher aus dem Regal im Wohnzimmer und setzt sich damit auf die Couch. Sie geht gewissenhaft Zeile für Zeile durch und blättert dann um.

»Wieso tut sie so, als könnte sie schon lesen?«, flüstert Marion Thomas zu, ohne imstande zu sein, den gebannten Blick von Henry zu lösen. Gäste sind stets beeindruckt von diesem außergewöhnlichen vierjährigen Mädchen.

Noch vor der Grundschule kennt Henry ein paar Buchstaben und entziffert einzelne Wörter. Thomas und Marion lesen ihr jeden Tag vor, und Henry taucht in die Geschichten ein. Beim Frühstück oder Abendessen erzählt sie ihren Eltern die jeweilige Geschichte zu Ende. Thomas ist erstaunt über Henrys Fantasie, Marion macht sie eher Angst. Henrys Versionen der Geschichten sind zwar kindlich, drehen sich aber immer darum zu rebellieren. Hänsel und Gretel zum Beispiel gehen nicht wieder zurück zu ihrem feigen Vater, sondern gründen mit der Hexe eine Wohngemeinschaft im Wald. Wenn sie schon alle einsam im Wald leben, sollten sie doch zusammenhalten, findet Henry.

Ihr erstes Buch, das sie alleine komplett durchliest, ist *Krabat*. Sosehr sie der Meister in der Mühle im Koselbruch auch gruselt, kann sie es doch nicht weglegen. Das Mystische beginnt, sie zu interessieren. In der dritten Klasse liest Henry ihren ersten Stephen King. Heimlich hat sie das Buch *Jahreszeiten. Herbst & Winter* aus dem obersten Regal gezogen und die Geschichte »Herbstsonate« gelesen; sie handelt von Gordie, der mit seinen Kumpels eine Gang gründet. Sie machen sich mit Zelt und Ausrüstung auf den Weg, in der Wildnis die Leiche eines vermissten Jungen zu suchen.

Diese enge Freundschaft zwischen den vier Jungs, ihr Zusammenhalt und ihr Zugehörigkeitsgefühl faszinieren Henry. Und dass sie eine gemeinsame höhere Aufgabe haben – nämlich diese Leiche zu finden. Henry sehnt sich danach, solche Freunde zu haben. Aber mit dem, was ihre Mitschülerinnen interessiert – Barbies und Pokémon –, kann sie nichts anfangen. Heimlich schaut sie alte Filme im Netz und schwärmt für *Die Träumer, Jules und Jim* und *Die Außenseiterbande*.

Mit sieben Jahren beginnen Science-Fiction und Fantasy Henry in den Bann zu ziehen. Und bald bekommt sie einen dreiteiligen Liebesroman eines japanischen Autors in die Hände. Es ist die Geschichte von dem Schriftsteller Tengo und der Auftragskillerin Aomame, die seit ihrer Kindheit ineinander verliebt sind und sich erst nach 25 Jahren wiedersehen. Aber um miteinander leben zu können, geraten sie auf eine parallel existierende Erde, wo zwei Monde am Himmel stehen – nur in einer alternativen Realität finden sie zueinander. Denn alle handelnden Figuren kommen in ihrer eigenen Parallelwelt ihrem wahren Wesen näher – sei es für Tengo und Aomame die mit den zwei Monden, für die alte Dame das von der Welt abgeschottete Schmetterlingshaus oder für den namenlosen Reisenden die Stadt der Katzen, in die er sich flüchtet und nie wieder zurückkehrt.

Dieses Paralleluniversum beschäftigt Henry sehr, fühlt sie sich doch in ihrer eigenen Welt nicht immer heimisch. Sie ist davon überzeugt, dass sie durch einen blöden Irrtum in die falsche Ausgabe ihres Universums hineingeboren wurde. Oft schaut sie abends hoch in den Himmel, denkt an die beiden Monde, die Protagonisten und den langen Weg, den sie gehen mussten. Um wieder zu den Menschen zu werden, die sie als Kinder waren, als sie sich ineinander verliebt hatten. Was für ein Mensch war ich, bevor man mir gesagt hat, wer ich zu sein habe?, überlegt Henry.

Zwanzig Jahre später würde Henry ihrer Therapeutin erzählen, dass sie sich als Kind oft wie ein Schmuckstück gefühlt habe.

»Zunächst war ich ein Versehen. Ein geplatztes Kondom. Und als ich dann auf der Welt war, hatte meine Mutter eine Wochenbettdepression. Sie konnte mich nicht mal angucken. Das hat sie mir später erzählt. Aber als sie mich endlich annehmen konnte, gefiel es ihr ganz gut, ein Kind rumzeigen zu können. Ich wurde zu einem Statussymbol.«

»Das heißt, Sie glauben, Ihre Mutter erfuhr durch Sie eine narzisstische Aufwertung«, meint die Psychoanalytikerin.

»Wenn Sie das so nennen wollen.«

»Das kann man doch auch als Kompliment sehen.«

»Was soll denn daran ein Kompliment sein?« Obwohl Henry ihn verbergen will, schwingt der Trotz in ihrer Antwort mit. Sie will ihre Mutter einfach nur verurteilt wissen.

»Das Leben als Statussymbol ist ja nicht gerade leicht. Man muss funktionieren. Man muss sich einpassen.«

»Einpassen worein?«

»In das Leben anderer Leute. In dem Fall in das Leben meiner Mutter. Und um etwas Eigenes zu sein, habe ich mir dann eben selber Geschichten ausgedacht.«

»Was meinen Sie mit ›etwas Eigenes zu sein‹?«

Henry atmet genervt aus. Die Analytikerin macht das oft so: Sie stellt sich bewusst dumm, damit Henry ihre Antwort präzisiert. »Eine eigene Person. Meine Mutter wollte immer eine kleine Prinzessin haben, stattdessen kam dann ich«. Eine Trauer macht sich in Henry breit, die einer Enttäuschung ähnlich ist.

»Und was für Geschichten?«

»Ich habe sehr viel gelesen. Und mir Geschichten ausgedacht, in denen ich eine tolle Heldin war. Und die habe ich dann anderen als Realität verkauft.«

»Eine eigene Persönlichkeit hatten Sie schon, Frau Angermeier. Aber Sie hatten das Gefühl, dass sie nicht ausreicht, kann das sein? Sie wollten etwas Besonderes sein.«

Henry nickt abwesend, den Blick in die Vergangenheit gerichtet.

Die Analytikerin schließt: »Das heißt, Sie haben hochgestapelt.«

In Henry macht sich eine Erinnerung breit.

»Ich glaube, das habe ich von meiner Großmutter.« Gott hab sie selig, schiebt sie in Gedanken nach; ihre Großmutter, die große Geschichtenerzählerin. »Meine Helden aus den Büchern oder Filmen hatten alle ein spannenderes Leben als ich.«

»Können Sie ein konkretes Beispiel nennen, wie Sie hochgestapelt haben?«

Henry überlegt, und ein sanftes Lächeln legt sich auf ihre Lippen. »Auf einer Ferienfreizeit habe ich mal behauptet, mein Name sei nicht bloß Angermeier, sondern Gräfin von Angermeier. Dass wir in einem Schloss leben. Wir nur zu demütig sind, den vollen Titel immer zu nennen. Ich hieß dann während der ganzen Freizeit nur ›Frau Gräfin‹, das hat mir gefallen. Und später, mit Anfang zwanzig, habe ich in manchen Freundeskreisen erzählt, ich hätte schon einen Doktortitel in Psychologie und einen in Philosophie.«

»Und Ihre Freunde haben Ihnen das abgekauft?«

»Ich nehme es nicht an. Aber ich war sehr gut, ich war sehr belesen, konnte alles untermauern.«

»Das heißt, Sie haben sich selbst erhöht in Ihren Geschichten und begründen es damit, dass man Sie zu Hause nicht genug wertgeschätzt hat?«

Henry nickt düster. Wieder trifft die Frau den Nagel auf den Kopf.

»Und als Kind haben Sie sich in die Rolle eingepasst?«

Henry denkt nach. »Nein, ich habe es meiner Mutter schwer gemacht. Zumindest als Statussymbol. Aber als Kind war ich eigentlich ganz normal, soweit ich das beurteilen kann.«

»Hochstapler und Ihr Ich von früher haben etwas gemeinsam. Sie glauben, dass die Realität nicht mit ihrem Selbstbild übereinstimmt. Sie halten sich selbst für etwas Besseres, als sie gegenwärtig sind. So geht es vielen Menschen, und sie reagieren mit vielen verschiedenen Mechanismen darauf. Manche werden zusehends verdrossen und fallen dem Alkohol anheim. Andere krempeln nach und nach ihr Leben um, studieren oder leben sich künstlerisch aus. Und Hochstapler wiederum greifen in die Realität ein, indem sie Lügengeschichten von sich erzählen, um sich ihrem Selbstbild anzunähern.«

# 5

Mit einer Wollust, wie es nur im Herbst vorkommt, prasselt der Regen auf die Erde. Obwohl es schon dunkel ist, verfehlt er nicht seine Wirkung: Er trifft auf Dächer und Straßen, Fahrräder und Fahrradfahrer. Er bricht sich durch die herbstlichen Baumkronen Bahn bis auf den Asphalt, den er sodann überschwemmt und die Lichter von Berlin sich impressionistisch darin spiegeln lässt. Wo immer Tropfen auf eine Oberfläche treffen, entsteht eine ganz eigene Kakofonie. Pfützen bilden ein feines Grundrauschen, auf Autodächern trommeln sie, überlaufende Regenrinnen geben den Rhythmus an. Sie scheuchen späte Passanten unter Vordächer und stimmen Menschen, die noch vor die Tür wollten, kurzerhand um. Während die Menschen, die schon seit zwei Wochen die Heizungen aufgedreht haben, von einer jener Stimmungen erfasst werden, die sie sich im Sommer schon herbeisehnten. Wenn die Vorstellung, es sich bei Regenwetter mit einem heißen Getränk und einer weichen Decke auf dem Sofa gemütlich zu machen, verlockende Romantik verheißt.

Von der Rückbank aus sieht Henry aus dem Autofenster, kniet sich auf die Polster und schaut durch die Heckscheibe. Belustigt beobachtet sie die Menschen, die mit ihren scheppernden Einkaufswagen durch den Regen hasten. Und dann entdeckt

sie ihre Mutter. Sie hebt zwei schwere Tüten aus dem Einkaufswagen und geht gemächlichen Schrittes zum Auto. Sie
wirkt, als müsse sich der Regen eher vor ihr schützen als
umgekehrt. Sie öffnet die Beifahrertür und lässt das Rauschen hinein, das die schwarze Limousine so gnädig gefiltert
hat. Flutet damit die lederne Gemütlichkeit. Henry hält sich
die Ohren zu.

Marion wirft einen Blick auf ihre Tochter. Da sitzt sie,
blonde kurze Haare – mit einer kupierten Version eines Pferde-
schwanzes –, die Füße auf den teuren Polstern. Marion greift
nach hinten und zieht sie ihr von den Ledersitzen. Henry
blendet geübt die Ermahnung ihrer Mutter aus. Marion startet per Druckknopf den Motor und lenkt die Limousine vom
Parkplatz.

Der Mond wird es heute unmöglich schaffen, durch die Wolken zu brechen. Betrübt lehnt Henry ihre Stirn gegen die
kalte Fensterscheibe. Die Stadt wischt an ihr vorbei. Der
Regen verwandelt sich in dünne, mal dickere Fäden, die sich
außen an der Scheibe hinabschlängeln. Sie haben etwas Ver-
spieltes, das einem Tanz gleicht. Die Lichter der Stadt brechen
sich in den Schlieren, wandern an ihnen entlang, drehen die
Welt auf den Kopf. Genau so gefällt Henry diese Welt: auf
dem Kopf.

Und so lässt sie sich zur Seite kippen und schläft ein. Nicht
ahnend, dass, wenn sie wieder aufwacht, ihr Leben nie mehr
das sein wird, was es vorher war.

An einer roten Ampel wirft Marion einen Blick auf die Rückbank. Sie lächelt – schlafend ist ihr das kleine Monster am
liebsten. Sie greift nach der rauen, schwarz-weiß karierten
Wolldecke, die sie sich aus dem Opel ihrer Oma genommen

hatte, nachdem diese gestorben war, und die seit jeher die Autodecke war. Mit einer Hand, den Arm nach hinten ausgestreckt, entfaltet sie die Decke umständlich über dem kleinen, verletzlichen, schlafenden Körper.

Es war ein anstrengendes Wochenende, wie so viele in den letzten Monaten. Unter der Woche führen sie ihr IT-Unternehmen, das Thomas vor fünfzehn Jahren als Start-up gegründet hat und in das Marion nach ihrer Schwangerschaft als Geschäftsführerin eingestiegen ist. An den Wochenenden renovieren sie ihr kleines Landhaus in Brandenburg.

Marion braucht in ihrem Leben Struktur und Planung, schließlich hat sie oft das Gefühl, neben der Firma noch das Privatleben aller Familienmitglieder zu managen. Wie soll so ein Leben, in das sie da hineingeraten ist, auch anders zu meistern sein? Sie hatte immer fest vor, die Welt zu bereisen, Wandertouren durch den Himalaja zu machen, ihre Doktorarbeit zu schreiben, sobald Henry etwas älter wäre. Aber jetzt *ist* Henry etwas älter, geht schon in die siebte Klasse, doch Marions Leben hat sich weiterentwickelt. Es hat sich den Gegebenheiten angepasst. Ihre Träume von damals blieben Träume. Andere Dinge wurden Realität. Und Marion bereut nichts. Eigentlich.

Vor ihrer Berliner Stadtwohnung angekommen, hat der Regen noch immer nicht nachgelassen. Im Gegenteil, gerade jetzt dreht er noch mal so richtig auf. Marion atmet tief ein und still aus. Sie parkt in zweiter Reihe – wie immer gibt es keine freien Parkplätze. Sie will erst all die Sachen ins Haus tragen, die Werkzeuge und die Einkäufe, und dann Henry wecken. Marion marschiert um das Auto zur Beifahrertür, angelt die Tüten aus dem Fußraum und trägt sie zur Haustür. Sie schließt umständlich auf, um die Tür dann an der Wand einzuhaken.

Im Treppenhaus begegnet ihr Frau Reiser, natürlich einen Wäschekorb unter dem Arm und den immer gleichen Hauskittel an. Der Tag will es partout nicht gut mit ihr meinen.

»Ist draußen besseres Wetter?«, tönt ihre Stimme trompetengleich durch den Hausflur, »aufm Land?«

»Heute Morgen kam sogar die Sonne raus«, zwingt sich Marion zum Small Talk. Sie hasst es. Sie gehört zu jenen Menschen, die, wenn sie gefragt werden, wie es ihnen geht, lieber schweigen oder vieldeutig mit dem Kopf nicken, als mit einem ›gut, gut‹ die Wahrheit zu überspielen.

»Und wie geht's Ihnen, Frau Angermeier? Ist schon 'ne ganz schöne Tortur, was?« Frau Reiser hat ihren Wäschekorb abgestellt. Horror! »Das ganze Muttersein, die Wohnung hier, das Haus da! Und dann noch die Firma! Dass man selbst da mal nicht zu kurz kommt!«

»Ich habe leider gerade gar keine Zeit, mich mit Ihnen zu unterhalten, Frau Reiser. Tut mir leid.« Marion steckt den Schlüssel ins Schloss der massiven Holztür im Hochparterre und stößt sie auf. »Schönen Abend noch!«

Das fahle Licht aus dem Treppenhaus erhellt den Wohnungsflur. Marion macht sich nicht die Mühe, das Deckenlicht anzuschalten, und verschwindet mit den Tüten im Halbdunkel. Der Wohnungsflur ist dunkelrot gestrichen, rechts geht die Gästetoilette und dahinter die Küche ab. Auf der linken Seite hängen Jacken in Schichten, darunter stapeln sich Schuhe, vor allem Henrys. Klack, die Beleuchtung im Hausflur geht aus. Der Flur öffnet sich zu einem weiten, im Dunkeln liegenden Wohnzimmer, das als Berliner Zimmer Straßen- und Hofseite verbindet. Dort, zum Hof, beginnt der lange Flur zu den Schlafzimmern und den beiden Badezimmern. Nach einer ganzen ruhigen Weile taucht Marion wieder auf, tritt in den Hausflur. Frau Reiser hat zum Glück ihren Weg durchs Treppenhaus fortgesetzt.

Die Szenerie, die sich Marion an der Haustür bietet, verändert ihr Leben auf immer. Später wird sie oft davon träumen und erzählen. Und auch Jahre und Jahrzehnte später wird ihr dieser Augenblick so bizarr erscheinen, wie er ihr jetzt vorkommt. Ein Bild, das man malen könnte: Der Regen bildet einen rauschenden Vorhang, vom Lichtkegel der Laterne silbrig gefärbt. Darin parkt ihr nagelneuer BMW noch immer in zweiter Reihe. Eine Gestalt, wahrscheinlich ein Mann, steht am Auto und schaut durch die Scheiben hinein, die Kapuze tief ins Gesicht gezogen. Ein Gedanke schließt sich wie eine kalte Hand um Marions Nacken, die Erkenntnis kriecht ihr die Wirbelsäule hinauf: Sie hat das Auto nicht abgeschlossen. Sie macht jetzt zwei Dinge gleichzeitig – sucht in ihren Taschen fieberhaft, aber vergeblich nach der Fernbedienung und ruft ein lautes »Hey!« Eine Fehlentscheidung.

Die Gestalt schaut zu ihr hoch. Marion steht ein paar Stufen erhöht und keine zwanzig Meter entfernt, hat die Person im Visier, doch diese scheint tatsächlich – zu grinsen! Genau kann sie das nicht erkennen, aber etwas an der Haltung der Gestalt drückt Häme aus. Schon folgt ein Gefühl, wie wenn es in der Achterbahn nach dem Fall nach oben geht: Alles in Marions Körper sackt nach unten. Die Schwerkraft nimmt zu. Die Dinge passieren jetzt gleichzeitig und in Marions Erinnerung zäh wie in Zeitlupe: Die Gestalt öffnet die Fahrertür. Marion rennt los, rufend, dann schreiend. Der Regen dämpft ihre Stimme, und sie hat das Gefühl, gegen einen Widerstand anzurennen. Zwanzig Meter werden zu zweihundert. Der Typ steigt seelenruhig ins Auto und schließt die Tür. Die nächste Fehlentscheidung lässt Marion ums Auto herumlaufen, anstatt die näher gelegene Beifahrertür – oder noch besser die Hintertür – aufzureißen. Stattdessen erreicht Marion die Fahrertür in dem Moment, als der Mann die Verriegelung betätigt. Jetzt kann sie sehen, dass er lächelt. Marion sucht erneut ihre Jackentasche verzweifelt nach dem Schlüssel ab, hämmert mit flachen Händen gegen die Scheibe. Und jetzt hält der Mann den Grund seines siegessicheren Lächelns hoch: den Autoschlüssel. Marion hat ihn im Auto gelassen! Sie schreit durch die Scheibe, deutet auf die Rückbank. Dort sieht sie die schwarz-weiß karierte Wolldeckeund darunter ihre Tochter schlafen. Der Regen hämmert auf das Autodach.

Mit einem heiseren Raunen startet der Motor. Marion hält sich am Griff fest. Doch der Wagen fährt mit einer solchen Wucht los, dass ihr der Griff entgleitet und sie sich beinahe das Handgelenk bricht. Sie rennt dem Wagen nach, brüllt um Henrys Leben. Am Ende der Straße, schon weit von Marion entfernt, biegt der Wagen ab.

# 6

Kidnapper in Deutschland kommen im Jahr auf etwa 80 Entführungsvorhaben. In 20 davon belassen sie es bei dem Versuch, weil sich ihnen im Moment der Durchführung Unvorhergesehenes oder gar Zweifel in den Weg stellen, und so lassen sie vom Opfer ab. 60 allerdings werden durchgezogen. Das macht im Durchschnitt in der Woche eine Entführung. Die Polizei rühmt sich einer 90-prozentigen Aufklärungsquote, demnach kehren 6 dieser Opfer nicht in ihr Leben zurück.

Es gibt kein typisches Profil eines Durchschnittsentführers. Etwas haben aber die meisten gemein: Sie sind überwiegend männlich und blicken auf eine kriminelle Laufbahn zurück. Nur ganz wenige sind Gelegenheitstäter, die sich durch eine Schuldenlage zu der Tat drängen lassen. In den meisten Fällen begehen sie Kapitalentführungen, haben sie es doch auf ein Lösegeld abgesehen. Die Kapitalentführung zählt zu den vier Typen von Entführungen neben der Blitzentführung, wo das Opfer zum nächsten Geldautomaten gezerrt wird; dem Revenge-Kidnapping, wo ein Familienangehöriger aus Rachemotiven geklaut wird; und der Entführung aus Versehen.

In 68 Prozent der Entführungsfälle weltweit wird das Löse-geld bezahlt. 13 Prozent der Geiseln kommen ohne Zahlung frei. 9 Prozent werden befreit, 7 sterben und 3 Prozent von ihnen gelingt die Flucht.

# 7

Er sitzt auf dem Bürostuhl, der mit braunem Leder bespannt ist, seine besten Zeiten aber längst hinter sich hat. Auf den stählernen Schwingen schaukelt Sven hin und her, um seine Nervosität zu kanalisieren. Er trägt, wie immer in der Werkstatt, seinen Blaumann, darüber den abgewetzten grauen Kapuzenpullover. Seine Lederjacke hängt lässig über der Stuhllehne. Svens Blick wandert aus dem Fenster. Regen prasselt laut gegen die Scheiben. Sven fährt sich durch seine blonden Haare, während er zusieht, wie der Meister das Büro betritt, sich auf den Stuhl auf der anderen Seite des Schreibtisches setzt und mit der Handkante Zigarettenasche von der Tischplatte in einen Aschenbecher fegt. Die Miene des Meisters sieht gar nicht gut aus.

»Machen wir es kurz …« Malewski atmet schwer aus, lehnt sich zurück. Sven schwant Übles. »Ich kann dich nicht übernehmen.«

Sven bleibt ruhig. Nickt langsam. »Dann war das alles nur Scheiße, was Sie mir erzählt haben.«

Malewski schüttelt leicht den Kopf. Er ist schon so lange in dem Geschäft, hat seine Kfz-Werkstatt seit 1981 hier im Kiez, sodass er schon alles gesehen hat. Typen wie Sven kennt er zuhauf und müsste lügen, wenn er behaupten würde, er käme mit denen nicht klar. Und ausgerechnet Sven mag er extrem gerne. Der Kerl ist in Ordnung. Er ist schlau, aber faul.

»Siehst du die hier?«, der Meister zeigt auf einen Stapel von Dokumentenhüllen, »das sind alles Bewerbungen, die über das Jobcenter gekommen sind.« Er nimmt die oberste vom Stapel und öffnet sie. Von einem Passbild schaut Sven ein Milchbubi mit Migrationshintergrund an – Afghanistan oder Nordafrika. »Murat hier will Mechatroniker werden. Er hat seinen Realschulabschluss in der Tasche. Vielleicht solltest du deinen auch …«

»N' Scheiß sollte ich.« Sven stößt eine Winkekatze an ihrem Arm. Dieses hübsche Modell winkt allerdings nicht wie die meisten seiner Artgenossen freundlich Kundschaft herein, sondern hebt unentwegt seinen Mittelfinger. »Sie haben gesagt, ich hab was drauf. Sie haben gesagt, ich kann übernommen werden.«

»Ich habe aber auch gesagt, hol erst mal deinen Realschulabschluss nach. Wie alt bist du? 27?«

Sven wird laut: »Ich bin besser als die meisten hier. Guck dir doch mal Erik an, der kann nicht mal bis vier zählen. Soll der nur Motorradreifen wechseln oder was? Und wenn er doch bis vier zählen kann, bleibt er bei zwei steck-, steck-, stecken.«

Der Meister schmunzelt. Ja, der Typ hat was drauf.

»Hör zu, bring mir einen Abschluss, und du kannst hier anfangen.«

»Sie haben gesagt, Sie übernehmen mich. Aber das war nur Scheiße dahergelabert, damit ich hier die Drecksarbeit mache.« Sven deutet mit einem Kopfnicken auf den Stapel mit den Bewerbungen. »Aber da finden Sie bestimmt 'n neuen Idioten, der Ihnen das abnimmt.« Sven hält es nicht mehr auf dem Stuhl aus. Er geht ans Fenster, schaut in den Regen. Er denkt an Nadja. Er holt aus und schlägt mit der Faust gegen die Wand. »Fuck!«

»Bist du fertig?« Malewski lässt sich nicht aus der Ruhe bringen.

»Weißt du was, fick dich doch in deinen fetten Arsch.« Sven tritt gegen den Bürostuhl, der scheppernd umkippt, verlässt das Büro, schlägt die Tür laut hinter sich zu. Erik steht in seinem verschmierten »Malewski Autowerkstatt«-Blaumann an einem aufgebockten Toyota Corolla, schaut zu Sven und dreht einen Schraubenzieher zwischen seinen Fingern.

»Ich fin-, fin-, finde es schade, dass du immer so l-, l-, laut …«, sein Stottern bricht nicht seinen Stolz.

Sven stürmt auf ihn zu. Seinen drohenden Zeigefinger hält er direkt vor Eriks Nase. Erik spricht nicht weiter, die beiden Männer starren sich an. Dann lässt Sven seinen Arm sinken.

»Komm her.« Sven umarmt Erik, und der lässt es zu.

»Ich werd dich v-, v-, v-…«

»Ich dich auch. Ich komm wieder.« Sie klopfen sich auf die Schultern. Als er sich von seinem Kollegen löst, sieht er den Meister in der Bürotür stehen.

»Ich bin 26. Und sorry für den fetten Arsch.«

Der Meister zuckt mit den Schultern. »Wo du recht hast, hast du recht.«

Sven setzt sein Winner-Smile auf. »Ich habe immer recht.«

Sven zieht die Kapuze ins Gesicht und weiß nicht, was er tun soll. Das Gefühl, ein Verlierer zu sein, sitzt tief in seiner Brust. Er kann es förmlich spüren. Es ist rund, schwarz und hinterlässt einen Abdruck von Machtlosigkeit. Sein Leben ist im Arsch, denkt er. Nadja hält es jetzt schon den dritten Tag durch, er hat keine Lust mehr, auf der Couch zu schlafen. Eigentlich will sie, dass er heute auszieht. Das Wochenende war nur noch eine Gnadenfrist. Aber zurück zu seiner Mutter will er natürlich auf keinen Fall. Sie hat genug Sorgen, ist seit Kurzem Filialleiterin. Zwar verdient sie unwesentlich mehr Geld, bekommt aber wesentlich mehr Ärger, wenn etwas schiefgeht.

»Schade, dass wir kein Auto haben«, meinte sie müde lächelnd, als Sven ihr von seinem Job in der Werkstatt erzählt hat, »sonst könntest du es uns reparieren.«

»Nicht mehr lange, und dann werde ich dir ein Auto kaufen, Mama.« Sven war ganz euphorisch. Ihm war klar, dieses Mal durfte er seine Mutter nicht wieder enttäuschen.

»Ach, was soll ich denn mit einem Auto?«

»Mal rausfahren oder ans Meer.« Seine Mutter hat ein Leben lang hart für sie beide gearbeitet. Sven will ihr etwas zurückzahlen, will, dass es ihr gut geht. Aber tief in sich drin weiß er, dass er ihr die größte Freude mit einem ordentlichen Job und einem geregelten Leben machen würde.

»Ich bin eigentlich gerne hier bei uns zu Haus«, hat sie geantwortet.

Seit sie seinen Vater beerdigt hatten, als Sven noch ein Kind war, gab es keinen anderen Mann mehr an der Seite seiner Mutter. Der Kampf gegen den Krebs ihres Mannes hatte sie ermüdet. Als Svens Vater schließlich starb, war mit ihm auch etwas in seiner Mutter gestorben. Sven hätte es niemals zugegeben, aber seine Mutter war seitdem nur noch eine leere Hülle. Ein Roboter, der zur Arbeit ging, kochte; Dinge sagte, welche vom Leben müde Mütter sagen.

In seiner Jugend hatten sich die wenigen deutschstämmigen Jungs in Svens Heimatkiez bald zu einer Gang zusammengeschlossen – seine Mutter nannte sie immer »Bande«. Es war nie wirklich gefährlich auf der Straße, sie kamen sogar ganz gut mit den nicht deutschen Clans aus – Polen oder Albaner.

Bis auf ein paar wenige Prügeleien glich es eher einer Zweckgemeinschaft. Sie deckten sich gegenseitig vor der Polizei, tauschten »Güter« aus – wahlweise zum Rauchen oder zum Durch-die-Nase-Ziehen. Die Gründe, die zu handfesten Auseinandersetzungen führten, waren die Mädels, die nicht selten die kleinen Schwestern der Gegenseite waren. Sven machte da immer alles richtig. Mit dreizehn Jahren verlor er seine Jungfräulichkeit an eine vermutlich nymphomane Fünfzehnjährige aus Częstochowa, die schon aussah wie achtzehn. Seitdem war er kein Kind von Traurigkeit. Und er schaffte es dabei immer, seine Affären so zu führen, dass sich die Mädchen nicht zu sehr in ihn verliebten, ihn aber am Ende auch nicht hassten. Irgendwann verstand er es, die perfekte Mischung aus Charme, Sex-Appeal und Unverbindlichkeit an den Tag zu legen. Ihm ging es doch nie um den »reinen Vollzug«, wie es sein Kumpel Pavel immer nannte: *Cover the face and fuck the base.* Nein, er interessierte sich für den Menschen, hatte ein echtes, ungeheucheltes Interesse an den Mädchen, unterhielt sich gern mit ihnen. Und zwischen den Gesprächen besorgte er es ihnen aufs Feinste.

Den wenigen Geschichten und noch rareren Andeutungen seiner Mutter zufolge mochte er diesen Charakterzug durchaus von seinem Vater haben: ein Händchen fürs andere Geschlecht.

Und dann lernte er Nadja kennen. Er gerade mal 21, sie 24, der perfekte Altersunterschied. So gab es auf einmal neben seiner Mutter noch eine weitere Frau in seinem Leben, für die er sich anstrengen wollte.

Sven zündet sich eine Zigarette an. Der Regen hat nicht nachgelassen, er stellt sich an einer Bushaltestelle unter. Nadja ist einfach die perfekte Frau für ihn. Sie ist verantwortungsbewusst, intelligent, zielstrebig; weiß, was sie will. Auch im Bett. Wenn es normalerweise so läuft, dass er die Mädels überrascht – einfach mit der Art, wie er ist, wie er sie beim Sex komplett *erfasst* –, hat es Nadja nun ihrerseits geschafft, ihn zu überraschen. Sie ist nicht satt zu kriegen, holt sich, was sie braucht. Ist alles andere als ein Opfer. Opfer kann er im Bett nicht ausstehen. Einfach nur daliegen und es ihm überlassen.

In Svens Tasche vibriert es, er schaut auf sein Handy. Mona schreibt.

»Zeit?«

Die Gedanken haben Sven horny gemacht.

»Klar. Jetzt?«

»👍«

Sven zieht noch einmal an der Kippe, schnippt sie in einem Bogen vor sich und kickt sie aus dem Flug ins Gebüsch. Er macht sich zu Fuß auf den Weg. Nach zehn Minuten klingelt er an einer Tür.

»Ja?«, kommt Monas Stimme aus der Sprechanlage.

»Ich«, sagt Sven.

Der Summer ertönt, Sven drückt die Tür auf. Im Treppenhaus riecht es nach Schwimmbad. Er geht in den zweiten Stock, die Tür ist angelehnt. Mona kommt aus dem Bad, sie trägt einen Slip und ein T-Shirt.

»Du bist ja meganass.«

Sven nickt und zieht seine Jacke aus, löst die Schulterhalter des Blaumanns. Mona schlendert an ihm vorbei in Richtung Wohnzimmer, nicht ohne ihm einen Kuss zu geben.

»Alles gut?«

»Jap.« Sven folgt ihr.

Mona legt das Handtuch auf die Couch. »Ich hab heute Lust auf Reiten.«

Sven zieht sich sein Shirt aus und Mona ihres. Und wie er so seine Schuhe abstreift, noch in den nachmittäglichen Gedanken verhaftet, fasst er an ihre Brust.

Fünf Minuten später. Mona hat noch ihren Slip an. Sie sitzt barbusig auf der Couch und tröstet Sven. Mitten im Vorspiel hatte Mona ihn kurz gefragt: »Wie geht's Nadja?« Und auf einmal hatte Sven angefangen zu weinen. Jetzt sitzen sie da, er verheult, kaut auf dem kleinen halbmondförmigen Anhänger an seinem Goldkettchen herum, Mona streichelt ihm über den Arm.

»Überrasch sie. Mach etwas, womit sie nicht rechnet. Lass sie über dich lachen.«

»Lachen?«

»Ja, aber so, dass sie dich süß findet.« Mona lehnt sich zurück. »Wir Frauen sind nicht so leicht ... also ... wir wollen ständig eine Bestätigung, dass wir die Queen sind, ja? Aber nicht zu viel. Du darfst nicht zu sub sein und immer alles raffen, was wir sagen, und jeden Wunsch erfüllen. Bäh, ich hasse solche Männer. Krieg dann immer ein schlechtes Gewissen. Aber aufmerksam sein und in den richtigen Momenten verstehen, was Sache ist. Nicht zu viele Gefühle zeigen, aber es ab und zu mal sagen.«

»OK«. Er nickt, überlegt, nickt wieder, »was sagen?«

»Dass wir die Queen sind.«

»Wie jetzt? ›Du bist die Queen‹?«

»Alta, ›ich liebe dich‹ sollst du sagen.«

»Ach so.« Sven schaut auf seine Socken. Erst jetzt, wo Nadja es durchzieht, merkt er, wie sehr er sie liebt.

»Na ja, und dann wollen wir, dass du uns zeigst, dass du auch ein guter Jäger und Sammler bist.«

»Was für'n Scheiß?« Seine Stimme klingt belegt.

»Rat doch mal, was wir suchen, wenn wir abends in den

Club gehen und uns die Augen schön schminken ...«. Sie macht eine kurze Pause, um mit beiden Zeigefingern die Wimpern am linken und rechten Auge nach oben zu drücken. Um den Effekt zu verstärken, zieht sie die Lippen nach unten und macht das Gesicht lang. »Und wenn wir uns die Haare geil machen und was Schönes anziehen. Rat doch mal, warum Mädels das machen.« Sie streicht sich die Haare hinter die linke Schulter und zieht ihre Beine angewinkelt hoch auf die Couch.

In Sven arbeitet es. »Um was zu ficken zu finden.«

Mona atmet hohl aus. »Glaubst du etwa, wir sind alles Schlampen?«

Sven beißt sich auf die Unterlippe. Er fasst ihr an eine der nackten Brüste, aber sie haut ihm die Hand weg. »Jetzt reden wir. Rat noch mal.«

Sven atmet schwer ein und aus. »Weil ihr'nen Freund wollt.«

»Das ist aber nicht alles.«

»Sondern?«

»Ich verrate dir jetzt etwas, das musst du aber für dich behalten. Sonst würde uns kein Typ mehr anfassen.« Mona grinst Sven an.

»Verarschst du mich oder was?«

Mona schüttelt den Kopf. »Nee.« Sie beugt sich näher zu ihm, und ihr Ton bekommt etwas Konspiratives: »Wir sind dauernd nur auf der Suche nach jemandem, dem wir zutrauen, der beste Vater für unsere Kinder zu sein, die wir dann mit dem kriegen wollen.«

Sven legt die Stirn in Falten. »Alta? Ihr wollt uns also nur Kinder unterjubeln?«

»Was heißt hier unterjubeln. Ihr sollt die auch gefälligst mit uns machen wollen. Du hast es noch nicht gecheckt, oder? Wir suchen den perfekten Mann und Vater unserer ungeborenen Kinder. Jäger und Sammler. Er soll geil sein, im Bett was draufhaben, gut aussehen, guten Schwanz, nicht so'nen hässlichen, der nur pikst. Deiner ist hübsch. Und er soll'n geilen Beruf haben, wissen, was er will, und Ziele haben. Er soll nicht kriminell sein, aber das kann man sich nicht immer aussuchen. Hauptsache erfolgreich.«

Sven pustet aus vollen Wangen die Luft aus. »Ja, is besser, dass du das sonst keinem Typen erzählst. Wir würden nicht mehr in Clubs gehen, sondern nur noch zu Hause bleiben und zocken, Digga.«

Mona nickt wissend. »Weißt du, was das Problem ist? Ihr seid alle feige.«

»Ey!«

»Wieso, stimmt doch. Ihr sucht nur irgend so 'ne Pussy, um euren Schwanz da reinzustecken und danach schnell das Weite zu suchen oder abzuhauen.«

»Das ist das Gleiche.«

»Was?«

»Das Weite suchen und abhauen.«

»Was geht denn mit dir?! Ja, immer nur unverbindlich. Aber auf unverbindlich haben wir auf Dauer keinen Bock. Wir wollen …«, sie sucht ein Wort, »*Perspektive.*«

»Also, was soll ich jetzt machen, mit Nadja?«

»Frag nach einem Zeichen.«

»Ein Zeichen?«

»Genau.«

»Von Nadja?«

»Nee. Dem lieben Gott.«

»*What?*«

»Ja. Oder egal von wem. Oder von deinem Herzen oder dem Universum, keine Ahnung. So, wir fragen jetzt nach einem Zeichen.« Mona schließt die Augen, bleibt ganz ernst, Sven sucht in ihrem Gesicht nach etwas, das auf einen Joke hindeutet. Mona streckt ihren Rücken durch, setzt sich gerade hin, und Sven macht es ihr unbewusst nach. Im Schneidersitz atmet sie drei Mal durch die Nase ein und durch die gespitzten Lippen aus. Sven beobachtet sie distanziert. Dann legt sie, ohne aufzuschauen, beide Hände an Svens Wangen. Er zieht die Stirn kraus.

»Was machst du da?«

»Pscht.« Nach einer kurzen Weile atmet Mona schwer aus, schlackert ihre Hände aus, »so.«

»Was war das denn?«

»Ich hab um ein Zeichen gebeten. Wenn du Nadja liebst, beeindrucke sie. Jetzt geht's nicht mehr darum, ob du es ihr gut besorgst. Jetzt musst du ihr zeigen, dass du 'ne Perspektive gibst, ein guter Jäger und Sammler bist.«

»Klasse. Dann kann ich ja unterwegs zu ihr noch ein paar Beeren pflücken.«

# 8

Als Sven nach draußen tritt, ist es schon dunkel, und der Regen hat sich in eine regelrechte Sturzflut verwandelt. Sven zieht sich die Kapuze tief ins Gesicht, aber trotzdem sind seine Klamotten binnen weniger Minuten klatschnass. Von dem, was Mona erzählt hat, fühlt er sich eigentümlich beseelt. In ihm macht sich das Gefühl breit, dass er im Leben etwas leisten kann. Ja, dass er gar zu etwas berufen ist. Er wünscht sich ein Zeichen. Wenn es einen lieben Gott gibt, soll er ihm gefälligst eines schicken.

Autos sind seine Leidenschaft, und wenn er mit Autos arbeitet, verschmilzt er mit ihnen zu einer Einheit. Zwar nicht wie ein Transformer, aber mental. Er weiß intuitiv, wie er ein mechanisches Problem angehen muss. Und es erfüllt ihn mit Genugtuung, das Problem zu beheben.

Sven gibt sich ganz seinen Gedanken hin, und der Autopilot übernimmt den Heimweg. Doch auf einmal bemerkt er *ihn*. Svens Herz setzt einen Schlag aus, seine Atmung flacht ab. Er überquert die Straße, merkt kaum mehr den Regen, und da steht er vor einem dunkelblauen BMW M5. Langsam, aber innerlich hocherregt, läuft er um das Fahrzeug herum wie ein pubertierendes Mädchen um Michelangelos David. xDrive. Diese Limousine hat bis zu 625 PS und schafft es von null auf hundert in 3,3 Sekunden. Auf freier Strecke kommt sie auf über 300 km/h. Sie ist ein Wunder. Sven legt die Hand auf ihre kalten, regennassen Rundungen. Typisch für die Leute hier in Wilmersdorf. Haben zu viel Geld und kaufen sich so eine geile Kiste, aber können sie die überhaupt richtig würdigen? Er beugt sich runter, um die vier Auspuffrohre zu mustern.

»Du bist ja noch ganz neu«, flüstert Sven liebevoll.

Allradsystem. Damit fährst du Kurven bei 'ner krassen Geschwindigkeit, sagt er sich und berührt mit den Fingern das dreifarbige M5-Symbol, erschaudert. Diese Schönheit, die hier vor dir steht, kostet weit über hunderttausend Euro. Scheiße, wenn du so viel Geld übrig hättest!

Sven tritt einen Schritt von dieser Limousine weg, legt den Kopf schief und schaut sich sachte lächelnd die bei diesem Modell ausgeprägte Schattenlinie an. Fährt mit der Hand daran entlang, und wieder überträgt sich auf ihn das Gefühl der Einheit, das sich nur dadurch toppen ließe, wenn er sich ans Lenkrad setzen und es mit beiden Händen umfassen würde. Seine Hand streift den hinteren Türgriff, um dann beim vorderen anzuhalten. Schon allein die Tür zu entriegeln, würde ihm ein Gefühl von Befriedigung geben. Der Moment, in dem durch den komplizierten Dialog von Elektronik und Hydraulik das Schloss enthakt und die Tür freigibt – er zieht leicht den Türgriff nach außen.

Das Beschriebene passiert.

Sven erschrickt – das Auto ist nicht abgeschlossen! Er wird sich seiner Träumerei bewusst, kommt zu sich, drückt die Tür beinahe peinlich berührt und mit einem Gefühl des Erwischtwerdens wieder zu. Sein Blick wandert in den jetzt matt beleuchteten Innenraum. Tatsächlich! Dort liegt der Schlüssel auf der Ablage. Sven weiß, dass bei diesen Modellen der Fahrer den Schlüssel nicht in ein Zündschloss stecken muss, sondern ihn nur in der Nähe eines Sensors aufbewahren braucht. Und wenn er sich – mit dem Schlüssel – vom Auto entfernt, verriegelt es sich automatisch.

Das Licht erlischt wieder und mit ihm der Traum, sich in das Auto zu setzen, das Leder zu riechen, das Lenkrad kräftig zu umfassen, sich von der Sitzheizung wärmen zu lassen. Ein Ruf lässt ihn aufblicken. Da steht eine Frau im Hauseingang, keine zwanzig Meter von ihm entfernt. Genauso vom Regen durchnässt wie er. Meine Güte, was regt die sich so auf! Als wolle er das Auto klauen. Schließt das Auto nicht ab und glaubt, nur weil er nicht so schick angezogen ist wie sie, dass er … Jetzt rennt sie los. Was hat sie denn vor? Was glaubt sie, was er tun will? Und wenn sie dann hier ist? Stößt sie ihn weg von ihrem Heiligtum auf vier Rädern? Während die Furie auf ihn zugerannt kommt, ringen in Sven Trotz und Belustigung miteinander. Und ehe er sich's versieht, hat er schon die Autotür geöffnet, lässt sich auf den Sitz gleiten, und die Tür schließt sich mit einem saugenden Geräusch. Und wie er da diese Frau beobachtet, die um das Auto herumrennt, empfindet er eine Berechtigung, tun zu dürfen, was er jetzt tut. Da geht einer Wilmersdorfer Hausfrau mal so ordentlich der Arsch auf Grundeis, denkt er. Sie sieht aus, als hätte sie noch nie wirklich arbeiten müssen – so dünn, so durchnässt, so zerbrechlich. Sven stellt sich vor, wie sie es ihrem Macker heute Abend beichten muss.

»Du Schatz, mein Auto ist weg.«

»Wie weg?«

»Ach, ich hab es nicht abgeschlossen. Da hat sich dann jemand anderes reingesetzt.«

»Nicht so schlimm, mein Liebling, dann nimmst du halt den Range Rover.«

»Was? Willst du mich verarschen? Damit finde ich nie einen Parkplatz.«

Wie aus einem Automatismus heraus betätigt Sven die Türverriegelung und muss immer noch über seine Gedanken schmunzeln, als die Frau die Tür erreicht und an dem Griff zerrt.

Svens Finger wandert auf den Startknopf. Was ruft sie denn da? Der Regen übertönt ihre Schreie, nicht aber das Klopfen. Ist die bescheuert? Will die die Scheiben einschlagen, nur um an ihr geliebtes Auto zu kommen? Er wollte sich doch nur mal kurz reinsetzen, um ihr eins auszuwischen. Einfach ein kleiner Denkzettel.

Was dann passiert, geschieht in einer schnellen Abfolge. Sven drückt den Startknopf, und das leise, aber sonore Motorengeräusch versorgt seinen Körper mit chemischen Stoffen wie Nikotin einen Raucher. Und jetzt muss der nächste Zug her. Sven gibt Gas, und wieder durchschwemmt ihn eine Welle körperlicher Befriedigung. Das Automatikgetriebe schaltet spurlos höher, Sven nimmt Geschwindigkeit auf. In seinem Rausch merkt er nicht mal, wie die Gestalt der Frau in den Rückspiegeln erst hinter dem Auto herrennt und dann aufgibt. Wenn er gesehen hätte, wie sie auf der menschenleeren Straße in dem strömenden Regen auf die Knie fällt, dann zusammensackt, welch mitleiderregenden Eindruck sie auf ihn macht, wahrscheinlich hätte ihn das aus seinem Zustand geholt, ihn bremsen und aussteigen lassen. Vielleicht hätte er das Auto zurückgesetzt, wäre zu der Frau hingegangen, hätte ihr aufgeholfen oder sie in den Arm genommen. »War doch nur ein Spaß«, hätte er gesagt, und »beruhig dich, hier hast du deinen BMW wieder. Du musst nicht den Range Rover nehmen.«

Aber Sven schaut nicht zurück. Stattdessen biegt er um die nächste Ecke und kommt noch immer nicht zu sich, als er an der ersten roten Ampel haltmacht, die Luft einzieht, die so gut nach dem frischen, ganz neuen Leder duftet, die Augen schließt und vom Motorengeräusch umschmeichelt wird.

# 9

Deutschland zählt 11,7 Millionen Mütter. Eine junge Mutter verbringt im Durchschnitt 9 Stunden und 16 Minuten am Tag mit ihrem Kind, wenn es jünger als 3 Jahre ist. Das sind beinahe 37 Stunden in der Woche – wo doch 25,3 Prozent in Vollzeit arbeiten! 148 Stunden im Monat und 5328 Stunden in diesen ersten 3 Jahren verbringen die Frauen mit ihren Kindern. Denjenigen, für die es kein Punkt auf der großen Lebensagenda ist, werden also 5328 Stunden abgezogen, die sie sich nicht um sich und ihre Träume kümmern können. Und das sind nur die ersten 3 Jahre. Wer hierfür nicht den nötigen Respekt aufbringt, kann gerne noch weiterrechnen.

Wird eine Frau nur durch Gebären eines Kindes eine Mutter, oder ist sie es eigentlich von Geburt an? Ist es weniger ein biologischer Vollzug als eine Lebenseinstellung, die die einen nun mal haben und die anderen nicht? Ein Mädchen, das schon zum Muttersein geboren wurde, findet die Erfüllung darin zu gebären. Eine andere wird vielleicht doch Mutter, aber aus anderen Gründen: Zufall, Fremdbestimmung oder gesellschaftlicher Norm.

Für die einen ist der Sinn des Lebens das Leben selbst. Für die anderen das Leben ihres – in manchen Fällen ungeborenen – Nachwuchses.

# 10

Nadja sitzt in der Bahn nach Hause. Ist es nicht ein Geschenk, wenn ein Mensch eine Arbeit findet, die ihn an spannenden Tagen wie diesem die alltäglichen Sorgen vergessen lässt? Im Small Talk auf Partys erzählt sie gerne mehrdeutig lächelnd, sie arbeite im ältesten Gewerbe der Welt.

Sie ist Textilreinigerin.

»Wäscherinnen werden immer gebraucht«, sagte ihre Oma, bei der Nadja aufgewachsen war und die ihren Berufswunsch guthieß.

Ihr Ausbilder, Herr Bartels, ist eine Koryphäe auf dem Gebiet. Zu ihm schaut sie auf. Erwähnt man, egal in welcher Wäscherei, selbst im Ausland, dass man in Fürstenwalde bei Herrn Bartels gelernt hat, wird man sofort eingestellt. Seine ehemaligen Schüler und Schülerinnen haben Führungspositionen in Wäschereien rund um den Globus. Nadja gefällt, dass sie in einer Branche arbeitet, die jeden Menschen auf der Welt etwas angeht. Überall wird gewaschen, im Dschungel und auf allen Kontinenten, und das seit Jahrtausenden.

Die letzten Tage waren kein Zuckerschlecken. Herr Bartels ist im Urlaub und viele seiner Kollegen auch. Er flieht, wenn der Herbst kommt, nach Havanna, wo er zwei ›Ersatzfamilien‹ hat, wie er sie nennt, bei denen er wohnt, die für ihn kochen und wo er sich zuhause fühlt. Im Gegenzug näht er sich vor jedem Flugantritt 20 000 US-Dollar in bar in seine Westen, um diese beiden Familien redlich damit zu versorgen.

Sonja, Nadjas Kollegin, und sie sind also ohne Meister. Sonja gehört eher zu der faulen Fraktion mit dem Enthusiasmus einer Kontinentalplatte. Sie hat hier gelernt, weil auch ihre Mutter und ihre Großmutter schon in dieser Wäscherei gelernt haben. Doch Nadja ist voll dabei, und wenn Herr Bartels nicht da ist, ist sie für alle möglichen Sonderaufgaben verantwortlich. Heute gab es da diese Seidenbluse, ein besonders schwerer Fall. Und nachdem Sonja die Bluse mit Detachur beinahe zerstört hatte, zumindest aber ausgeblichen, hat Nadja ein paar Tricks angewandt. Textilfarbe ist eine todsichere Sache. Nur nicht bei Seide. Und so hat Nadja den Tag damit verbracht, Minen roter Buntstifte, die sie zu Hause zusammengesucht hat, zu mahlen, daraus eine Paste herzustellen und sachte auf die Seidenfasern aufzutippen und dann mit einer Sprühimprägnierung zu stärken. Es hat funktioniert – der Fleck ist raus und die Farbe wiederhergestellt. Die Kundin verfügt nun über die erste regenfeste Seidenbluse der Geschichte. Wenn Herr Bartels diese Geschichte hört, gibt er wieder eine Runde Krimsekt aus!

Vor ein paar Tagen hat sie mit Sven Schluss gemacht. Mal wieder. Natürlich hat sie insgeheim gehofft, er würde irgendeine *Regung* zeigen. Würde mehr aus sich herauskommen, würde sie irgendwie überzeugen. Sie weiß, es gehört sich nicht, in Beziehungsdingen strategisch zu pokern, aber eine andere Lösung weiß sie nicht mehr. Dieser Mann kann einfach keine Verantwortung übernehmen. Weder für die kleinen Sukkulenten auf der Fensterbank – wem sind jemals schon mal Sukkulenten eingegangen, bitte schön? – noch für andere Menschen, geschweige denn für sich selbst. Ein Mann, der keine Verantwortung übernimmt, egal wie viel er verdient oder welche Lebensentscheidungen er trifft, ob er sich in das System einpasst oder daneben her leben möchte wie Sven – alles andere ist ihm zu stromlinienförmig –, ist kein guter Partner. Und kein guter Familienvater.

Nadja atmet tief ein und aus. Die Gedanken hören nicht auf zu kreisen. Ja, sie liebt ihn noch, er kann so süß sein und gleichzeitig sehr männlich, verletzlich, aber dabei so stolz – welcher Mann kann das schon? Wenn er ganz nah an ihr dran ist, sozusagen auf Küssdistanz, dann fangen seine Augen so zu leuchten an, dass um Nadja die Welt verschwimmt und sie in die großen, wunderschönen, blaugrünen Augen eintaucht. Er ist stark, hat überall Muskeln – genau im richtigen Maße. So, dass seine Brustmuskeln sein Shirt etwas anheben, gerade so, dass man im Gegenwind sein Sixpack erahnt, gar so viel, dass sein Bizeps unter kurzen Ärmeln hervorlugt und die ausgeprägten Adern die Fantasie anregen. Aber mit Abstand am wichtigsten sind Nadja seine großen, starken Hände.

Gleich ist Nadja zu Hause. Und dann wird sie sehen, ob sich Sven etwas hat einfallen lassen.

# 11

Sie ist eine gierige, klebrige Masse, diese Dunkelheit, die sich in solchen Nächten ausbreitet, und wenn man es nicht besser wüsste, würde man sagen, sie lebt. Ihre Konsistenz ist zäh und besteht aus all den ängstlichen Gedanken, die die Menschen im Dunkeln fürchten, all den Hirngespinsten, die tags beinahe banal sind. Doch in dieser Dunkelheit haben sie Bestand, gehören zu einer dieser Realitäten, in denen die Ängste mit langen, knochigen, kalten Fingern mit spitzen Fingernägeln nach dir greifen.

»Ich schmecke Eisen«, denkt sich Marion. Und dann: »Wie komme ich auf die Couch?« Kaum hebt sie den Kopf, zuckt sie unter Schmerzen zusammen. Sie fasst sich an die Stirn und fühlt ein großes Pflaster. Wie ist sie auf die Couch gekommen? Das Licht brennt. Und da sind Leute!

»Thomas?«

Sie ist gestürzt, fällt ihr wieder ein, man hat sie aufgelesen und hierher auf die Couch gebracht. Aber *wer*? *Was ist los?*

Ein Mann, den sie nicht kennt, schaut aus der Küche ins Wohnzimmer und schiebt sich in Marions Sichtfeld. Marion erschrickt, ihre Gedanken überschlagen sich.

»Ist sie wach?« Eine Frauenstimme, die Marion nicht erkennt.

»Was ist hier los?« Marion schreit den Satz. Doch ihre Nervenbahnen gehorchen nicht. Der Mann geht auf sie zu, Marion will fliehen, aber wohin? Sie drückt sich an die Lehne, ihr Kopf schmerzt stechend, und ihr Blick trübt sich.

»Ja, sie ist wach«, gibt der Mann Bescheid. Jetzt erscheint die Frau in ihrem Gesichtsfeld, und nun erkennt Marion die Polizeiuniformen.

»Sie sind gestürzt«, der Mann redet überdeutlich, als sei Marion schwerhörig. »Der Krankenwagen ist unterwegs.«

Marion schaut zwischen den zwei Beamten hin und her. Dann fasst sie sich wieder an das Pflaster an ihrem Kopf, und eine neue Welle des Schmerzes durchfährt ihren Körper.

»Sie haben den Notruf verständigt. Können Sie mir sagen, was passiert ist?«

Marion schließt die Augen. Von draußen fällt flackerndes Blaulicht durch die Fenster und durch ihre Lider. Die Beamtin sagt im Hinausgehen: »Der RTW ist da.«

»Der Rettungswagen ist da. Sie werden gleich versorgt«, sagt der Polizist in beruhigendem Tonfall.

In Marions Kopf herrscht heillose und ohrenbetäubende Leere. Aus der Antimaterie in ihrem Hirn formt sich langsam ein Gedanke. Mit viel Mühe wandelt Marion ihn in ein grammatikalisches Gefüge, in ein Fragewort, ein Verb und das entscheidende Subjekt.

»Wo – ist – Henry?«

Der Polizist hat sie nicht gehört, denn in dem Moment kommen die Beamtin und zwei Sanitäter ins Wohnzimmer.

»Sie ist auf der Außentreppe ausgeglitten. Sie hat kurz das Bewusstsein verloren, glaube ich.«

Die Sanitäter legen ihre großen abgenutzten roten Rucksäcke auf das Parkett.

»Und Sie haben sie hier hingetragen?«, fragt der Sanitäter

streng wie vorwurfsvoll, der sich jetzt zu Marion herunterkniet.

Der Polizist wiegelt ab: »Gestützt. Sie konnte selber gehen. Und wir haben ihr das Pflaster gegen die Blutung aufgeklebt.«

Marion fällt jetzt erst auf, wie jung der Polizeibeamte ist. Keine zwanzig, vielleicht ist er sogar noch jünger. Sie fragt sich, wieso die jetzt schon Jugendliche bei der Polizei aufnehmen.

»Können Sie mich verstehen?« Der Sanitäter reißt Marion aus ihren Gedanken. Und da schiebt sich wieder die Frage, die sie im Sinn hatte, in den Vordergrund. Da hat sie doch irgendetwas gestört, etwas stimmte nicht, was war das? Und wieder kristallisiert sich dieser Angstgedanke in Marions angeschlagenem Kopf. Und diesmal zeigt auch ihr Körper eine Reaktion dabei. Wieder schüttet er etliche Stoffe aus, ihr Herzschlag nimmt an Geschwindigkeit zu, sie fängt an zu schwitzen.

»Wo – ist –«

»Sie müssen lauter sprechen, bitte. Können Sie mich verstehen?« Der Sanitäter befühlt ihre Wirbelsäule. »Haben Sie Schmerzen?«

Marion schluckt. Der Gedanke, der nun von ihr Besitz ergreift, ist wichtiger als Schmerzen.

»Können Sie sich bewegen?«

Marion nickt.

»Wo haben Sie die Schmerzen?«

»Wo ist Henry?«

»Bitte wiederholen Sie das.« Muss der Mann so schreien?

»Wo ist Henry.«

Der Sanitäter schaut zu den Polizisten.

»Sie hat gefragt, wo Henry ist«, wiederholt der Sanitäter. Und zu seinem Kollegen sagt er: »Verständige bitte den Notarzt.« Der Kollege zückt sein Telefon und geht in den Flur. Der Sanitäter wendet sich wieder zu dem Polizisten:

»Wer ist Henry?«

»Wahrscheinlich der Sohn. Wir sind alarmiert worden, weil sie den Notruf verständigt hat. Sie sprach davon, dass ihr Kind entführt wurde. Kollegen vom LKA sind unterwegs.«

»Wie ist Ihr Name?«. Der Sanitäter hat eine weiche, angenehme Stimme, und seine mit Latex behandschuhte Hand an ihrem Hals fühlt sich so warm an. Fremd und warm.

»Angermeier mit e-i.«

»Wer ist Henry, Frau Angermeier?«

»Meine Tochter.«

Die Personen wechseln Blicke.

»Henry ist der Name Ihrer Tochter?«

Marion will nicken, aber da durchzieht sie ein neuer Schmerz, und sie zuckt zusammen.

»Können Sie mir sagen, wer zurzeit Bundespräsident ist?«

»Steinmeier mit e-i. Zwei Mal.«

Marions Zunge klebt am Gaumen fest. Dieser Sanitäter mit der weichen Stimme kniet so nah bei ihr, dass sein Gesicht verschwimmt. Sie schließt ein Auge, da geht es etwas besser. Er hat schöne Augen, grün mit einem rostroten Kranz um die Pupille. Sie würde sich gerne aufsetzen oder wenigstens den Mann etwas von sich wegschieben. Wieso ist der so nah bei ihr? Ihr wird schlecht bei dem Versuch, sich auf sein Gesicht zu konzentrieren. Er ist zu nah an ihr dran. Sie schließt beide Augen, aber das ist keine gute Idee. Schwindel ergreift sie und dreht sie in Sekundenbruchteilen von der Couch an die Zimmerdecke. Schnell öffnet sie die Augen. Da ist es wieder, das Gesicht. Sie schaut besser daran vorbei. Noch unausgepackt lehnen zwei Plastiktaschen vom Supermarkt an der Wand. Wieso hat sie die nicht ausgepackt? Das Zeug muss doch in den Kühlschrank.

»Wissen Sie, welcher Tag heute ist?«

Sie legt dem Sanitäter die rechte Hand schlaff auf die Schulter, um ihn wegzudrücken. Ihr ist schlecht. Sehr schlecht. Sie schluckt, sie produziert so viel Speichel, sie schluckt noch mal. Wieder kneift sie ein Auge zu, um den Sanitäter besser zu fokussieren. Sein Atem riecht sauer, oder ist das sein Schweiß? Dazu nimmt Marion eine ölige Note war. Motoröl? Oder riecht so seine Jacke? Ist sie imprägniert?

»Morgen ist Schule.«

Marion atmet tief ein, und die Gerüche werden penetranter. Erneut muss sie Speichel schlucken. Da ist der Gedanke! Henry muss früh raus. Wo ist Henry? Sie will den Kopf abwenden, doch diese leichte Bewegung lässt das Zimmer sich um 720 Grad kippen.

Endlich erbricht sich Marion.

# 12

»Wo ist Mama?«

Erst kann Sven nicht orten, wo die zarte Mädchenstimme herkommt. Er denkt sogar, sie käme aus dem Autoradio. Doch dann blickt er im Rückspiegel in zwei ängstliche Augen. Sven erschrickt dermaßen, dass er eine Vollbremsung hinlegt. Gut, dass niemand hinter ihm ist, sonst hätte der gleich sein neues Auto kaputt gefahren. Der Bremsvorgang drückt ihn kraft seiner Trägheit nach vorne. Der Gurt tut seine Pflicht, dennoch kippt für Sven die Welt eine Sekunde lang aus der Verankerung. Er muss sich erst mal sammeln und den Moment rekapitulieren. Dann dreht er sich um. Da sitzt tatsächlich eine Person im Dunkel der Rückbank. Da er sich alleine gewähnt hat, schlägt ihm sein Hirn vor, dass es sich um eine Einbildung handelt, und wenn nicht das, dann um einen Geist. Sven hält ganz still, der Moment dehnt sich aus. Zwischen ihm und dieser Erscheinung macht sich eine knisternde Spannung breit. Er lächelt sie versuchsweise an, weil er nicht weiß, was er sonst machen soll.

»Hi?«, fragt sie vorsichtig.

Es ist ein Mädchen. Sven kann nicht sagen, wie alt es ist. Die Stimme wirkt weich und hoch. Aber – sind die Haare nicht sehr kurz für ein Mädchen? Warum macht er sich jetzt Gedanken darüber? Es ist völlig egal, wie es Mädchen mit ihrer Frisur halten, und völlig nebensächlich, ob das Kind, das nun auf *seiner* Rückbank sitzt, ein Junge oder ein Mädchen ist. Und so fragt er:

»Bist du ein Junge oder ein Mädchen?«

»Ein Mädchen!« In der Antwort schwingt Trotz mit.

Sven dreht sich wieder nach vorne, beugt sich vor, das Licht der Straßenlaterne fällt in seine Augen, und mit der Erkenntnis überkommt ihn ein Ziehen in seinen Fäusten, er schlägt zweimal hart auf das Lenkrad.

»Fuck, fuck.«

Aber das hat das Lenkrad nicht verdient, also hört er auf und presst seine Handballen stattdessen in seine Augenhöhlen. »Fuck, fuck, fuck«, begleitet er die Erkenntnis, zu der er mit gletscherner Klarheit gelangt. Er hat ein Kind entführt.

Dabei hat er doch einfach nur ein Auto *genommen*! Denn es hat ja irgendwie zu ihm gesprochen, hat ihn bezirzt, er war nicht Herr seiner Sinne, und er ist dem Ruf gefolgt. Was hat ihn da geritten? Die Vorstellung, Nadja zu beeindrucken? Damit, dass er ins Gefängnis kommt? Er hat noch nie ein Auto geklaut. Aber jemand, der sein Auto unabgeschlossen am Straßenrand zurücklässt, *will* doch unterbewusst, dass man es sich *nimmt*! Und jemand, der in diesem Auto, das geklaut werden will, seine Tochter zurücklässt, will der auch …?

# 13

Das Bild, das sich Henry bietet, ja die ganze Situation, in der sie sich befindet, hat etwas Albtraumhaftes. Sie wacht in dem Auto ihrer Eltern auf, aber vorne sitzt nicht etwa ihre Mutter, sondern ein fremder Mann. Den sie auch nicht mal wirklich erkennen kann, weil es im Auto duster ist und er eine Kapuze trägt, die ihm tief ins Gesicht hängt. So ähnelt er diversen Abbildungen vom Tod persönlich, immerhin scheint er keine Sense dabeizuhaben. Zumindest kann sie keine sehen. Magische Gegenstände, hat sie gelesen, haben die Angewohnheit, aus dem Nichts zu erscheinen. Henry ist sich nicht ganz sicher, ob sie vielleicht noch träumt.

Neben der Bedrohung, die von ihm ausgeht, empfindet Henry noch etwas anderes, das sie etwas ruhiger werden lässt. Der Mann hat etwas Vertrautes. Er ist überfordert, das macht ihn sympathisch. Aber auch gefährlich? Wieso fragt er sie als Allererstes, ob sie ein Mädchen oder ein Junge ist? Die Art, wie er es fragt, hört sich für Henry eher wie eine – wie nennt sich das noch? – Übersprungsreaktion an, als danach, dass er ihr an die Wäsche will.

»Wo ist Mama?«, wiederholt Henry.

»Die ist …«, der Mann wendet sich zu Henry, »krank geworden. Aber nichts Schlimmes. Liegt im Krankenhaus, und ich soll auf dich aufpassen.«

Henry glaubt ihm kein Wort. »Ich glaube Ihnen kein Wort.«

»Wie du willst.« Der Mann wendet sich wieder nach vorne, wirkt unsicher, was er als Nächstes tun soll.

»Wieso hat sie nicht Papa verständigt?«

»Weil sie einen Unfall hatte.«

Henry hat Mühe, alles, was sie bisher über die Welt gelernt hat, mit dieser Situation abzugleichen. Mit dem letzten Satz dreht er sich zu ihr herum. Und jetzt wird sein Gesicht durch die Strahler eines Autos erhellt, das sich von hinten nähert. Sie sieht nun fahl, aber deutlich seinen Gesichtsausdruck. Der Mann ist jung, hat ein kantiges, sehr symmetrisches Gesicht. Sympathisch und sehr gut aussehend. Henry liest in ihm wie in einem offenen Buch – nur leider ist es in einer anderen Sprache geschrieben. Sie versucht, die Vokabeln zu lernen.

»Hast du mich so was Ähnliches wie entführt?«

Das Auto hinter ihnen hupt einmal kurz und zwingt den Mann zum Weiterfahren.

»Quatsch!«, er gibt gemächlich Gas.

»Sondern?«, fragt Henry fordernd.

»Sei still, ich muss nachdenken.« Bedächtig biegt er in eine Straße ab.

»Du fährst gegen die Einbahnstraße.«

»Fuck!«

»Hast du überhaupt einen Führerschein?«

»Ja, klar.«

Henry beobachtet zunehmend belustigt, wie dieser Mann milde fluchend das Auto wendet und wieder zurückfährt. Was ist das für einer? Was soll sie machen? Was ist die richtige Reaktion in so einer Situation? Sie zieht versuchsweise an der Türklinke, vergebens. Kindersicherung. Vielleicht muss sie jetzt ausnahmsweise mal das machen, was normale Mädchen in so einer Situation machen?

Henry hat keine Angst, aber sie muss an ihre Mutter denken. Was für Sorgen macht sie sich jetzt? Und da kommen ihr die Tränen. Sie versucht sie noch zu verstecken, aber die Energie des Augenblicks scheint sich in den Tränen zu lösen. Und so paradox es in dieser Situation auch erscheint, das Weinen hat was Befreiendes. Der Typ dreht sich zu ihr um. Ihn scheint es aufzureiben. Henry wischt sich die Tränen mit dem Ärmel weg. Sie will irgendwas sagen, aber weiß nicht, was.

»Meine Mama …«, fängt sie einen Satz an, von dem sie das Ende noch nicht kennt. Sie will etwas erklären, um ihnen beiden die Lage leichter zu machen. Aber er unterbricht sie.

»Deine Mama hat dich verkauft, und jetzt sei still!«

Diese Antwort lässt Henry wirklich stocken. Sie schluckt, und der Impuls zu weinen ist verschwunden. Doch da ist ein anderer Impuls, der unweigerlich ihre Kehle emporkriecht.

Als Henry das Glucksen hört, ist ihr noch nicht klar, dass das Geräusch von ihr kommt. Erst, als sie anfängt zu lachen. Aus voller Kehle.

# 14

Marion hält sich den Kopf. Vor ihr sitzt Kriminalhauptkommissar Frank Klaukien. Er ist Mitte fünfzig, sein blonder Dreitagebart sieht eher unrasiert als stylisch aus. Er trägt eine Bomberjacke, darunter ein teures, zu tief aufgeknöpftes Hemd, das seine gelockte, blonde Brustbehaarung offenbart. Goldkette, Kurzhaarfrisur, Augenringe.

»Es ist natürlich Ihre Entscheidung, Frau Angermeier, aber wenn es eine Gehirnerschütterung ist, sollten Sie ins Krankenhaus«, rät ihr der Hauptkommissar.

»Mir geht es gut. Den Umständen entsprechend, würde ich sagen«, wiegelt Marion ab.

»Was ist denn das Letzte, an das Sie sich erinnern?«

Marion reibt mit den Händen über ihre Schläfe, dann die Stirn. Sie streift das Pflaster. Die Tabletten schlagen an. Sie hat mit Händen und Füßen darauf bestanden, nicht ins Krankenhaus gebracht zu werden, sondern auf eigenes Risiko zu Hause zu bleiben. Hier hat sie wenigstens die Illusion, mehr ausrichten zu können. Sie muss etwas ausrichten! Was kann sie bloß tun? Sie springt auf. »Können wir ... sollten wir nicht ...?«

Der Kommissar schaut sie an. Marion geht nervös auf und ab. »Sollten wir nicht raus und sie suchen?« Marion weiß natürlich, dass es Unsinn ist, aber sie würde lieber draußen mit einer Taschenlampe durch den Regen laufen als untätig hier drinnen zu hocken. *Ihre Tochter ist verschwunden! Ihre Tochter!*

»Haben Ihre Leute schon die Suche aufgenommen?«, fragt sie beinahe vorwurfsvoll.

»Natürlich. Und sobald wir das Kennzeichen …«

»Ich kann Ihnen das Kennzeichen von unserem *alten* Auto sagen …«

»… wird es auch viel schneller gehen.« Klaukien lehnt sich zurück und schaut Marion erwartungsvoll an. »Also? Was ist das Letzte, an das Sie sich erinnern? Wie waren die Stunden vor Henrys Verschwinden?«

Marion zuckt mit den Schultern und atmet die Luft zur Seite aus, jetzt soll sie hier ernsthaft diese Fragen beantworten, während ihre Tochter eventuell …, sie setzt sich hin, springt wieder auf, zwingt sich zur Konzentration.

»Es war ein ganz normaler Tag. Wir haben gepackt …«, beginnt sie genervt eine Aufzählung.

»Auf dem Landsitz, den Sie renovieren?« Sie hatten sich schon vorher darüber unterhalten, woher Marion und Henry gekommen sind.

»Ein ehemaliger Bauernhof, genau.«

»Und Ihr Mann ist noch dort?«

»Manchmal verliert er sich da in irgendwelchen Renovierungsarbeiten«, erklärt sie kühl und ärgert sich, dass sie sich rechtfertigt.

»Ein Wagen dorthin ist unterwegs.«

Marion schaut ihn an, als wolle sie widersprechen.

»Das muss ich machen«, beeilt sich Klaukien, einem Widerspruch zuvorzukommen, »reine Routine. Vielleicht können wir so Ihren Mann schneller sprechen.«

Marion schüttelt den Kopf. Sie hat schon zigmal versucht,

Thomas zu erreichen. »Er hat morgen früh Termine. Er wird jeden Moment zurück sein«, sagt sie machtlos seufzend.

»Und dann?«

Marion schaut ihn an, dann versteht sie.

»Und dann sind wir Richtung Berlin gefahren.«

»Wo haben Sie haltgemacht, bevor Sie Ihr Auto hier in zweiter Reihe vor Ihrer Wohnung geparkt haben?« Er schaut zu den noch immer nicht ausgepackten Einkaufstüten rüber.

»Wir waren im Edeka«, noch immer ganz energielos.

»Welchem?«

»Wieso ist das wichtig?«

»Es kann alles von Belang sein.«

Marion atmet schwer aus. Nur ihre Kopfschmerzen und partielle Benommenheit hindern sie daran, an die Decke zu gehen.

»Chausseestraße.«

»Wieso haben Sie den genommen? Er liegt nicht gerade auf dem Weg.«

Marion runzelt die Stirn. »Wieso? Was? Doch. Wir fahren öfter die Strecke.«

Der Kommissar nickt ernst. »Aha. Wie lief das ab?«

»Was wollen Sie genau wissen, Herr Clarin?«, Marion unterdrückt die aufkeimende Wut mit gespielter Gleichgültigkeit.

Der KHK lächelt kühl und berichtigt sie: »Klaukien. Haben Sie Ihre Tochter mit in den Supermarkt genommen?«

»Mir gefällt gar nicht, in welche Richtung dieses Gespräch geht.«

»Es tut mir leid, dass ich das nicht berücksichtigen kann.«

Beide rasseln sie mit ihren Säbeln, Marion mustert Klaukien. Unter anderen Umständen hätte ihr der Mann gefallen. So unmöglich sie seinen Kleidungsstil auch findet. Sie antwortet ganz ruhig. »Nein, Henry ist im Auto geblieben.«

»Und als Sie wieder zurück zum Auto gekommen sind, war Ihre Tochter da noch im Auto?«

»Ja.« Marion lächelt kühl. Die Fragen sind zwar infam, aber berechtigt.

»Wie sicher sind Sie?«

»Hundert Prozent.«

»Was genau macht Sie so sicher?«

»Sie wollen mich wirklich testen, oder? Bis ich ausraste?« Ihr kühles Lächeln schlägt in eine Drohung um.

»Haben Sie Ihre Tochter gesehen, oder schlief sie da schon unter der Decke?«

»Ich habe sie gesehen.«

»Haben Sie mit ihr gesprochen?«

»Ja.«

»Worüber?«

Marion lacht unemotional. Sie denkt nach. »Ich weiß es nicht mehr.«

Der Kommissar nickt mehrdeutig.

Marion: »Und was schließen Sie jetzt daraus?«

»Ich sammle erst mal Informationen.«

Jetzt nickt Marion mehrdeutig. Klaukiens Handy klingelt, er geht ran, nickt, antwortet einsilbig. Als er auflegt, schaut Marion ihn erwartungsvoll an.

»Wir haben jetzt das Kennzeichen. Und die Anfrage über den BMW-Notfallservice läuft parallel. Aber wenn das ein Profi ist, würde ich mir da nicht zu viele Hoffnungen machen.«

# 15

Sven taucht mit einem kleinen schwarzen Kästchen in der Hand aus dem Fußraum auf, begutachtet das Quadrat von allen Seiten. Es sieht unscheinbar aus, nur an einer Seite verfügt es über eine USB-Schnittstelle. Er lässt es im Handschuhfach verschwinden.

Sven dreht sich zu Henry. »Hast du ein Handy?«

Henry schüttelt den Kopf. Sven kann das kaum glauben. »Ehrlich?«

»Ehrlich«, beharrt Henry.

»Wieso hast du kein Handy? Wie alt bist du?«

»Fünfzehn.«

Sven mustert sie noch einmal kritisch. »Du bist doch nicht fünfzehn!«

»Doch.«

Sven zieht fordernd die Brauen nach oben, er lässt sich doch nicht von diesem Mädchen verarschen!

»Na gut, zwölf.«

»Mit zwölf hat man doch ein Handy«, erklärt Sven siegessicher.

»Ich habe auch eins. Aber dieses Wochenende musste ich es zu Hause lassen. Handyverbot.«

»Wer macht denn so was?«, fragt Sven mit ehrlicher Entrüstung.

»Meine Mutter.«

»Was hast du angestellt?«

Henry schaut raus in den Regen. Sie stehen im Schein einer durch gelb-rote Neonröhren illuminierten Tankstelle. »Ich habe Reiten geschwänzt.«

»Du hast Reiten?«

Henry nickt.

»Und was hast du stattdessen gemacht?«

Henry zuckt mit den Schultern. »Nichts Besonderes. Ich bin rumgelaufen.«

Damit kann sich Sven zufriedengeben. »Was war so witzig, als ich gesagt habe, dass dich deine Mutter verkauft hat?«

Henry muss wieder lächeln. »Wenn du meine Mutter kennen würdest … ich meine, das könnte schon sein. Es war einfach witzig. Und auch, wie du das gesagt hast.«

»Wie hab ich das denn gesagt?«, Sven wundert sich über dieses forsche Mädchen.


Henry fühlt sich eigentümlich vertraut mit diesem Mann. Sollte sie vorsichtiger sein? Aber wie so oft kann sie ihre Antworten kaum zügeln. »Du warst voll überfordert.«

»Hast du denn gar keine Angst?«

Henry überlegt, horcht in sich rein. »Doch.« Ist es Angst, oder ist es der Nervenkitzel? Natürlich müsste sie Angst haben! Sie wurde offensichtlich entführt, und Entführungen enden selten glimpflich, soweit sie weiß. Aber dieser Typ wirkt so gar nicht wie ein Entführer. Sosehr Henry auch in sich hineinspürt, von dem Mann geht keine Gefahr aus.

Sven schaut zu der Tankstelle. »Ich gehe da jetzt rein.«

Henry nickt. »OK. Wieso?«

Sven dreht sich zu ihr um. Ja, genau, wieso geht er da jetzt rein? Weil er gerade nichts Besseres weiß.

»Weil.« Und damit steigt er aus.

Da hat er sich richtig schön in die Scheiße geritten! Sven greift wahllos nach einer Packung Chips und schaut raus. In dem Auto bewegt sich scheinbar nichts; durch die dunklen Scheiben, die aus dieser Perspektive nur die grelle Tankstellenbeleuchtung reflektieren, ist nichts zu sehen. Warum rennt die nicht einfach weg? Selbst wenn sie glaubt, eingeschlossen zu sein, würde sie doch wenigstens versuchen, die Tür zu öffnen! Den Schlüssel hat er drin gelassen, weil sich das Auto sonst verriegelt hätte.

»Wollense nicht auch tanken?«

Sven schaut auf und in die fragenden Augen eines fast greisen Tankstellenbediensteten. Er nickt in Richtung des Autos.

»Nee«, antwortet Sven.

»Is das 'n Fünfer?«

Sven bejaht: »M5.«

Der Tankstellenwart stützt seine Faust in die Seite, pfeift und schaut sich den Wagen durch die Scheibe an. »500 PS?«

»625.«

Der alte Mann schüttelt den Kopf. »Was braucht man so was denn? Und wer erfindet das?« Er wendet sich zu Sven, der seinerseits verliebt zum Wagen schaut. Sven, der unter seiner alten braunen Lederjacke einen grauen Kapuzenpullover trägt und darunter einen Blaumann, der dreckig und abgenutzt ist. Abschätziges Misstrauen mischt sich in den Blick des Tankwarts. »Is aber nicht deiner?« Anscheinend ist er zu dem Ergebnis gekommen, Sven zu duzen.

Sven wacht aus seinem Tagtraum auf. »Nein«, räumt er schnell ein. »Von meinem Chef.«

Der Tankstellenwart macht sich daran, die Sachen abzu-
ziehen. Jetzt erst fällt Sven auf, was er da zu kaufen im Begriff ist: Chips, Motoröl für einen Zweitakter, extra feuchte
Kondome für Analsex, Tampons. Sven tut so unbeteiligt
wie nur möglich. Dann legt er noch eine Tüte Gummibärchen dazu und einen für eine Tankstelle recht ansehnlichen
Blumenstrauß. Er zückt seine Visa Karte, überlegt es sich
schnell anders und reicht einen 50-Euro-Schein über den
Tresen. Sein letztes Bargeld. Der Tankwart nimmt ihn entgegen, da gehen die Scheinwerfer des BMW an. Beide Männer
schauen raus, dann nimmt der Verkäufer Sven verwundert ins
Visier. Der sucht nach einer Ausrede und nimmt das Nächst-
liegende:

»Meine Tochter spielt dauernd daran rum. Kann's nicht
lassen. Ganz der Papa.«

Der Tankstellenwart widmet sich wieder dem Bezahlvor-
gang, grummelt etwas und schüttelt den Kopf. Dann geht
draußen der Motor an, und unversehens wird Sven hektisch.
Nimmt die Einkäufe und das Wechselgeld an sich. Vor der
Scheibe rollt der Wagen los und bremst, rollt los und bremst.
Wenn es so weitergeht und die blöde Kuh hinter dem Steuer
nicht lenkt, fährt sie in den Verkaufsraum!

»Vielleicht sollten Sie Ihre Tochter mal ...«

Aber da ist Sven schon vor der Tür im Regen und am Auto.
Unter dem einen Arm die Einkäufe und den Blumenstrauß,
will er mit der anderen Hand die Fahrertür öffnen. Aber die ist
natürlich verriegelt. Henry grinst ihn durch die Scheibe an. Er
versucht noch zwei Mal, die Tür zu öffnen, klopft gegen die
Scheibe und will aufs Dach hauen, da wird ihm bewusst, dass
sie einen Zuschauer haben. Hinter der Scheibe im Verkaufsraum. Jetzt spürt Sven auch den Regen, der seine Kapuze
erneut zu durchnässen beginnt.

Ihm kommt die Situation bekannt vor. Nun ist er es, der von außen gegen die Scheibe klopft. Das Mädchen winkt und lächelt ihm zu. Dann lässt es die Scheibe einen Spalt nach unten und erklärt: »Ich komm nicht ans Gas.«

»Mach die Tür auf.«

»Wieso sollte ich?« Jetzt hält dieses Biest den kleinen schwarzen Kasten hoch, der zur Ortung des Autos einfach in die Steckverbindung geschoben werden muss. »Kannst du mir sagen, wo das hinkommt?«

Sven unterdrückt einen Fluch. Ihm fallen die Tampons in die Regenlache auf dem Boden. »Mach auf!!«, presst er durch die Lippen. Sie grinst ihn nur an. »Was – willst – du?«

»Eine neue Trommel. Einen echten Säbel. Eine rote Krawatte. Eine junge Bulldogge. Und heiraten.«

Sven starrt verständnislos diesen selbst ernannten Tom Sawyer an.

»Na gut. Unter zwei Bedingungen«, macht Henry jetzt die Regeln.

»Und die wären?«

»Du tust mir nichts.«

»Was sollte ich dir denn tun?«

Sie presst die Lippen aufeinander und schaut ihn mit großen Augen an.

Sven versteht: »*What?* Nein! Ich wollte ja nicht dich, sondern das Auto!«

Das Mädchen nickt. Offenbar glaubt es ihm.

»Und zweitens?«

»Und zweitens: Ich verrate dich nicht, aber dafür nimmst du mich mit zu dir nach Hause.«

Sven lacht laut auf und schüttelt dann den Kopf. »Eher hau ich jetzt ab.«

Sie lächelt kühl. »Du glaubst doch nicht, dass du jetzt noch davonkommst? Wenn du jetzt abhaust und ich dem Tankstellenwart die ganze Geschichte erzähle.«

Sven mustert sie ungläubig, dann guckt er zu dem Verkäufer hinter der Ladenscheibe, der inzwischen skeptisch zu ihnen rüberschaut. Das Mädchen winkt ihm zu, und er winkt ihr zögerlich zurück. Sven schüttelt den Kopf. »Vergiss es. Das ist zu krass für mich.« Er geht ein paar Schritte zurück und zieht sich die Kapuze tiefer ins Gesicht. Was, fragt er sich, ist das für ein übles Mädchen? Wenn er schon aus Versehen ein Kind entführt, wieso kann es nicht ein ganz normales, ängstliches Mädchen sein, das flieht, wenn man ihm die Möglichkeit dazu gibt?

Wenn er jetzt abhaut, dann hat er eine Chance davonzukommen. Auf den Kameras ist wahrscheinlich nicht mal sein Gesicht zu sehen, darauf hat er geachtet. Er geht ein paar Schritte vom Auto weg, dreht sich um, da hört er ein beinahe magisches Geräusch, das ihn innehalten lässt: das Entriegeln der Türen. Der Regen läuft ihm in den Kragen. Langsam dreht er sich zum Auto. Der Fahrersitz ist nun frei, das Mädchen ist rübergerutscht. Er schaut zum Tankwart, der eine Geste mit den Händen macht à la ›Frauen!‹. Sven nickt ihm verschwörerisch zu, geht die zwei Schritte zum Auto zurück und steigt ein. Im Innenraum herrscht Stille, abgesehen vom gleichmäßigen Prasseln des Regens. Svens Blick wandert zu dem Mädchen, das seinen Blick keck erwidert. Weder lächelt es, noch wirkt es sonderlich ängstlich. Eher aufgeregt.

»Sind das Gummibärchen?«

Sven schaut zu seinen Einkäufen. Dann nickt er und reicht ihr die Tüte, die sie aufreißt. Dann fängt sie an, die Bärchen zu essen.

»Wieso?«, ist alles, was ihm zu fragen einfällt.

»Hab grad so überhaupt keinen Bock auf zu Hause.«

Das kann Sven verstehen. Das Mädchen reicht ihm die Hand: »Henry.«

Sven nimmt ihre Hand und schüttelt sie. »Das ist aber ein Jungsname.«

Henry nickt. »Die Kurzform von Henriette.«

»Ich bin Sven.«

»Freut mich. Fahren wir?«

# 16

»Man muss doch irgendwas tun können? Wir, hier?« Marion tigert durchs Wohnzimmer. Sie hält sich den Kopf. »Fakt ist, mein Kind ist nicht da. Und mein Auto auch nicht.«

Kriminalhauptkommissar Frank Klaukien antwortet geduldig. »Fakt ist, dass Sie sich nicht an Details erinnern können. Beruhigen Sie sich. Setzen Sie sich hin. Ihr gesundheitlicher Zustand ...«

»›Mein Zustand‹? Was soll denn das ... Müssen Sie nicht irgendwo sein?«

Kriminalhauptkommissar Frank Klaukien ist übermüdet. Das hat einen wesentlichen Grund: Momentan will ihn auch partout alles vom Schlafen abhalten. Bei seiner Frau wurde Hautkrebs festgestellt. Diese Diagnose lässt ihn mal wieder über die Endlichkeit nachdenken. Schon von Berufs wegen sieht er sich ihr ständig ausgesetzt. Wie viele Menschen hat er erst kennengelernt, als sie schon tot waren? Dreizehn Jahre bei der Mordkommission in Deutschlands Hauptstadt hinterlassen Spuren. Und haben ihn dazu gebracht, das Fachdezernat zu wechseln.

Klaukien hat eine Charaktereigenschaft, die in seinem Beruf gleichermaßen Fluch und Segen ist. Er beherrscht die Kunst der Viktimologie. Im Gegensatz zu dem Vorgehen seiner Kollegen sind bei ihm kriminaltechnische Untersuchungen nur

Beihilfe zum Lösen des Falls. Jeder Mensch hat eine besondere Begabung, und er tut gut daran, sie frühestmöglich zu erkennen, zu trainieren und einzusetzen. Wie drückte es jene Schauspielerin aus, die mit einem Filmpreis für ihr Lebenswerk ausgezeichnet wurde? »Glück ist, seinen Anlagen gemäß gebraucht zu werden.« Nur Deutsche verstehen es, eine Definition von Glück in einwandfreier Beamtensprache zu formulieren. Er beschäftigt sich ausgiebig mit dem Leben der Opfer, blickt in ihre Seele, bis er ihre Perspektive einnimmt und aus diesem Blickwinkel den Täter überführt. Das gelingt nicht immer, und häufig ist es verstörend und belastend. In ein Leben zu schlüpfen, das schon gewaltsam beendet wurde, wirft einen Menschen nicht nur auf sich selbst zurück, sondern lässt ihn auch mit erstaunlicher Klarheit seine eigene Kleinheit und Irrelevanz im Ablauf der Welt erkennen.

»Wo, meinen Sie, sollte ich jetzt sein?«

»Ich weiß auch nicht. In Ihrer Dienststelle oder irgendwo Straßensperren aufstellen.«

Klaukien lächelt matt. »Frau Angermeier, wir folgen genau den Richtlinien. Ich bin, wo ich jetzt sein muss.«

Klaukiens Handy klingelt. »Mein Kollege.« Er nimmt ab. »Klaukien?«

Marion versucht fieberhaft, aus seinen Reaktionen etwas herauszulesen, doch die bleiben ihr unverständlich. Dann legt Klaukien auf und erstattet Bericht:

»Frau Angermeier, Ihr Mann ist nicht auf dem Bauernhof. Dort ist überhaupt niemand, wie mir soeben mitgeteilt wurde.«

Marion ist erst erleichtert, doch als sie die Information verarbeitet, macht sich wieder Aggression in ihr breit. »Ich habe ja auch gesagt, dass mein Mann längst auf dem Weg nach Hause sein müsste.«

»Wieso ist er dann noch nicht da?«

»Weil man über eine Stunde fährt!« Marion nimmt sich ihr Handy zur Hand, tippt auf Thomas' Foto, das Gerät wählt, erreicht aber am anderen Ende wieder nur die Mailbox.

»Ich veranlasse, dass das Handy von Ihrem Mann geortet wird.« Er tippt eine Nachricht in sein Smartphone.

»Mein Mann hat nichts mit der Sache zu tun. Wir sollten vielmehr endlich etwas unternehmen, anstatt hier rumzusitzen.«

Klaukiens Entscheidung, die Mordkommission zu verlassen, ist ihm leichtgefallen. Wenngleich sie für viele Kollegen den Höhepunkt der Karriere darstellt, musste er weg von den toten Menschen, von der Endlichkeit, von den Tätern, die eigenmächtig über Leben und Tod entscheiden. Jetzt hat er es mit Missbrauch, Entführung und manchmal auch Diebstahl zu tun, also zumindest nicht mit der unmittelbaren Endlichkeit eines Lebens. Und damit fühlt sich seine Psyche besser.

»Frau Angermeier, alle Beamten in Berlin und Brandenburg, die gerade Schicht haben, wissen Bescheid. Kennen die Personenbeschreibung Ihrer Tochter, die Beschreibung Ihres Autos und sogar inzwischen das Kennzeichen.« Marion zieht bei dieser Anspielung gereizt die Augenbrauen zusammen. »Parallel dazu werden die Daten der Berliner Krankenhäuser abgeglichen. Was schlagen Sie Konstruktives vor, was wir noch machen könnten?«

Marion atmet schwer aus, sie will vorschlagen rauszugehen, nach Henry zu suchen. Aber sie weiß natürlich, dass das Blödsinn ist. Wenn sie nur irgendwas tun könnte!

»Wollen Sie nicht irgendwas an meinem Telefon machen? Dass wir Anrufe zurückverfolgen?«

»Meinen Sie eine Fangschaltung?«

Marion nickt: »Ja genau!«

»Im Internetzeitalter werden Anrufe nicht mehr wie früher von Wählstelle zu Wählstelle rückwärts verfolgt. Hat Ihr Mann eine Waffe?«

Marion ist erstaunt ob dieser Frage. »Nein«, sagt sie in der zögerlichen Art, die es eigentlich zu einem Ja macht. Klaukien setzt seinen ›Erzählen Sie mir mehr‹-Blick auf. Marion erzählt mehr: »Auf dem Grundstück unseres Hauses …«

»… auf dem Land bei Gransee?«

»Genau. Wir haben da beim Buddeln ein altes Gewehr gefunden.«

»Beim Buddeln?«

»Wir haben ein kleines Beet angelegt.«

»Was ist das für ein Gewehr?«

»Keine Ahnung. Ein sehr altes. Wir vermuten, es ist von kurz nach dem Krieg. Dass es versteckt wurde, damit es nicht von den Alliierten konfisziert wird.«

»Und ist es funktionstüchtig?«

»Nein, ganz sicher nicht.« Marion will das Thema abschließen. »Thomas, mein Mann, hat es etwas auf Vordermann gebracht und Patronen gekauft. Aber es funktioniert nicht.«

»Er hat versucht, damit zu schießen?«, fragt Klaukien aufbrausend.

»Auf Dosen!«, beschwichtigt Marion. »Aber es kam ja kein Schuss raus. Er lässt es Henry nicht anfassen. Er verwahrt es sicher. Oben auf einem Schrank. Wieso …?«

»Ich muss das wissen«, unterbricht Klaukien sie harsch, »und ich muss es melden, wenn Ihr Mann nicht auftaucht. Sie wissen schon, dass es einen Verstoß gegen die Waffenverordnung darstellt, oder? Und wer weiß, wie gefährlich es ist, damit zu schießen. Abgesehen davon ist ›oben auf einem Schrank« eine unzureichende Aufbewahrung einer Schusswaffe.«

Marion vergräbt ihren Kopf erneut in ihren Händen. Das ist ein einziger Albtraum. Wer ist dieser Bulle, der sich einbildet, sie durchleuchten zu dürfen?

# 17

Das Wetter ist eine Blaupause ihrer Laune. Und je näher Nadja ihrem Zuhause kommt, desto ergiebiger öffnet der Himmel seine Schleusen. Was soll sie machen, wenn Sven wirklich weg ist? Sie schaut auf ihr Handy. Keine Nachricht. Sie bekommt das blanke Brechen, wenn sie daran denkt, bald wieder auf dem Singlemarkt zu sein. Das ganze Spiel wieder von Anfang an zu spielen. Wie oft war sie in Clubs, und es war einfach nur eine Verschwendung von Parfum und frischer Unterwäsche?

Sven ist ein echter Cis-Mann, nur leider mit zu wenig weiblichen Anteilen. Zumindest wenn man Eigenschaften wie Einfühlungsvermögen, offenen Umgang mit Gefühlen dem weiblichen Pol zuordnen will. Der Sex ist toll, Sven hat körperlich so viel zu bieten. Sie muss nur an seine Hände denken … Denn sie findet – vielleicht ist sie in dieser Angelegenheit einfach eigen –, dass die Hände ihres Partners so groß sein müssen, dass ihre Brüste hineinpassen. Wenn ein Mann kleinere Hände hat, kann sie ihn nicht ernst nehmen. Sie hat mal ein Tinder-Date abgebrochen, weil der Typ geradezu zierliche, beinahe filigrane Hände hatte. Und dazu noch gepflegte Nägel. Darüber, dass der sich die Augenbrauen gezupft hat, konnte sie gerade noch hinwegsehen.

Nadja ist immer gut damit gefahren, früh klarzustellen, dass sie ihre sexuellen Freiheiten in einer Beziehung braucht und auch kein Problem damit hat, dem Partner dasselbe einzuräumen. Sie hat auch nichts dagegen, wenn ihr Sven erzählt, mit wem er so Sex hat. Was sie weiß, macht sie heiß. Sie hält Monogamie für überholt. Hauptsache, gekuschelt wird zu Hause. Für Sven war es einerseits gewöhnungsbedürftig, aber Nadja ist sich sicher, dass es andererseits auch der Grund war, sich auf eine – seine erste ernsthafte – Beziehung mit ihr einzulassen. Er gehörte damals zu den Jungs, denen ihre Freiheit über alles ging. Das hatte Nadja gleich gespürt. Jetzt fragt sie sich, ob es ein paradoxer Trick war, ihm seine Freiheiten zu lassen, um ihn an sie zu binden?

Es ist ihre erste Beziehung, in der sie überhaupt keinen Drang verspürt, mit anderen Männern Sex zu haben. Das einzige Mal, dass sie außerhalb der Beziehung so was wie Sex hatte, war mit einer Frau. Ihre erste und wahrscheinlich letzte gleichgeschlechtliche erotische Erfahrung. Und zwar war das letzte Woche – und das hat ihr klargemacht, dass ihr mit Sven etwas fehlte. Dass es so wie bisher mit Sven nicht weitergehen konnte. Die Art, wie diese Frau Nadja zu entschlüsseln verstand, offenbarte ihr eine ungewisse Sehnsucht. Nicht nach einer Frau! Sondern danach, komplettiert zu werden. Deshalb hatte sie mit Sven Schluss gemacht, weil ihr nichts anderes richtig erschien. Wie sagte Sonja immer und zitiert eins ihrer Lieblingsbücher: »Man braucht nicht auf die Midlife-Crisis zu warten, man kann sein Leben auch schon mit Mitte 20 wunderbar gegen die Wand fahren.«

Herr Bartels hatte sie mit zu einem Konzert genommen. Aufgetreten war Vivian, eine kleine, lesbische, sehr eloquente Sängerin mit einer großartigen Stimme, die Chansons und jiddische Lieder singt. Nach dem Konzert saßen sie an einem großen Tisch mit der besagten Sängerin, vielleicht Mitte vierzig, und diversen anderen ihrer Bekanntcn. Erstaunlicherweise machte Vivians graue Kurzhaarfrisur sie nicht älter, nur interessanter. Die Sängerin hatte eine Art, Nadja die Hand zu schütteln, sie mit ihren funkelnden Augen anzuschauen, die charmant war, aber auch fordernd, samtig-schmeichelnd, aber auch einnehmend – für Nadja bisher alles männliche Attribute. Und je mehr ihr Körper auf diese Frau reagierte, desto mehr sichtbare oder unsichtbare Signale sendete er aus, die Vivian sehr genau deuten konnte. Und an diesem Abend knisterte die erotische Spannung gehörig. Nadja saß direkt neben ihr, und immer wieder berührten Vivians Arme oder Beine die ihren. Der Duft, der von ihr ausging, betörte Nadja, sie sog ihn mit allen Poren auf und stieß vermutlich selber einen Fick-mich-Duft aus. Und mitten im Gespräch bemerkten beide Frauen zeitgleich die Gänsehaut auf Nadjas Arm. Nadja hätte gerne die Ärmel heruntergezogen, hatte aber keine. Alles zog sie zu dieser Frau, und ihr war, als wolle sie sich ihr ganz hingeben, mit Haut und Haar, in- und auswendig. Und ganz unauffällig, und ganz so, dass niemand auch nur eine Spur davon mitbekam, legte die Sängerin unter dem Tisch eine Hand auf Nadjas Schenkel. Und durch diese warme Berührung durchströmte Nadja eine Hitze, sammelte sich in ihrem Bauch und zog sich in einem ziehenden Gefühl in ihre Vulva, und sie merkte, wie voll und aufnahmebereit sie schon war. Und als Nadja, noch viel unauffälliger, ihre Beine unter der Berührung der Frau einen Hauch spreizte und Vivian sie sachte nur mit ihrem kleinen Finger an der Innenseite des Schenkels streichelte, bahnte sich allein dadurch ein kleiner Orgasmus an. Und sie dachte in dieser Sekunde, dass dies der erotischste Moment ihres ganzen Lebens war.

Dass Sven seine *bed chicks* hat, weiß sie. Welcher Mann zwischen 16 und 36 hat heutzutage nicht neben seiner Beziehung noch sexuelle Affären? Der Mensch hat nun mal Triebe, und die Männer unterliegen ihnen ohne Frage hilfloser als Frauen.

Aber in letzter Zeit kommt ihr immer öfter der Gedanke, dass das ein Fehler ist. Geht dann etwa auch die Verbindlichkeit flöten, die eine Beziehung zusammenhält?

Was würde sie nur tun, wenn Sven gleich weg wäre? Einsam wäre sie und verloren. Müsste ihr Innerstes von Grund auf neu aufbauen. Sie würde eine Zukunft mit Sven endgültig abhaken und genesen müssen, und sie weiß schon jetzt, dass das keine Sache von Tagen oder Wochen sein würde. Eher von Monaten. Doch danach, daran glaubt sie, könnte sie ihr Leben wieder leben, sorgenfreier, insgesamt viel freier. Vielleicht trifft sie einen Mann, der ihr guttut. Es wäre schön, jemanden zu finden, der nicht schon nach fünf Minuten fertig wäre. Sie wäre sogar bereit, von ihrem Kriterium, was die Handgröße angeht, abzurücken. Vielleicht wäre ja auch wichtiger, dass der Alltag funktioniert und er ihr ein Reihenhaus in Mahlsdorf kauft, das fußläufig vom See ist, und dazu noch einen Hund. Sie wird ganz sicher anfangen zu joggen oder zu rudern. Aber vielleicht ist der Neue ja Banker oder Unternehmensberater, die haben Hände wie kleine Mädchen, schmal und sehr gepflegt.

Nadja überkommt ein Schauer.

Dass tief in ihr drin so ein Heile-Welt-Traum schlummert, bringt sie zum Lächeln. Eigentlich ist das doch das Gegenteil von dem, was sie sich gerade aufbaut: Eigenständigkeit. Und doch wird es jetzt, in Momenten der Zerbrechlichkeit wie diesen, von der Sehnsucht nach Sicherheit überrundet.

Manchmal wachte Sven mitten in der Nacht mit einem Ständer auf und fing an zu fummeln. Das mündete dann in den besten Sex, da der Kopf noch nicht wach war, sie vögelten hemmungslos, und Sven ist dann nach seinem Orgasmus in ihr geblieben und so eingeschlafen. Animalischer Sex. Die Erinnerung macht sie sentimental. Nadja ist überzeugt, solange in einer Beziehung ein Partner den anderen hin und wieder zum Objekt seiner sexuellen Begierde macht, sie oder ihn auf sein Geschlechtsteil reduziert, ist das Sexleben gerettet. Und das hat sie mit Sven wirklich draufgehabt. Doch wo bleibt der funktionierende Alltag? Kann man nicht beides haben? Vielleicht ist es das, worunter Beziehungen leiden, wenn die Partner schon zehn Jahre oder länger zusammen und über dreißig sind. Dass sie gar keinen Sex mehr haben – dafür aber einen funktionierenden Alltag. Partner, die die Erwartungen ans Leben und den Tagesrhythmus so weit angeglichen haben, die Einkaufslisten in den Handys synchronisieren, dass sie in völliger Harmonie zusammen-, aber nebeneinanderher leben – wachsende Liebe und schwindende Leidenschaft. Für Nadja und Sven wie eine Fata Morgana, sichtbar, aber unerreichbar. Sie hatten stets viel Sex. Aber keinen funktionierenden Alltag. Jetzt gerade, denkt sich Nadja, wäre es ihr andersrum lieber.

Nadja weiß genau, was sie will: Sven. Nur *wie* sie ihn will, existiert nicht.


Wieso hat sie heute Morgen bloß keinen Regenschirm mitgenommen? Diese ganze Situation macht sie unausgeglichen, launisch und lässt sie schlecht schlafen. Neben Sven schläft sie nun mal besser. Der Regen rinnt ihr an der Wange vorbei zum Hals und von dort unter ihren Mantel. Das erfüllt sie mit einer Kälte, die auf sonderbare Weise reinigend wirkt. Wenn sie vorher geduckt durch den Regen lief, trotzt sie ihm nun erhobenen Hauptes. Der Regen wird zu ihrem Verbündeten. Sie wappnet sich für das, was sie zu Hause erwartet.

Die Wohnungstür ist nicht abgeschlossen. Er ist also da. In der dunklen Diele streift sie die Schuhe ab, in der Küche brennt Licht. Sie schaut hinein und traut ihren Augen nicht! Sven durchsucht gerade die Schränke und hat einen Topf auf dem Herd. Die Blumen auf dem Tisch registriert Nadja natürlich auch. Und wieso liegen daneben Kondome für Analsex? Er schaut sie an, lächelt ganz frei, als würde nichts zwischen ihnen stehen.

»Hast du den Kakao gesehen?«

»Hmm?«

»Wo haben wir denn den Kakao?«

Nadja hat ja alles erwartet, aber dass er Kakao macht? Und wer ist bitte schön *wir*? »Ach Sven.«

Sie geht ins Bad, zieht ihren Mantel aus und hängt ihn über die Duschwanne. Dann tauscht sie Hose, Bluse und Unterhemd gegen ihren Flanellschlafanzug und rubbelt sich die Haare trocken. Sie überkommt ein Lächeln, das sie sich aber sofort verbietet. Wieso kommt er auf die Idee, Kakao zu machen? Das ist so ungewöhnlich wie putzig. Er hat noch nie Kakao gemacht.

Sie bindet sich das Handtuch um den Kopf, tritt in den Flur. Und anstatt zurück zur Küche gehen – anbiedern will sie sich nicht, sie bleibt stark –, wendet sie sich Richtung Wohnzimmer. Er muss beweisen, dass er sie will. Er muss ihr Signale geben. DAS Signal. Und sie hat nicht vor, es ihm einfach zu machen. Ja gut, Kakao ist schon mal ein sehr gutes Signal.

Sie betritt das Wohnzimmer, faltet eine dünne Decke, unter der er die letzten Tage geschlafen hat, schiebt Zeitschriften zu einem Stapel zusammen, dreht den Kopf zum Sofa und sieht ein Mädchen, das bewegungslos dasitzt und ihr zuschaut. Nadja will die TV-Fernbedienung auf die Zeitschriften legen und sich zurück zum Flur wenden, da setzt sich eine ungewisse Information in ihrem Hirn durch. War da wirklich eine Person auf ihrem Sofa? Sie fühlt nicht nur den Blick des Mädchens auf sich, sondern auch seine Präsenz. Und als Nadja ein zweites Mal hinschaut, ist die Gestalt noch immer da! Und jetzt kommt der Schreck, sie atmet scharf ein, erstarrt.

»Hi«, sagt das Mädchen.

Nadja atmet lang gezogen den Schrecken aus. »Hallo«, erwidert sie, weil man das halt so macht. Sie legt die Fernbedienung aus der Hand, ohne das Kind aus den Augen zu lassen, und geht rückwärts aus dem Zimmer.

Sven rührt den Kakao in die dampfende Milch. Nadja kommt in die Küche, nah an ihn heran. Erst schaut sie auf den Milchtopf und dann Sven an.

»Da ist jemand im Wohnzimmer«, sagt sie in dem weichen Tonfall, in dem sie auch sagen würde: ›Ich habe keine Unterwäsche an‹, doch ihr kaltes Lächeln straft sie Lügen.

Sven lächelt und nickt: »Ja genau. Willst du Kakao?« Er ignoriert all die Warnungen, die ihr Tonfall verheißt, und schüttet den Kakao in zwei Tassen. Und als Nadja nicht reagiert, noch ganz in eine Art Trance verfallen, nimmt er beide Tassen und geht damit an ihr vorbei und aus der Küche. Nadja blinzelt zweimal den leeren Topf an. Der Topf blinzelt zweimal zurück. Mit einem leichten Kopfschütteln versucht sie vergeblich, die Absurdität des Augenblicks wegzuwischen.

Sven gibt Henry ihre Tasse und setzt sich zu ihr.

»Ist nicht sehr heiß.«

Diesen Satz sagt ihr Vater auch immer. Sie nippt an dem Getränk und nickt dann wie jemand, der eine Suppe auf ihren Salzgehalt testet.

»Schmeckt gut?«

Henry nickt wieder. »Wer ist denn die Frau?«, fragt sie flüsternd.

»Nadja? Das ist meine Freundin. Oder *Ex*freundin, wenn's nach ihr geht.«

»Du hast mir nicht gesagt, dass du mit jemandem zusammenwohnst.«

»Wieso sollte ich?«

»Wie, du solltest?« Henry nimmt noch einen großen Schluck. »Was sollen wir denn jetzt sagen?«

Sven schaut sie an, als verstünde er nur Bahnhof.

»Wer ich bin«, führt Henry aus. »Oder können wir ihr die Wahrheit sagen?«

In dem Moment kommt Nadja ins Wohnzimmer, bleibt kurz schüchtern in der Raummitte stehen, als wäre es ein fremdes Wohnzimmer bei fremden Menschen, bei denen sie durch eine Reihe von unglücklichen Zufällen Weihnachten verbringen muss, und setzt sich dann zögerlich auf den Sessel. »Wen hast du … uns denn da mitgebracht?« Sie bemüht sich zu lächeln.

»Das ist Henry«, erklärt Sven. Und als Henry ihren Blick sieht, fügt diese hinzu:

»Ist die Kurzform für Henriette.«

Nadja nickt groß, als wäre jetzt alles klar. Dann tritt eine lang gezogene Stille ein. Und Sven fühlt sich auch nicht bemüßigt, noch irgendwas hinzuzufügen. Er verrührt lieber penibel den Rest Milch in seinem Becher mit dem Bodensatz Kakao.

»Und wie heißt du?«, fragt Henry schüchtern.

»Ich bin Nadja.«

»Cool«, Henry macht eine Pause vagen Entsetzens, »und ihr seid zusammen?«

Nadja bejaht, aber fügt schnell hinzu, nicht ohne einen Seitenblick auf Sven: »Wir *waren* zusammen.«

Henry schaut zwischen den beiden hin und her, dann schaltet sie in einen anderen Modus. »Sven hat mir schon 'ne Menge von dir erzählt«, lächelt Henry sie an. Den Satz kann man so gut wie immer bringen.

»Ah ja?«, fragt Nadja Sven ungläubig, nicht ohne zwei Schüsse Feindseligkeit und Verbitterung, und richtet sich wieder an Henry: »Was weißt du denn so von mir?«

»Och! Viele Dinge«, antwortet Henry rasch, »ich wünsche mir auch mal einen Freund, der so von mir spricht.«

Nadja schaut erst Henry an, dann Sven – zu einer Salzsäule erstarrt –, dann wieder zurück. »Ich, entschuldige, ich weiß gerade gar nicht, wer du bist.«

»Ja, schade, dass wir uns noch nicht kennengelernt haben. Das kam auch ganz plötzlich, das alles mit den Krampfadern, oder, Sven? Erzähl doch mal.« Henry hält es für klüger, sich zu bremsen, was ihr schon schwer genug fällt, und spielt den Ball zu Sven.

»Ja, ja, genau«, sagt dieser und danach wieder nichts. Der Ball, den ihm Henry zugeworfen hat, prallt an dem Brett vor seinem Kopf ab und rollt unter den Tisch. Das unangenehme Schweigen dauert an.

»Meine Mutter …«, sagt Henry, zieht durch die zusammen-

gepressten Lippen zischend Luft ein und dreht eine Handfläche nach oben. »Die konnte heute Morgen auf einmal
nicht mehr auftreten. Das kam bei ihr ganz plötzlich. Jetzt
liegt sie im Krankenhaus für ein, zwei Tage.« Henry wartet
eine Reaktion ab, aber es kommt keine. »Ich habe gesagt,
ich kann natürlich alleine zu Hause bleiben. Aber ich bin
erst zwölf. Und da hat sie zu Sven gesagt, was hat sie zu dir
noch mal gesagt?« Henry schielt zu Sven rüber. Der räuspert sich.

»Willst du noch Kakao?«

Henry schüttelt den Kopf.

»Du?«, und schaut Nadja fragend an. Die übergeht ihn.

»Was genau hat das mit dir zu tun?«, fragt sie Sven statt
einer Antwort.

»Meine Mutter ... ich habe ...«

»Seine Mutter ist die Schwester von meiner Mutter. Aber
die hat gerade keine Zeit.«

»Ach so. Dann bist du Svens Cousine.«

»Genau.«

»Sag das doch gleich.«

»Sorry, ich dachte, du wüsstest das?«

»Sven hat mir nie erzählt, dass er eine Cousine hat.«

»Was? Wirklich? Wieso das denn nicht, Sven?«

Der sucht in seiner Kakaotasse nach einer Antwort. »Wir
haben uns ja auch gerade heute ... so richtig erst ...«

»... wiedergesehen«, beendet Henry den Satz. »Ja. Das
stimmt. Ich bin ganz schön groß geworden, oder?«, Henry
pikst mit dem spitzen Finger gegen Svens Knie, »meine
Mutter hat sehr lange nicht mit seiner Mutter, also meiner
Tante, gesprochen.«

»Ach, das wundert mich ja gar nicht!«, spöttelt Nadja ironisch, die ob dieser Wendung schlagartig auftaut.

»Genau, die hatten mal was mit ein und demselben Mann.«
Henry gerät in Fahrt.

»Wie bitte?«, entfährt es Nadja und Sven gleichermaßen.

»Ja! Und es ist erst aufgeflogen, als eine von beiden schwanger wurde.«

Nadja lacht. »Und so was erzählst du mir natürlich nicht von deiner Mutter, ja? Wann war das?«

# 18

»Marion? Schatz?« Thomas schließt die Wohnungstür.

Marion tritt mit einer Teetasse in den Flur.

»Hast du gesehen, was da draußen los ist, da stehen zwei Streifenwagen vor unserer Tür.« Dann bemerkt Thomas das Pflaster an Marions Kopf. Man sagt so oft, dass sich in solchen Situationen Gedanken überschlagen. Aber bei Thomas überschlägt sich nichts, sondern verirrt sich in unbewohnten Hirnwindungen. Und so fragt er nur, wenn auch bereits im Ton einer Vorahnung: »Wieso war die Wohnungstür offen?«

Thomas verfügt über eine gesunde Selbsteinschätzung. Er weiß, seine Firma ist nur so produktiv, weil er ein Macher, ein Organisator, ein Charmeur ist. Ein starker, aber absolut fairer Teamführer, der Ansagen macht, die es nicht anzuzweifeln gilt. Er versteht es, Fachkräfte für sich zu gewinnen, sie hervorragend zu behandeln und ihnen eine Perspektive zu geben. Seine Firma floriert aufgrund genau dieser Eigenschaften. Außerdem arbeitet er als Dozent an einer Privatuniversität, hält Vorträge im Ausland und hat einen regelmäßigen Wortbeitrag in einer Quartalszeitschrift. Man könnte also durchaus sagen: Er hat Eier in der Hose.

Vielleicht handelt es sich bei Thomas jedoch um die besondere Form der Wanderhoden, die sich sofort zurückziehen, sobald er sein Büro gegen das Zuhause eintauscht. Denn

Marion hat im Gegenzug dafür, dass sie ihre Karriere, ihre Träume und ihr eigentliches Leben aufgegeben hat, sich ganz selbstverständlich die familiäre Alpharolle angeeignet. Thomas hat sich einen etwas gemütlicheren Platz in der Familie ausgesucht, und der ist vorwiegend hinter einer breiten Tageszeitung. Er witzelt, dass jeder Familienvater, der eine Frau und eine Tochter zu Hause hat und der was auf sich hält, sich einen Schutzwall zulegt. Und sei dieser auch nur ein mit schwarzen Pigmenten bedruckter Zellstoff, der bei Bedarf auf ein Vielfaches seiner Größe aufgeklappt werden und hinter dem er vortäuschen kann, mit etwas viel Wichtigerem beschäftigt zu sein, dem Weltgeschehen zum Beispiel, als bei einem Streit zwischen die Fronten zu geraten.

Aus dem Wohnzimmer tritt Frank Klaukien. »Guten Abend. Herr Angermeier?«

»Ja?« Thomas legt seine Sachen ab. »Marion, was ist passiert? Ist was mit Henry?«

»Mein Name ist Klaukien, ich bin Kriminalhauptkommissar. Mein Fachdezernat ist für Strafdelikte wie zum Beispiel Kindesentführung zuständig.«

Thomas schaut zwischen dem Kommissar und Marion hin und her.

»Und du kannst dich wirklich nicht daran erinnern?«, fragt Thomas irritiert.

Sie sitzen im Wohnzimmer, Klaukien auf dem Sessel, Marion und Thomas auf der Couch. Thomas entzieht seine Hand immer wieder Marions Berührung.

»Vage.« Marion fasst sich an die Stirn. »Der Notarzt sagt, er geht von einem Trauma aus.«

»Was denn für ein Trauma?«

»Ein Schock kann so was auslösen, keine Ahnung. Eine Erfahrung, die das Gehirn besser ausklammert.«

»Und du hattest so einen Schock?«

»Die Erinnerung wird wiederkommen, sagte der Notarzt. Sehr wahrscheinlich sogar.«

»Und wann?«, Thomas wird lauter.

»Herr Angermeier, alles, was wir tun können, ist getan. Wir ...«

Marion unterbricht ihn. »Wir gehen von einem Versehen aus. Dass also jemand das Auto klauen wollte und Henry nicht bemerkt hat.«

Thomas nickt. Er schaut Marion an.

»Glaubst du das, oder weißt du das?«

Marion zeigt sich verwundert über die Frage. »Ich ... ich glaube das.«

Thomas nickt langsam.

»Wir müssen alle möglichen Abläufe durchgehen, da stimmen Sie mir zu, nicht wahr?«, tastet sich Klaukien heran. Die beiden nicken nur zögerlich. »Eine Variante, die ich mit Ihrer Frau schon durchgesprochen habe, wäre, dass Henry vielleicht schon auf dem Parkplatz vom Supermarkt, wo Ihre Frau gehalten hat ...«, er scrollt seine Notiz hoch, »... Chausseestraße, verschwunden ist.«

»Wieso warst du denn in der Chausseestraße?«

»Wieso nicht?«

»Das ist doch ein totaler Schlenker.«

»Aber so fahre ich immer rein. Immer wenn mehr Verkehr ist.«

»Aber heute ist doch gar kein Verkehr?«

Marion ist perplex über den Angriff. »Dann aus Gewohnheit? Weiß ich auch nicht.«

Die kurze Stille, die eintritt, wird von Klaukien durchbrochen.

»Eine Nachbarin hat ausgesagt ...«, er scrollt durch seine Aufzeichnungen, »dass sie weder ein Auto noch Ihre Tochter zur Zeit der mutmaßlichen Entführung gesehen hat.«

Erst atmet Marion hohl ein, dann fährt sie auf: »Diese Frau Reiser?«

»Das weißt du doch nicht«, beruhigt sie Thomas.

»Na klar, wer denn sonst? Sie stand mal wieder im Treppenhaus, als ich reinkam.«

»Also, als Sie mit den Einkäufen reinkamen, aber Henry noch draußen im Auto geschlafen haben soll?«

Marion schaut Klaukien erbost an, will gerade etwas erwidern, da kommt ihr der Kommissar zuvor.

»Entschuldigen Sie die Formulierung. Das war eine unbeabsichtigte Unterstellung.«

Thomas wirft einen Seitenblick auf seine Frau, dann auf Klaukien. ›Der Mann ist gut‹, denkt er sich, und dann misstrauischer: ›Macht er das extra? Gehört das zu seiner Strategie?‹

»Frau Angermeier, bitte seien Sie versichert, dass ich Sie nicht vorverurteile. Für nichts.«

»Das ist schön gesagt«, räumt sie leise, sehr leise ein. ›Das bringt nur nichts, wenn man sich selbst verurteilt‹, fügt sie in Gedanken hinzu. Dann spricht sie aus, was Thomas denkt: »Henry ist schon mal von zu Hause abgehauen.«

Klaukien nickt, das hat er sich schon gedacht. »Wann war das?«

Marion schaut Thomas an. »Etwa vor einem Jahr.«

»Wie hat sich das zugetragen?«

Thomas atmet tief ein und räuspert sich, er legt seine Hand hinter Marions Rücken. Um zu verstecken, dass sie zittert. Und um Marion den Trost zu spenden, den sie braucht, um stark zu bleiben, auch um ihr zu signalisieren: Dich und uns traf daran keine Schuld. Auch wenn er weiß, dass sie das Gegenteil glaubt. Aber er umarmt sie nicht, um sie nicht kleinzumachen – zumindest kennt er sie gut genug, um zu wissen, dass sie es so auffassen würde.

Klaukien liest wachsam und geübt die Körpersprache der beiden, spürt, wie sehr sie sich in dieser Ausnahmesituation unterstützen wollen. Er hat gelernt, diese Intimität der Extremsituationen für seine Beobachtung zu nutzen, obwohl es ihm anfangs fast unangenehm war.

Thomas holt Luft:

»Henry war fast zwei Tage lang verschwunden. Sie war bei einer Freundin.«

»Wie kommt es, dass die Eltern Sie nicht angerufen haben?«

»Henry hatte es geplant«, entfährt es Marion spitz. »Und sie hatte uns eine Nachricht hinterlassen, wann sie wiederkommt.«

Thomas nickt. »Ja, sie hatte schon Tage zuvor mit der Freundin ausgemacht, die Zeit bei ihr zu verbringen. Die Mutter hatte nichts dagegen. Vor allem, weil Henry erzählt hatte, wir seien beruflich unterwegs und würden sie entweder bei ihrer Großmutter oder bei einer Freundin unterbringen.«

»Henry ist also sehr erfinderisch?«

Thomas und Marion nicken gleichermaßen betroffen, aber auch unmerklich stolz.

»Und was war der Auslöser? Haben Sie sich gestritten?«

Sie schweigen, Thomas möchte Marion den Vortritt lassen. Den sie dann auch nimmt. »Ja, wir haben uns gestritten. Zu dieser Zeit fingen die Machtspielchen an. Sie untergräbt meine Autorität. Der Einzige, der ihr was sagen oder was vorschreiben könnte, ist Thomas.« Sie schaut Thomas vorwurfsvoll an. »Aber der sagt ihr einfach nichts und schreibt ihr auch nichts vor.« Sie bedenkt den Kommissar mit dem Blick eines Verlierers, der mit aller Kraft so tut, als sei er ein Gewinner. »Also bleibt alles an mir hängen, ich muss dann was sagen und bin wie immer die Blöde.« Ihr Ausdruck wandelt sich von Verbitterung in Betroffenheit.

»Bitte verstehen Sie, Frau Angermeier. Das, was Sie beschreiben, hört sich für mich weder außergewöhnlich noch unnormal an. Sondern nach dem gängigen Lauf der Dinge. Die Dynamiken in einer Familie. Häufig gibt es bei Ehepartnern einen in der Erziehung zurückhaltenderen Part, und bei Töchtern ist das nicht selten der Vater, weil dieser entweder glaubt, der Tochter nicht gewachsen zu sein, oder es sich mit ihr nicht verscherzen will – ein tief sitzender Instinkt. Und die Mutter glaubt dann, die fehlende Strenge ausgleichen zu müssen. Kinder, erst recht Einzelkinder, sind mit zunehmendem Alter sehr gewitzt, diese Problematik für sich auszunutzen, denn sie nehmen die zentrale Rolle auch in der Beziehung zwischen den Elternteilen ein. Sie werden mal zum Mittler, mal zum Entzweier, ganz selten bilden sich in menschlichen Beziehungen Dreierteams.«

Thomas zieht die Brauen kraus, ganz so, als läge ihm ein Kommentar auf der Zunge, ob ein polizeiliches Studium auch Psychologie umfasst. Sein Blick wird von Marion angezogen, und so blickt er sie an. Er hat ein kaum zu bändigendes Bedürfnis, sie im Arm zu halten. Er möchte ihren Kopf zwischen seine Hände nehmen, ihr tief in die Augen schauen und sagen: »Wir kriegen alles hin!« Er sieht nur ihr Profil, doch er spürt genau, wie eisern sie versucht, ihre Verletzlichkeit zu überspielen. Niemand kennt Marion so gut wie er.

Als sie sich einmal mit ihrer Mutter Kerstin gestritten hat, hatte diese ihr vorgeworfen, dass Menschen, mit denen sich

Marion umgibt, entweder einen Nutzen oder einen Unterhaltungswert und im Bestfall beides haben müssen. Wenn dem so ist, kann sich Thomas ausrechnen, welche Rolle ihm zukommt. Als er sie kennengelernt hat, auf einer Party einer Kommilitonin, war er fasziniert von der Frau, die ohne Wenn und Aber (und ohne jede Spielchen) machte, was sie wollte. Zielstrebigkeit und Ehrlichkeit waren nur einige der Eigenschaften, die ihn für sie einnehmen ließen. Und nach einiger Zeit, die er mit dieser seiner Traumfrau verbrachte, die so ganz anders war als alle seine vorherigen Freundinnen, wurden ihm drei Fakten bewusst: Er ist verliebt, er ist der romantische Part dieser Verbindung, er will sein Leben mit ihr verbringen.

Gerade ihre messerscharfe, erbarmungslose Direktheit, die, wäre sie gegenständlich, ein mit roten Rubinen verzierter Handdolch gewesen wäre, zog Thomas erotisch an. Nichts verführte Thomas mehr als Marion, die ihn im Bett auf sein primäres Geschlechtsorgan reduzierte. Und es in all seiner Pracht genoss.

Er kann sich gut daran erinnern, als Marion ganz sie selbst war: als sie mit ihm durch Mexiko gewandert war. Sie hatten nichts als die Habseligkeiten in ihren Rucksäcken, tranken von Menschen, die sie dort kennenlernten, selbst gemachten Tequila, und sie lernten Flamenco, Bachata und Samba tanzen. Sie tanzten jeden Abend in einer anderen Bar und schliefen unter freiem Himmel.

Doch die Jahre ihrer Beziehung haben inzwischen viele Schichten von Routine und Organisation des Alltags über das Begehren gelegt. Und so liefen sie nichts ahnend die über Jahrhunderte ausgetrampelten Pfade aller langjährigen

Beziehungen, blind dem Wegweiser folgend mit der Aufschrift »Verschwisterung«. Die Abzweigungen von diesem Weg sind schmal, unwegsam und sehr, sehr leicht zu übersehen.

Und dann ist da ja noch das andere Wesen, das mit ihm unter einem Dach lebt, das ihn in Schläue wie Durchsetzungsvermögen, gepaart mit einem langen Atem in Meinungsverschiedenheiten, um ein Vielfaches schlägt. Und das dabei noch so süß ist, dass jeder Widerstand schmilzt. Und der Umstand, dass es sich bei dem Wesen um seine Tochter handelt, wirkt auf einen stolzen Vater komplett entwaffnend. Marion zeigt sich nicht so empfänglich für Henrys Strategien. Sie sind nun mal aus dem gleichen Holz geschnitzt. Und hier ist die Rede von einem Holz, aus dem Marterpfähle gemacht sind.

Und wenn es ihm zu viel wird, sucht er sich kleine Fluchten: zum Beispiel den Bauernhof, auf dem er sich so wohlfühlt, als sei es sein Zuhause. Was in Berlin zu kurz kommt, gleicht er auf dem Land aus, da reden ihm keine Frau und keine Tochter rein, muss er nichts ausdiskutieren. Das ist befreiend, dort ist *er* ganz bei sich selbst.

# 19

Da gibt es diese Geschichte, die Klaukien sehr mag. *Die Verabredung in Samarra*, hier tritt der Tod in Form einer charismatischen Frau auf. Und jeder Versuch, dem Schicksal zu entgehen, entpuppt sich als von ihr längst vorausgeplant. Klaukien stellt sich den Tod wie diese freundliche Kollegin vor, mit der er reden kann. Schließlich arbeiten sie doch mehr oder weniger im gleichen Business. Wenn der Tod die Mutter der Endlichkeit ist, hat sie, davon ist er überzeugt, noch eine andere Tochter namens Vorsehung. Wahrscheinlich aber von unterschiedlichen Vätern. Die Sippe ist groß, ihre Cousinen heißen Fügung und Gerechtigkeit, und Klaukien hat sich mit ihnen gut gestellt.

In seiner Fantasie besucht Klaukien den Schauplatz der Geschichte regelmäßig und trifft dort auf den Tod. In seiner Vorstellung ist er eine, in orange-bunte Leinen gehüllte, majestätisch anmutende, etwa mittelalte Frau, die braunen Haare schauen unter einem Kopftuch hervor, und ihre grünen Augen sind von stechender, durchleuchtender Intensität. Mal schlendern sie gemeinsam an den Ständen vorbei, mal sitzen sie auf einer Bank an einem Brunnen. Ihre Treffen sind immer harmonisch. Frank hat das Gefühl, dass sie zumindest temporär gleiche Ziele verfolgen und wenn sie schon nicht Freundschaft verbindet, dann doch kollegialer Respekt.

*Eines sonnigen Morgens schickt ein Herr in Bagdad seinen Diener für Einkäufe auf den Markt. Dort herrscht wie immer großer Trubel, und die halbe Stadt ist auf den Beinen. Plötzlich spürt der Diener in seinem Nacken einen Blick auf sich ruhen. Er dreht sich um und schaut direkt in die Augen einer Frau, die ihn hämisch angrinst. Und ihm wird klar, dass das der Tod ist. Der Diener schafft es, durch die Menschenmenge zu entfliehen, und kommt zitternd und bebend zurück zu seinem Herrn, natürlich ohne die Einkäufe, dafür aber mit einer Bitte:*

*»Ich habe auf dem Markt den Tod getroffen! Sie hat mich ausgelacht, doch ich konnte fliehen. Bitte gebt mir Euer Pferd, ich reite so weit ich nur kann, bis nach Samarra, dort wird sie mich nie und nimmer vermuten.«*

*Der Herr hört sich das skeptisch an, aber da sein guter Diener totenbleich ist und wie Espenlaub zittert, als habe er den Leibhaftigen gesehen, gibt er ihm sein Pferd. Der Diener drückt diesem die Sporen in die Flanken und reitet, so schnell er kann, in Richtung Samarra.*

*Der Herr geht auf den Markt, weil die Einkäufe noch ausstehen, aber auch, weil er neugierig ist, ob auch er den Tod trifft. In der Menschenmenge sieht er sie dann. Vor ihr, dem Tod, sitzt eine rüstige, knochige Alte, die zu ihr aufschaut. Sie lässt das Bündel Bast sinken, aus dem sie behände Körbe flocht. Da tritt der Herr an den Tod heran und berührt sie an der Schulter, sodass sie sich umdreht und ihn aus offenen und freundlichen Augen anschaut.*

*»Entschuldigt, dass ich Euch von Eurer Arbeit abhalte«, leitet der Herr die Frage ein, »wieso habt Ihr meinen Diener so sehr erschreckt? Ihr habt ihn ausgelacht.«*

*»Aber nein, guter Herr«, antwortet der Tod mit einer ruhigen, friedlichen Stimme, »ich habe ihn nicht ausgelacht, ich habe ihn angelächelt, weil ich verwundert war, ihn hier zu*

*sehen. Weil ich doch heute Abend eine Verabredung mit ihm habe, aber in Samarra.«*

*Darauf dreht sich der Tod wieder um zu der alten Frau, doch diese hat sich aus dem Staub gemacht.*

Klaukien klingelt. Hinter der über die Jahrzehnte mehrfach lackierten Holztür hört er Geräusche, dann öffnet sie sich einen Spalt breit, die kleine Kette auf Zug. Frau Reiser schaut misstrauisch in den Flur.

»Frau Reiser?«

Frau Reiser tritt verunsichert von einem Bein auf das andere. Wie lange ist es her, dass jemand bei ihr geklingelt hat? »Ja?«, antwortet sie mulmig.

»Hauptkommissar Klaukien. Ich ...«

»Wegen unten, nicht wahr?«, unterbricht ihn Frau Reiser in einem konspirativen Ton.

»Ja, mein Kollege hat mir ausgerichtet, dass Sie etwas gesehen haben?«

Frau Reiser macht eine greifende Handbewegung in seine Richtung. »Man soll ja vorher, man weiß ja nie, nicht wahr?«

»Was denn?«, geduldet sich Klaukien.

»Man liest immer so viel. Über den Großmuttertrick, oder wie der heißt. Also, damit will ich nicht sagen, dass Sie ...«

»Sie wollen meinen Ausweis sehen?«, unterbricht er sie und holt seinen Ausweis nebst Kriminaldienstmarke heraus. Frau Reiser schaut skeptisch darauf.

»Sind die immer rot?«

»Nein, nur bei der Kriminalpolizei.«

Sie mustert Klaukien. Der Mann sieht nicht so aus, wie sie sich einen Kommissar vorstellt. Sie findet Bärte wie seinen nicht modern, sondern ungepflegt, seine Frisur ist durcheinander, er trägt eine dieser Jacken, die vor 25 Jahren nur

Nazis getragen haben, sein Hemd ist nicht mal ganz zugeknöpft. »Darf ich mal sehen?«

Er reicht ihr den Ausweis; sie verschwindet in die Wohnung und ruft noch: »Ich hol nur schnell meine Brille.« Im
Wohnungsflur geht das Licht quasi zeitgleich an, wie das
Licht im Hausflur mit dem lauten Klacken aus dem Keller
ausgeht. Seufzend betätigt Klaukien den Schalter. Die Tür
wird von innen zugedrückt und die Kette ausgehakt, dann
öffnet sie sich endlich ganz und gibt den Blick in eine typi-
sche Seniorenwohnung frei. Jahrzehntealter Mief wabert
Klaukien entgegen. Frau Reiser gibt ihm seinen Ausweis
zurück und wickelt ihren Hausmantel enger um sich. »Der
Name ist ja auch interessant für einen Hauptkommissar, nicht
wahr?«

»Das höre ich zum ersten Mal. Frau Reiser, ich habe …«

»Jeder heißt seiner Aufgabe auf dieser Welt entsprechend,
Herr Klaukien«, unterbricht sie ihn erneut. Sie nickt bestimmend, als sie sieht, dass er kurz über ihren Namen nach-
denkt.

»Ich bin nur auf der Durchreise …«, sagt sie lapidar, doch
aber mit einem esoterischen Unterton und einem leichten,
allwissenden Kopfschütteln. »Soll ich Tee machen?« Sie öffnet ihm einladend die Tür. Klaukien kämpft gegen den
inneren Widerstand an, die Wohnung zu betreten. »Hage-
butte?«

»Sie haben ausgesagt, dass Sie Frau Angermeier heute
Abend begegnet sind. Können Sie sagen, wann das etwa war?«
Er macht probeweise einen Schritt in ihre Diele. Und diese
reagiert knarzend.

Frau Reiser füllt Wasser in einen Teekessel. »Ja, es muss so
Viertel nach acht gewesen sein.«

»Woher wissen Sie das so genau?«

»Ach, in der *Tagesschau* kam Sport, und mich interessiert das nicht so. Früher war ich sehr sportlich. Meine Eltern und ich sind oft in den Harz gefahren zum Skilanglauf. Aber da war ich um einiges jünger. Ich hatte noch Wäsche im Keller.«

»Verstehe. Wie wirkte Frau Angermeier auf Sie? Fiel Ihnen etwas auf?«

Frau Reiser überlegt. »Die Frau Angermeier, die ist nie sehr gesprächig. Was ich schade finde. Ich glaube nämlich, die Frau hat was im Oberstübchen.« Und damit tippt sie sich an die Schläfe. »Ich muss Ihnen allerdings eines sagen, Herr Kommissar ...«

»Nennen Sie mich Klaukien. Das ist nur in amerikanischen Krimis so, dass man den Kommissar mit seinem Titel anspricht.«

»Ach ja? Wirklich?« Es klingt fast enttäuscht.

Klaukien nickt und ärgert sich, sie mit der Richtigstellung aus dem Redefluss gebracht zu haben. Aber es ist ihm zuwider, dass sie ihn zur Selbsterhöhung missbraucht. »Ich muss wirklich sagen, ich habe keine Henry gesehen und auch kein Auto. Ganz ausgeschlossen.«

»Ausgeschlossen?« *Irgendetwas an der Frau reizt den Kommissar.*

»Jawohl.«

*Ihre Resolutheit, hinter der sie verbirgt, selbst noch auf der Suche nach einem Lebenssinn zu sein.*

»Es war dunkel, und es hat geregnet.« *Und das macht sie unsympathisch.*

»Na, ganz dunkel wird es in einer Großstadt ja nie.« *Mit dem Tonfall würde sie auch ein Kind tadeln.*

Klaukien schaut in ihre Küche. Eine Sitzecke, die sich von der Wand bis kurz vor das Fenster erstreckt, zwei Stühle, wovon einer dem Tisch abgewandt direkt am Fenster steht.

Frau Reisers Blick folgt seinem, und für einen kurzen Moment fühlt sie sich ertappt. »Waren Sie auf dem Weg in den Keller oder aus dem Keller in Ihre Wohnung?«

»Auf dem Weg in den Keller.«

Beide schauen auf den Platz am Fenster, der zum gemütlichen Observieren der Nachbarn eingerichtet ist. Neben dem Kissen für die Unterarme fehlt nur noch der obligatorische Feldstecher. Beiden schießt das Gleiche durch den Kopf. Tagein, tagaus wartet Frau Reiser darauf, etwas zu erleben. Und ausgerechnet dann, wenn eine Straftat direkt unter ihrem Fenster passiert, trägt sie Wäsche durch das Haus.

»Haben Sie zufällig aus dem Fenster geschaut, als …«

»Nein«, unterbricht sie ihn harscher, als sie will. »Ich habe die Nachrichten geschaut. Dort, im Wohnzimmer.«

»Tun Sie mir einen Gefallen?«

Frau Reiser kneift leicht die Augen zusammen, und in ihrem Ton liegt Skepsis, die allerdings von Eifer überlagert wird: »Ja?«

»Würden Sie mal mit mir runterkommen?«

»Runter?«

»Ins Erdgeschoss.«

»Zu den Angermeiers?«, fragt Frau Reiser beinahe ängstlich. Sie will ihren Nachbarn zwar nahekommen und am liebsten die intimsten Details erfahren, so sie denn zum Weitererzählen taugen. Aber so nahe dann doch auch wieder nicht. Sie war noch nie weiter als bis zur Fußmatte ihrer Nachbarn.

»Nein, nein, nur ins Treppenhaus.«

»Ja«, antwortet sie zögerlich, »wenn Sie das wollen.«

Er steigt vor ihr die Treppe herab. Unten angekommen, schaut sie ihn fragend an.

»Und jetzt?«

»Würden Sie mir sagen, wo Sie standen, als Sie in den Keller wollten?«

»Na, in den Keller geht es da.« Sie deutet auf den Treppenabgang.

»Tun Sie mir den Gefallen und stellen sich dahin?«

Diensteifrig eilt Frau Reiser auf die Position. Wann hat sie denn sonst schon mal Gelegenheit, zur Aufklärung eines Verbrechens beizutragen? »Hier, ich bin ja von oben gekommen.«

»Und wo stand Frau Angermeier?«

»Na dort, wo Sie stehen.«

»Genau hier?«

»Genau da. Ungefähr.«

»Und was ist dann passiert?«

Frau Reiser schlägt mit ihren Händen gegen ihre Oberschenkel. »Tja, dann haben wir geredet.«

»Worüber haben Sie gesprochen? Wissen Sie das noch?«

»Ja, natürlich! Ich habe sie gefragt, ob es draußen auf dem Land auch so schüttet. Es gibt ja diese Wetterscheide, die kennen Sie sicherlich. Das ist ein Phänomen. Und wissen Sie, was sie geantwortet hat?« Den letzten Satz sagt sie etwas leiser, aber unmissverständlich als Ankündigung einer Empörung. Klaukien schüttelt den Kopf. Frau Reiser beugt sich zu ihm vor: »Sie habe keine Zeit, sich jetzt mit mir zu unterhalten.« Und beugt sich wieder zurück, ihre Körperhaltung sagt aus: Was soll man davon halten?

»Was haben Sie dann gemacht?«

»Dann bin ich in den Keller gegangen.«

Klaukien nickt. »Können Sie bitte noch mal auf die Position gehen, in der Sie Frau Angermeier bemerkt haben?«

Frau Reiser steigt zwei Treppenstufen Richtung erster Stock. »Hier.«

Klaukien geht zur Haustür, öffnet sie und fixiert sie mit der Schnur an der Klinke. Er wendet sich zu Frau Reiser. »Können Sie den Bereich der Straße übersehen?«

Frau Reiser beugt sich mal nach rechts, mal nach links. »Nein.«

»Was sehen Sie?«

»Den Spielplatz hinten und die Kirche.«

»Kommen Sie doch ein paar Stufen runter, etwa dahin, wo Sie mit Frau Angermeier gesprochen haben. Was sehen Sie?«

Frau Reiser wird langsam unsicher, stellt sich auf die Position, schaut raus.

»Was sehen Sie?«

»Nicht die Straße«, sagt sie.

Klaukien nickt. »Seien Sie so gut und laufen auf die Haustür zu, bis Sie die Straße sehen können.«

Frau Reiser geht einen Schritt, dann noch einen. Nach fünf Schritten bleibt sie stehen.

»Aber dort, wo Sie jetzt stehen, standen Sie nach Ihrer Aussage vorhin nicht, richtig?«

»Richtig«, antwortet sie geschlagen.

»Also können Sie Henry und das Auto auch gar nicht gesehen haben.«

»Ich habe nicht gelogen!«

»Vielen Dank für Ihre Kooperation, Frau Reiser. Wenn ich noch Fragen haben sollte, komme ich vielleicht auf Sie zurück.«

Frau Reiser wendet sich zum Gehen, da bemerkt sie Marion, die in der jetzt offenen Wohnungstür steht. Offenbar hat sie den letzten Wortwechsel mit angehört. Erhobenen Hauptes geht Frau Reiser an ihr vorbei – entgegen ihrer Gepflogenheiten grußlos, was einer Kriegserklärung gleichkommt, oder in dem Fall einer Kapitulation – und steigt konzentriert die Treppe hinauf. Marion und Klaukien wechseln Blicke, bevor der Kommissar die Haustür schließt.

# 20

Nicht mehr schlafend, aber noch nicht ganz im Wachsein angekommen, spürt Nadja ein tiefes Gefühl der Zufriedenheit. Ganz im Gegensatz zu den letzten Morgen fühlt sie sich ausgesprochen gut. Was ist da los? Sie lächelt in sich hinein, und ihre Hand wandert rüber zur anderen Bettseite. Jetzt öffnet sie ein Auge. Der Platz neben ihr ist leer, nicht mal das Bettzeug liegt da. Und wie sich ihr Bewusstsein vollends vom Schlaf löst, ereilt sie die Realität. Zunehmend verdrossen, ihre Haare zu Berge, macht Nadja als Allererstes das Bett. Im Flur horcht sie in die morgenstille Wohnung. In der Küche steht ein Fenster auf Kipp, und der Gesang einer Amsel unterstreicht Nadjas Einsamkeit.

Auf der Wohnzimmercouch sitzt Henry noch in ihre Bettdecke gewickelt.

»Guten Morgen!«, wünscht ihr Nadja.

»Guten Morgen!«, antwortet Henry schüchtern.

»Wo ist Sven?«

Henry zuckt mit den Schultern. »Der ist schon weg.«

Nadja stockt, dann lacht sie hohl auf und schüttelt den Kopf. »Das ist mal wieder so typisch.« Erst jetzt bemerkt sie, dass Henry geweint hat. »Was ist denn los?« Nadjas Stimme wird sogleich weich und liebevoll. Sie setzt sich zu dem Kind auf die Couch, das jetzt die Tränen nicht mehr zurückhalten kann. Nadja legt Henry den Arm um die Schulter, wiegt sie instinktiv sanft hin und her, wartet ab, bis sie sich etwas beruhigt hat. Nadja streichelt Henry über den Kopf. Nach einer Weile gesteht ihr Henry: »Ich vermisse meine Mama.«

Nadja schweigt, weiß genau, dass sich die Gefühle des Kindes nur schwer mit banalen Worten verändern lassen, versucht es trotzdem: »Sie ist ja nicht aus der Welt. Wir besuchen sie einfach nachher. Wäre eh gespannt, sie mal kennenzulernen.«

Henry verstummt und presst die Lippen aufeinander, nickt dann schüchtern.

»Möchtest du was frühstücken?«

Dankbar bejaht Henry, ihre Stimme noch kehlig vom Weinen.

Unter dem Spiegel im Bad erstreckt sich ein eindrucksvolles Sortiment von Kosmetika. Schminkutensilien in etlichen Ausführungen neben Feuchtigkeitscremes für verschiedene Bereiche des Körpers. Auf einem Brett über der Waschmaschine stehen neben den Waschmitteln Plastik- und Apothekerflaschen mit chemischen Bezeichnungen. Henry spritzt sich Wasser ins Gesicht und benetzt auch ihre Haare, trocknet sich mit einem der frischen Handtücher ab, die auf dem Regal liegen. Sie sind strahlend weiß und weich wie Küken. Sie nimmt sich eine der drei großen Haarbürsten und beginnt, ihre Haare zu bändigen. Sie schaut sich im Spiegel in die Augen. Und wie sie so bürstet und die Borsten erst schwer und dann leichter durch ihre Haare pflügen, wirkt es auf sie so, als verändere sich ihr Spiegelbild. Es lässt Henry nicht aus den Augen, dann lächelt es sie an.

»Hier bist du richtig«, sagt es zu Henry. Und Henry nickt.

»Hier bin ich richtig«, wiederholt sie.

Das Mädchen, das sie da anschaut, gefällt ihr. Es ist hübsch, hat glatte, feucht am Kopf anliegende Haare, wirkt nicht mehr so niedlich wie gestern noch, sondern markant, willensstark, irgendwie wie eine richtige Frau. Und diese Frau nickt ihr aufmunternd zu.

Henry hat im Wohnzimmer zwar ein Regal mit Dutzenden von DVDs gesehen, aber kein einziges Bücherregal. Doch im Gegensatz zu Wohnzimmer und Bad haben Nadja und Sven in der Küche auf ein Wandtattoo verzichtet. Dafür haben sie über dem runden Frühstückstisch drei große Bilder hängen, auf denen in verschiedenen Schriftzügen Kaffeespezialitäten genannt sind. Coffee, Cappuccino, Milchkaffee, Café au Lait, Latte macchiato, Irish Coffee, Espresso, Mokka, Café americano, Café de olla, Café crème, Café mélange, Café frappé. Und jemand hat noch mit einem dicken Filzstift »Gin Tonic« dazugeschrieben.

»Da mag wohl jemand Kaffee«, stellt Henry fest und setzt sich an den Tisch.

Nadja schaut in den Vorratsschrank, holt eine Packung Müsli hervor und stellt sie auf den Tisch. Missgelaunt lässt sie sich auf einen der Stühle fallen und vergräbt den Kopf in den Händen.

»Is' was?«, fragt Henry.

»Ach, es ist nur typisch Sven. Erst bringt der seine Cousine mit, und dann haut er ab ...« Sie steht auf, reißt den Kühlschrank auf, und eine gähnende Leere starrt beide an. »Du kannst ja schlecht Müsli mit Leitungswasser essen – und ich muss gleich los.«

Nadja schlägt die Kühlschranktür unsanft zu. »Oh, ich könnte den ...!«, und als sie Henrys erschrockenen Blick sieht,

104

fügt sie hinzu: »Nicht dich. Sven. Der ist so was von verant-
wortungslos.«

»Deswegen hast du dich auch von ihm getrennt?«

Nadjas Blick richtet sich in die Ferne. »Hm, ja, wahrscheinlich.«

»Eigentlich ist er doch echt süß.«

Nadja lächelt mild. »Na, ich bin ja froh, dass ihr verwandt
seid. Sonst würdest du ihn mir ausspannen.«

»Das ginge ja nicht, weil du doch schon Schluss gemacht
hast.«

»Das wäre frustrierend. Mit 29 wegen einer Jüngeren verlassen werden.« Nadja lacht. Henry stimmt schüchtern mit
ein, kann sich dann aber den Kommentar nicht verkneifen:

»Na ja, Cousin und Cousine dürfen ja eigentlich.«

»Dürfen was?«

»Heiraten.« Henry lächelt naseweis.

»Ach so. Hast du schon mal?«

»Geheiratet?«, fragt Henry irritiert.

»Sex gehabt.«

»Nein!«, ruft Henry empört.

»Wie, gar nicht? Auch nicht mal ein bisschen?« Nadja
beugt sich zu Henry und fordert sie heraus.

»Wie kann man denn ein bisschen Sex haben?«

»Na ja, knutschen oder blasen.« Ihr Grinsen wird breiter.

»Du meinst mit dem Mund?« Henry hat noch nie so direkt
über so was gesprochen.

»Nein, mit 'nem Staubsauger. Quatsch, natürlich mit dem
Mund.« Nadja muss wieder lachen und mustert Henry ein-
dringlicher. »Wie alt bist du?«

»Zwölf!«, sagt sie, als wäre das die beste Entschuldigung
für ihre Unbedarftheit.

»Ach ... na ja. Hast du schon deine Tage?«

Henry ist noch mehr verstört, nickt schüchtern.

»Was ist?«

»Ich habe noch nie mit jemandem darüber gesprochen außer mit meinem Vater.«

»Deinem Vater? Wo ist der denn jetzt?«

Da hören sie, wie die Wohnungstür geöffnet wird. Kurz danach erscheint Sven in der Küche. »Guten Morgen, meine zwei Hübschen!« Er hat zwei große Einkaufsbeutel in der Hand. »Ich dachte, ich mache ein paar Crêpes zum Frühstück. Habt ihr Lust?«

# 21

»Hypnose?«, fragt Marion überrascht.

Klaukien stellt seine Kaffeetasse ab. »Es ist ein gängiges Mittel in der Ermittlungsarbeit. Gerade bei traumatisierten Opfern wie in Ihrem Fall. Wir verlieren sonst wichtige Stunden und Tage, wenn Sie sich nicht an den genauen Tathergang erinnern.«

»Das kann ich unmöglich machen. Entschuldigen Sie. Aber … ich bin noch nie hypnotisiert worden.«

»Sie brauchen auch keine Erfahrung damit zu haben.«

Thomas hält sich zurück, schaut Marion erst an, senkt dann aber gleich wieder den Blick, weil er weiß, dass sie seine Körpersprache lesen kann und er sie nur noch mehr unter Druck setzen würde.

»Die Nacht war furchtbar, ich habe kein Auge zugekriegt. Ich bin total übernächtigt«, fährt Marion wahllos Argumente auf, die ihr in den Kopf kommen.

»Das könnte sogar förderlich sein, Frau Angermeier. Unsere Spezialisten sind eins a ausgebildet.«

»Was sind das für Spezialisten?«, meldet sich Thomas jetzt zu Wort.

»Das sind Therapeuten. Die haben eine fundierte Ausbildung und arbeiten seit Jahren mit forensischer Hypnose.«

Marion muss lachen. »Wie sich das schon anhört! Forensische Hypnose. Noch nie gehört. Jetzt bin ich Gegenstand der Forensik.«

Thomas kennt seine Frau. Es wird schwer, ihre Einwilligung zu bekommen. »Wie läuft das ab?«, fragt er nach.

»Sie werden in ein Zeugenvernehmungszimmer geführt ...«

»Ach, nicht mal bei mir zu Hause?«

»Nein, das tut mir leid. Wir haben die besseren technischen Voraussetzungen im Dezernat.«

»Was denn für Technik?« Jedes Wort zeugt von Marions tiefer Skepsis.

»Sie werden per Video und Audio aufgenommen«, versucht Klaukien besonnen zu erklären.

»Das wird ja immer besser!« Für Marion klingt es so, als würde er sie für eine Kontaktaufnahme mit dem Jenseits vorbereiten. Reiner Hokuspokus.

»Es ist zu Ihrer eigenen Sicherheit. Hinterher können Sie das Video anschauen und selbst entscheiden, ob Sie es freigeben«, versucht er sie weiter zu überzeugen.

»Wer wird noch da sein?«

»Nur der Therapeut und Sie.«

»Ich meine, nicht nur in dem Raum. Über Videoschalte, oder wie Sie das nennen.«

»Ich. Ich werde dem Therapeuten auch eventuell bestimmte Fragen über den Computer schicken, die er Ihnen dann stellt. Und ich würde sehr gerne noch einen Phantombildzeichner hinzuziehen.«

»Der guckt dann auch live zu?« Für Marion wird es immer schöner ...

»Ja, er kann im Zweifel auch noch Nachfragen an den Therapeuten schicken.«

Marion denkt nach. Dann schüttelt sie den Kopf.

»Es tut mir leid, aber ich kann mir nicht vorstellen, dass

ich hypnotisierbar bin. Wie nennt man das? ›Nicht suggestibel‹.«

»Wieso glauben Sie das?« Klaukien lässt sich noch nicht abspeisen.

Marion schaut zu Thomas. Dieser beugt sich vor. »Wenn ich das mal so formulieren darf: Meine Frau hat ein hohes Kontrollbedürfnis.«

Marion lächelt leicht. »Nett formuliert«.

»Haben Sie schon mal Drogen genommen?«, sagt Klaukien ganz beiläufig.

Marion und Thomas schauen ihn verwundert an.

»Keine Angst, ich will Sie nicht wegen Drogen drankriegen. Ich verstehe mich nicht mal mit den Kollegen.«

Thomas schaut zu Marion, so, als wolle er sich die Erlaubnis holen, darüber zu sprechen.

»Als wir jünger waren, vielleicht«, kommt Marion ihm zuvor. Thomas ergänzt:

»Ich muss Ihnen aber sagen, schon da konnte sich meine Frau auf nichts einlassen.«

»Auf was?«

»Auf einen Trip, sozusagen. Alles in ihr hat sich dagegen gewehrt, die Zügel abzugeben.«

»Das stimmt doch gar nicht«, stößt Marion ihn in die Seite, »das Einzige, was geholfen hat, meinen Kopf mal auszuschalten, war Marihuana.«

»Sie trinkt nicht mal Alkohol. Wenn, dann nur ein Gläschen.«

»Ich hasse diesen Kontrollverlust, müssen Sie wissen. Egal. Wir probieren das aus. Es geht um Henry. Es soll bitte eine Frau sein.«

»Wie bitte?«

»Eine Hypnotiseurin.«

# 22

Nadja beobachtet irritiert, wie Sven eigenhändig Crêpeteig anrührt, ihn gekonnt portionsweise in zwei Pfannen gießt und einen nach dem anderen zubereitet. Und wie er, während er aus den zwei vollen Jutebeuteln alle möglichen Frühstücksleckereien zutage fördert – Aufschnitt, Lachs, mit einem piratengleichen »harhar« ein 1-Kilo-Glas Nutella, Marmeladen – immer wieder ans Fenster geht und in den Hof schaut.

Was ist los mit ihm? Wieso wirkt er so nervös? Nadja platziert einen dritten Teller auf dem Tisch, der sich bald zu einer ansehnlichen Tafel gewandelt hat. Sven stellt Trinkgläser dazu und schüttet Multivitaminsaft ein. Dazu kommt noch ein Pappbecher Cappuccino für jeden.

»Trinkst du schon Kaffee?«, fragt er Henry.

»Klar«, lügt sie.

»Ist OK so, oder trinkst du schwarz?«

»Nee, ist schon OK.««

Dann setzt sich Sven an den Tisch. »Und jetzt? Reichen wir uns die Hände und sagen, dass wir uns alle lieb haben?« Er fischt sich einen Crêpe vom Servierteller, Henry tut es ihm nach.

Nadja fragt in die Runde, ob sie den ganzen Aufschnitt nur mit Crêpes essen sollten.

»Oh Mann! Die Schrippen!« Sven springt auf, geht in den Flur und kommt mit einem Jutebeutel zurück, aus dem er eine prall gefüllte Bäckertüte zaubert. Wieder geht er zum Fenster, schaut raus.

»Was gibt's denn da zu sehen?«, fragt Nadja misstrauisch.

»Wo?«, fragt Sven ertappt.

»Na, da draußen. Wartest du auf wen?«

»Ach Quatsch.« Er reicht Henry und Nadja je ein Schoko-croissant, setzt sich an den Tisch.

In dem Beutel scheppert es.

»Was ist da noch drin?« Nadja nimmt ihn sich und holt zwei Kennzeichen heraus. Sven wirft Henry einen Blick zu.

»Das sind zwei Autokennzeichen«, erwähnt Sven über-flüssigerweise.

»Das sehe ich auch. Wieso bringst du die mit vom Bäcker?«

»Ach«, versucht Sven abzulenken, »ich musste heute schon in die Werkstatt. So 'ne Sache erledigen«, er schrappt am Rand einer Lüge entlang, aber nicht darüber hinaus. Dann wendet er sich an Henry, während er die restlichen Brötchen in eine Schale kippt.

»Bist du eher der Vollkorn- oder Schrippen-Typ?«

Nadja schaut auf die Brötchen und ist beeindruckt, lässt es sich aber nicht anmerken. »Schade, dass ich gleich los-muss.«

»Kannst du nicht bleiben? Dich krankmelden?«, fragt Sven.

»So was mache ich nicht. Wenn ich nicht krank bin, gehe ich arbeiten.«

»Kannst du nicht mal auf deine Prinzipien scheißen?«

»Was hätte ich denn davon?«

»Ein schöneres Leben«, grinst Sven.

»Du meinst, keinen Job, kein Geld für die Miete, und ich müsste mich dann von meiner Freundin aushalten lassen?«

Sven nimmt diesen Seitenhieb gelassen hin. »Nein, ich dachte, du wärst nicht so verkopft und würdest es einfach akzeptieren, dass du mich noch liebst – und es genießen.«

»Weißt du, dass du mir erst ein Mal im Leben Crêpes gemacht hast?«, lenkt Nadja ab, die keine Lust hat, sich die Laune verderben zu lassen.

»Ja, das war nach unserer ersten Nacht.«

Nadja grinst. »Du dachtest da wohl, du musst was wiedergutmachen.«

»Nadja …«, Nadja überhört Svens mahnenden Tonfall und beugt sich zu Henry. »Der blödeste Fehler, den Frauen machen können, wenn Männer … na ja …«, sie hält den Zeigefinger nach oben und lässt ihn sich krümmend sinken, »dann liegt es eher nicht daran, dass sie nicht sexy genug sind, sondern wahrscheinlich *zu* sexy und den Mann damit unter Druck setzen. Oder zu klug oder zu eloquent.«

»Hallo, ich bin noch anwesend«, versucht Sven zu intervenieren. »Es gibt ja noch ein paar andere Dinge, die man machen kann.« Er steckt die Zunge zwischen das mit seinen Fingern geformte Victoryzeichen. Nadja haut ihm die Hand runter.

»Lass das, du weißt, ich finde das obszön, wenn du das machst.«

»Und am nächsten Morgen habe ich jedenfalls Crêpes gemacht.«

Nadja grinst. Sie wendet sich an Henry: »Damit Männer richtig gut im Bett werden, musst du ihnen etwas schenken.«

»Was denn?«

»Etwas, das nur du in der Hand hast. Egal, mit wie viel davon sie schon zu dir kommen, es wird auf Reset gesetzt, wenn ihr euch das erste Mal auszieht.«

»Was soll das sein?«, fragt Sven.

»Selbstbewusstsein.«

Sven gibt nur ein »pff« von sich. »Ich hab genug Selbstbe-wusstsein. Ich hab schon so viel Chicks vorher gehabt, und alle wollten noch mal.«

»In unserer ersten Nacht warst du ein kleiner, unsicherer Junge«, sagt Nadja zu Sven, der sich zurücklehnt und die Arme vor der Brust verschränkt, »hey, genau das mochte ich an dir!«

Dann wendet sie sich wieder an Henry. »Denn wenn du ihnen Selbstbewusstsein schenkst, also das Gefühl, dass du dich ihnen ganz hingeben willst, dich ihnen ganz öffnest ...«

»Eigentlich ...«, Sven senkt die Stimme und sieht seine Chance, die Unterhaltung wieder an sich zu reißen, »... aber das ist ein Geheimnis ... das verrate ich jetzt nur euch.«

Henry nickt erwartungsvoll.

»Was glaubst du, warum wir Jungs in den Club gehen und ein Chick nach dem anderen aufreißen?«

»Ist doch klar«, winkt Henry ab.

»Nein, uns geht es nicht um Sex. Natürlich auch mal. Aber nicht nur.«

»Sondern?«, fragt jetzt Nadja interessiert. Und Sven genießt ihre Aufmerksamkeit. Und so sagt er siegesgewiss:

»Weil wir die perfekte Mutter für unseren zukünftigen Sohn suchen.«

Nadja lacht, aber Henry findet das romantisch. »Wirklich?«

»Ja klar, wirklich. Wir suchen die perfekte Partnerin«, und jetzt biegt er auf die Zielgerade ein: »Und weißt du was? *Ich* habe sie gefunden.«

Sven blickt zu Nadja, aber diese zieht nur die Augenbrauen hoch und tut so, als ringe ihr das Schmieren des Brötchens alle Aufmerksamkeit ab.

»Und wie war euer erstes Date?«, fragt Henry neugierig.

»Wir haben uns am Märchenbrunnen getroffen. Kennst du den?«, sieht Sven eine neue Chance gekommen, Nadja zu umgarnen.

Henry schüttelt den Kopf.

»Du hast mich zwanzig Minuten warten lassen«, erinnert sie ihn.

»Das wird uns so beigebracht.« Sven grinst sie herausfordernd an, dann wendet er sich an Henry. »Der Märchenbrunnen ist in Friedrichshain.«

»Das ist doch 'ne ziemlich üble Ecke!«, entfährt es Henry, die so etwas mal von ihrer Mutter gehört hat.

»Ach Quatsch«, meint Nadja, »das war, wenn überhaupt, früher mal so. Inzwischen ist es eher hip. Etwas zu hip für mich. Ich fühl mich im Wedding wohler. Was für 'ne krasse Zeit. Da hast du noch im Supermarkt gearbeitet bei deiner Mutter.«

Sven wendet sich an Henry: »Auf jeden Fall sind wir spazieren gegangen und haben über Gott und die Welt gesprochen. Als ich Nadja gefragt habe, was ihr Hobby ist, hat sie gesagt: ein Bad nehmen mit viel Schaum, der nach Rosen duftet. Das war sehr süß. Das hab ich mir gemerkt. Und da habe ich mich schon in sie verliebt.«

»Nein«, widerspricht Nadja, »das war ein bisschen anders. Ich hab das nicht als Hobby gesagt. Du hast gefragt, was ich gerne mag. Und da habe ich eine ganze Menge aufgezählt. Du kannst dich an die Sachen gar nicht mehr erinnern, stimmt's? Nur noch an das Schaumbad. Das ist wieder typisch. Und wenn du eh nicht zugehört hast bei all den anderen Sachen, dann wundert mich nichts mehr. Hat schon da angefangen, dass wir aneinander vorbeileben.« In Nullkommanix sind bei Nadja die schönen Erinnerungen einer vorwurfsvollen Verbitterung gewichen.

»Auf jeden Fall haben wir uns dann verabschiedet, und ich

hab ihr gleich 'ne WhatsApp geschrieben, wann wir uns wiedersehen sollen. Ich hätte sie am liebsten gleich schon am selben Abend getroffen.«

»Jap«, meint Nadja, wieder eine Spur versöhnlicher. »Und genau deswegen habe ich ihn auch ein paar Tage zappeln lassen. Das wird *uns* so beigebracht«, sagt sie als Retourkutsche zu vorher.

»Drei ganze Tage!«

»Und dann?« Sven hat Henrys Aufmerksamkeit.

»Wir haben uns wieder am Märchenbrunnen verabredet.«

»Und wieder bist du zu spät gekommen«, kontert Nadja.

»Aber diesmal hatte ich auch einen guten Grund.«

Jetzt schafft es Nadja nicht mehr, die ernste Rolle zu spielen. Sie muss lächeln, wendet sich aber von Sven ab und schüttelt leicht den Kopf.

Sven schaut Henry an: »Als Nadja da so steht am Brunnen, wächst hinter ihr langsam, aber immer größer ein rosa Schaumberg aus dem Brunnen heraus.«

»Hä?«

»Sven hat Sulfonate in den Brunnen geschüttet«, meint Nadja grinsend.

»Was hat er?«, fragt Henry.

»Nadja hat mir erzählt, dass sie eine Ausbildung als Textilreinigerin machen will. Also so was wie Wäscherin.«

Henry fallen die ganzen Substanzen im Badezimmer wieder ein.

»Und da ich die Frau ja beeindrucken musste, hab ich mich erkundigt. Und habe ein Waschmittel genommen, das extrem schäumt.«

»Ohne Silikon oder Kernseife«, fügt Nadja hinzu.

»Das ist das Geheimnis beim Brunnen-Schäumen«, erklärt Sven stolz.

»Mach das bloß nicht nach, Henry, das ist illegal«, beteuert Nadja fürsorglich.

»Auf jeden Fall fing der Brunnen dann an, mega zu schäumen.«

»Und zwar in rosa und mit Rosenduft.«

»Und dann bin ich zu Nadja gegangen und hab gesagt … ›ich dachte, ein Strauß Rosen ist uncool. Deswegen hab ich dir ein Schaumbad mit Rosenduft eingelassen.‹«

»Wie cool ist das denn!«, lacht Henry. »Ich will auch, dass das ein Mann mal für mich macht.«

»Besser nicht! Es ist verboten, und der Brunnen hörte ein paar Tage nicht mehr auf zu schäumen. Die kriegen das ja nicht raus aus den Rohren und so weiter. Am ersten Tag wurde der Schaumberg so hoch, dass er über die Friedenstraße gewandert ist. Die mussten die Straße sperren.«

»Cool.«

»Und dann hat Nadja mich gefragt, ob sie meine Hände sehen kann«, grinst Sven.

»Hör auf, das ist zu intim.«

»Wieso die Hände?« Henry wittert, dass sie etwas lernen kann.

»Auf jeden Fall hab ich sie ihr gezeigt. Und sie haben ihr gefallen. Und dann waren wir zusammen.«


»Übrigens«, grinst Sven Nadja an, beißt von dem Brötchen ab und sagt kauend: »Was du noch gerne magst, zumindest die Sachen, die du da im Volkspark aufgezählt hast: Du magst, wenn Leute an roten Ampeln stehen bleiben, weil Kinder in der Nähe sind und zugucken. Du magst den Geruch nach kandierten Nüssen, isst sie aber nicht, weil sie zu viel Zucker haben und die Zähne kaputt machen. Du magst den Geruch von Bratwurst auf Stadtfesten, aber du magst keine Stadtfeste.

Inklusive Weihnachtsmärkte. Du sagst, das sei unsinniger Konsum, und die Menschenmassen machen dir Angst. Du magst zwar Glühwein, aber nur, wenn man ihn selber macht, mit Zimtstangen und Orangen. Du hasst Koriander, du sagst, das sei wie in getrocknete Tenside beißen. Du magst die Natur, du magst weite Felder. Du brauchst morgens deinen Cappuccino. Du liest gerne die *B.Z.* Und du liebst Kürbisse in allen möglichen Zubereitungsformen. Und ausgehöhlt. Und würdest am liebsten das ganze Jahr über Halloween-Kürbisse machen. Manchmal hast du so Kürbis-Anfälle, da bereitest du am Tag vier bis fünf unterschiedliche Kürbisgerichte zu und verteilst sie dann an die Nachbarn, weil das ja kein Mensch alleine essen kann.«

Nadja ist so beeindruckt, dass sie nicht mehr imstande ist, das zu verstecken. Wer ist dieser Mann, und was hat er mit Sven gemacht?

»Ich bin nun mal ein verfickter Romantiker.« Sven hebt die Schultern.

Nadja muss lachen und kämpft gleichzeitig dagegen an, dass ihr die Tränen kommen. »Ja, das trifft es wirklich.«

»Willst du mal meine Hände sehen?« Er hält sie ihr hin. »Hier, schau, meine Hände, die sind groß, nicht wahr?«

Nadja schlägt sie ihm spielerisch weg. »Lass das!«

Henry atmet schwer aus und schaut mit glasigen Augen aus dem Fenster.

»Was ist?«, fragt Nadja und streichelt ihr über die Haare, jetzt wieder ganz in der fürsorglichen Rolle.

»Ich habe noch nie so ... *geredet*«, meint sie, immer noch ganz perplex.

»Was meinst du damit?«, fragt Nadja.

»So ... *frei*.«

»Über Sex?«

»Ja. Nein, über alles. Einfach so dahingeredet.« Henry weiß nicht, wie sie es beschreiben soll.

»Wie redet man denn bei euch zu Hause?«, hakt Nadja sanft nach.

Henry schiebt die Krümel auf ihrem Teller zu einem Häufchen zusammen.

»Es geht halt immer um irgendwas. Was wir machen müssen, was wir bedenken sollen, um wie viel Uhr wir was machen. Und was wir denken sollen, was falsch ist zu denken, was andere Leute falsch denken …«

»Deine Eltern?«, fragt Nadja.

»Na ja, mein Vater sagt meistens nicht so viel. Also eher meine Mutter.«

»Aber man muss doch auch mal Unsinn reden? Sonst kann man ja irgendwann gar nicht mehr unterscheiden, was wichtig ist und was Unsinn, wenn *alles* wichtig ist?«, fragt Nadja konsterniert.

Henry lächelt: »Ja, das finde ich auch. Zum Beispiel könnte ich gar nicht sagen, was ich mag.«

»Wie, was du magst?«

»Na ja, Stadtfeste, Kürbisse …«

»Keine Sorge, so was findet man auch erst mit der Zeit heraus. Wenn man erwachsen wird.«

Henry nickt und richtet ihren Blick wieder in die Ferne.

»O Gott, jetzt muss ich wirklich los!«, fährt Nadja hoch.

»Ach, kannst du nicht bei uns bleiben?«, bittet Sven.

»Ja, genau!«, ruft Henry. Auch, weil sie nicht so gerne mit Sven alleine wäre.

»Ich kann nicht«, erklärt Nadja, »weil Herr Bartels im Urlaub ist und ich ganz alleine bin.«

»Du kannst«, lächelt Sven, »*weil* Herr Bartels im Urlaub ist und du alleine bist.« Sven grinst ihr verschwörerisch zu.

# 23

»Ja, genau, wie Beelitz, wo der Spargel herkommt.«

Marion sitzt in einem gemütlichen Sessel. Sie hat die Arme locker auf den weichen Armlehnen liegen. Vor ihr sitzt Frau Dr. Alexandra Beelitz. »Sie meinen, da wo die alten Heilstätten stehen. Die Irrenhäuser der vorletzten Jahrhundertwende.«

»Was ist zuträglicher für meinen Job, der Spargel oder die Heilstätten?«

Marion lächelt. Die Frau gefällt ihr. Klaukien hat ihr vorher schon erklärt, dass sie Doktorin der Psychologie ist, dazu noch Heilpädagogik und Kriminologie studiert hat. Und zusätzlich eine Therapeutenausbildung zur forensischen Hypnotiseurin gemacht hat. Und jetzt, wie sie da vor ihr sitzt, fühlt sich Marion wohl aufgehoben. Die Frau hat eine angenehme, tiefe und weise Stimme – obwohl sie noch sehr jung aussieht. Fast zu jung für die ganze Erfahrung, die sie schon vorzuweisen hat. Klaukien sagt, er arbeite bereits seit acht Jahren mit ihr zusammen. Und davor war sie schon einige Zeit in einer psychosomatischen Klinik beschäftigt. Dabei würde Marion sie nicht mal auf Anfang vierzig schätzen.

Beelitz nimmt Marion die Zweifel. Jeder könne hypnotisiert werden, meint die Ärztin. Und sie würden mit etwas anfangen, das jeder kann – nämlich atmen.

»Wir beide werden Sie in eine Trance versetzen.«

»Ist das gefährlich?«, fragt Marion, wohl wissend, dass ihre Frage lächerlich wirken mag.

»Inwiefern?«

»Ist jemals jemand nicht wieder aus einer Trance aufgewacht?«

Frau Dr. Beelitz lächelt, behält aber ihren weichen Tonfall: »Nein, das ist mir nicht bekannt. Obwohl ich auch viele Krimis und Thriller lese. Das, was da beschrieben wird, stimmt oft nicht mit der Realität überein.«

»Aber Trance ist doch ein unnatürlicher Zustand?«, wendet Marion ein.

»Ganz und gar nicht. Lesen Sie viel?«

Marion schüttelt den Kopf. »Nicht mehr.«

»Man versetzt sich schon in eine Trance, wenn man in ein gutes Buch abtaucht. Sie haben BWL studiert?«

Marion nickt. »Ich habe schon gehört, dass es bereits eine Akte über mich gibt.«

»Genau. Aber das ist nicht ungewöhnlich. Wenn die Gedanken abschweifen, während der Professor mit monotoner Stimme vorliest oder man unter der Dusche entspannt, das sind alles Trancezustände. Es ist ein veränderter Bewusstseinszustand. Der Verstand als Kontrollinstrument ist noch intakt, aber nicht mehr im Vordergrund.«

»Aber ist so was medizinisch messbar?«

»Es kommt zu einer Veränderung der Gehirnaktivitäten, auch des vegetativen Nervensystems, ja. Die Atemfrequenz verringert sich, die Herz-Kreislauf-Aktivität nimmt ab.«

»Das hört sich alles eher nach Entspannung an.«

»Wenn Sie so wollen. Natürlich nähern wir uns dann ganz vorsichtig dem Moment, den Sie vorübergehend vergessen haben.«

»Passiert so was denn öfter? Dass man so was Wichtiges vergisst?«

»Es kommt häufig zu einer Amnesie, ja. Dafür sind wir forensischen Hypnotiseure dann da. Um wieder an die Erinnerungen zu kommen.«

»Aber dann durchlebe ich das Trauma erneut?«

»Es ist nur eine Erinnerung, Frau Angermeier. Und wir zwei schaffen Ihnen zuallererst einen sicheren Rückzugsort für Ihre Gedanken. Einen Ort, an dem Sie sich ganz entspannen können. Der Ihnen guttut und Ihnen Energie gibt.«

Marion nickt. Aber eher ängstlich als überzeugt. »Und haben Sie dann ein Pendel oder so was?«

Dr. Beelitz muss lachen. »Nein, kein Pendel. Ganz ohne Hilfsmittel. Nur Sie selber und die Reise Ihrer Gedanken.«

Marion hasst es, nicht die Oberhand über sich und ihren Körper zu haben. Wenn es ihr zu viel wird, kann sie doch einfach … Beelitz folgt ihrem Blick zur Tür.

»Sie können jederzeit abbrechen, Frau Angermeier.«

Marion ist angespannt. Was passiert bloß, wenn sie ihre Selbstkontrolle an eine fremde Person abgegeben hat …

»In eine Trance zu gehen, ganz verantwortungsbewusst geführt zu werden von einem ausgebildeten Therapeuten, ist keine Schwäche, Frau Angermeier. Einen anderen Bewusstseinszustand zuzulassen, an Erinnerungen und Gefühle ranzukommen und diese zu äußern. Das muss Ihnen nicht unangenehm sein«, liest Beelitz erneut ihre Gedanken.

»Ich bin bestimmt eine Besonderheit in Ihrer Laufbahn. Die Mutter, die ihr Kind im Auto vergisst und der es dann samt Auto geklaut wird.«

»Haben Sie denn Ihr Kind vergessen?«

»Natürlich nicht!«

Dr. Beelitz macht eine kurze Pause und schaut ihr in die Augen: »Ist es das, wovor Sie Angst haben? Dass das rauskommt, wenn wir mit der Hypnose beginnen?«

Marion zögert kurz, dann sagt sie leise: »Ich bin eine gute Mutter.«

»Es geht heute nicht darum, was für eine Mutter Sie sind, Frau Angermeier. Es geht darum, dass Sie sich an den Tathergang erinnern. Und womöglich an Details, die die Ermittlungen voranbringen.« Natürlich geht es Marion vor allem darum, Henry wiederzufinden. Sie würde alles dafür tun. Sich sogar auf diese Hypnose einlassen. Aber wird sie dabei an den Pranger gestellt? Wird man glauben, sie sei ihrer Verantwortung als Mutter nicht nachgekommen? Mutter ist man doch nicht alleine, da gehört immer noch jemand dazu …

»Nie redet jemand darüber, ob Henry eine gute Tochter ist. Immer nur darüber, ob ich eine gute Mutter bin.«

»Was bedeutet für Sie, eine gute Mutter zu sein?«

»Ich gebe ihr Halt«, antwortet Marion nach kurzem Nachdenken, aber nicht ohne Trotz in der Stimme.

»Das ist doch etwas sehr Wertvolles, was eine Mutter ihrer Tochter geben kann. Wie definieren Sie ›Halt geben‹ in diesem Fall?«

»Ich möchte ihr einfach ganz viel mitgeben in ihrem Leben. Struktur. Organisiere ihr Hobbys …«, sie denkt nach, wehrt sich dagegen, sich angegriffen zu fühlen, »Klavier. Ballett. Reiten«, … oder gar schuldig. »Später wird sie mir dafür bestimmt dankbar sein. Man wünscht sich doch als Erwachsener immer, man hätte mehr gelernt als Kind.«

Marion atmet schwer aus. Frau Dr. Beelitz setzt zu einer Antwort an, aber Marion kommt ihr zuvor. Sie merkt, wie sie in ein Selbstmitleid abrutscht, das der Sache nicht dienlich ist.

»Nun gut, wann fangen wir an? Mit der Hypnose?«

Dr. Beelitz lächelt matt, nickt. »Wenn Sie zustimmen, brauche ich nur das finale Go von der Staatsanwältin.«

# 24

Was hat er sich nur dabei gedacht? Wieso hat er sich das ein-gebrockt? Er kann nicht glauben, was er da gerade macht. Sven hält seine Fingernägel unter ultraviolettes Licht. Und neben ihm tun die beiden Mädels das Gleiche. Zugegeben, seine Nägel waren sicherlich niemals so gepflegt wie heute. Aber wie konnte er es zulassen, dass die beiden Frauen sich zusammentun, sich fast gegen ihn verbünden? Er verbucht es als Teil seines großen Plans, Nadja zurückzuerobern. Aber wie sie nun mal so ist, macht sie es ihm nicht leicht. Fort-schritte gibt es allerdings: Er kennt sie zu gut, um nicht die vielen kleinen Momente mitzukriegen, in denen er sie über-rascht, ihr imponiert. Wahrscheinlich will sie jetzt sehen, ob er es auch durchzieht. Ob er die Lektion verstanden hat. Noch tut sie so, als wären sie nicht mehr zusammen. Aber er sieht, wie sehr sie seine Aufmerksamkeit genießt. Vielleicht hätte er, denkt er sich, sie schon früher als das behandeln sollen, was sie ist. Als Queen.

Aber im Moment hat er noch ein paar andere Sorgen. Den BMW und dass er Henry ganz offensichtlich entführt hat. Es wird ihm niemand glauben, dass sie sich quasi selbst entführt und er sich als ihr Gehilfe zur Verfügung gestellt hat.

Wie um Himmels willen ist er in diesen Nagelsalon gekommen? Heute Morgen hat er vorgeschlagen, dass sie alle zusammen in den Zoo gehen. Er liebt Zoos von Kindheit an, kann sich aber nicht erinnern, wann er zuletzt in einem war. Die beiden Frauen sind dann im Badezimmer verschwunden, um sich hübsch zu machen. So weit, so gut. Und als sie wieder rauskamen, waren beide gebadet! Hatten einen Bademantel an. Henry den von Nadja und Nadja den von Sven, den sie ihm letztes Weihnachten geschenkt hat und den er nur einmal getragen hat, nämlich als sie zwei Tage ins Tropical Islands gefahren sind. Sven findet, Bademäntel sind ein eher weibliches Accessoire, und wenn sie von Männern getragen werden sollten, dann von Senioren oder Schwulen. Oder schwulen Senioren.

Außerdem waren beide Frauen geschminkt, als sie aus dem Bad kamen.

»Es ist das erste Mal, dass Henry sich geschminkt hat! Glaubt man das? Mit zwölf!«, sagte Nadja mit gespielter Empörung.

Und dann hat Nadja Henrys Rucksack ausgepackt und festgestellt, dass da nur getragene Klamotten von drei Tagen drin waren. Henry zuckte mit den Schultern; sie habe eben schnell eingepackt, was ihr grad in die Hände kam. Ihr Cousin hat ja eine Waschmaschine, habe sie gedacht. Prompt stopfte Nadja besagte Maschine voll, und Henry hatte nichts mehr anzuziehen. Also beschlossen sie, Henry neue Sachen einkaufen zu gehen. Sven hatte im BMW eine ganze Menge Bargeld gefunden, und einen Teil davon Nadja gegenüber als Henrys »Taschengeld« auszugeben untermauerte einerseits ihre Geschichte, andererseits sicherte es die Einkäufe. Er hatte die Nacht nur wenig geschlafen und schlich sich dann morgens aus der Wohnung und setzte sich in den BMW, der in ihrem

Hinterhof auf Joes Parkplatz stand. Joe, ihr Nachbar, macht irgendwelche Geschäfte in Dubai oder den Emiraten. Manchmal läuft er im Sommer in einem Kaftan rum. Außerdem verfrachtet er ganze Zugladungen alter Autos Richtung Balkan, um sie da zu verkaufen. Sven weiß, dass nicht jedes dieser Autos noch eine Seriennummer hat.

Am letzten Neujahrsmorgen ging Joes weißer Mercedes in Flammen auf. Entweder war ein Böller drauf gelandet, oder er wurde absichtlich in Brand gesetzt, weil man befand, dass ein GLC 250 d 4MATIC nicht in ihren Bezirk passt. Auch Sven muss zugeben, dass ihm Joes Getue um das Auto tierisch auf den Sack gegangen war. Da gab es diese Sonntage, an denen Joe den SUV putzte und dafür extra einen Gartenschlauch von seinem Balkon – im vierten Stock! – runterließ. Auf die Kopfstütze des Beifahrersitzes hatte er eine dieser Eishockey-Masken geschnallt, in der der psychopathische Serienmörder aus *Freitag der 13.* seine Opfer tötete. Hier im Wedding kennt wahrscheinlich jeder die Filme. Und wenn ein Nachbar arglos auf dem Balkon saß, seinen Blick schweifen ließ und beim weißen Mercedes hängen blieb, hatte er den Eindruck, jemand mit dieser weißen, totenkopfähnlichen Eishockey-Maske säße bewegungslos dort im Auto und schaue ihn Unglück verheißend an.

Und dann gab es die Sonntage, an denen Joe das Auto nicht bewegte, sich aber hineinsetzte und geschlagene zwanzig Minuten den Motor aufheulen ließ. Sven hasste das! Er hasste, dass er davon sowohl genervt als auch darauf neidisch war – im Verhältnis 20 : 80.

Wie der Zufall es wollte, brannte also dieser SUV am Neujahrstag ab, was Sven, der mit dieser ganzen Chose offiziell nichts zu tun hatte, Genugtuung bereitete. Geärgert hatte er sich dann aber doch. Denn als er Joe ein paar Wochen später im Hausflur traf, erzählte ihm dieser, dass er das Geld von der Vollkasko kassiert habe und damit nun vier Monate auf eine Fünf-Sterne-Weltreise führe.

Und dort befindet er sich jetzt. Genau noch eine Woche, dann kommt er zurück, erholt, braun gebrannt und übervögelt. Sein Stellplatz ist zwar noch etwas angerußt, aber frei. Sven ist sich sicher, dass derjenige, der Joes Mercedes angezündet hat, nicht das geringste Interesse daran hegt, diesen BMW dem gleichen Schicksal zuzuführen.

Dann saß Sven also heute Morgen in dem BWM, und schon als er die Tür von innen zuschlug und alle Geräusche draußen blieben, fühlte er den Frieden der Welt. Er schloss die Augen, ließ sich von der Stille umschmiegen, und als er die Augen wieder öffnete, war ihm, als wache er aus einer tiefen Meditation auf. Und er fühlte sich stark und mit Energie geladen. Er hatte keinerlei Zweifel mehr, dass Nadja nicht nur seine Frau war, die eine, welche; sondern auch, dass sie bei ihm bleiben würde. Und er wusste, was zu tun war. So stieg er aus dem Auto in die reale Welt und ging erst mal bei Lidl einkaufen.

Jetzt sind sie in der großen neuen Shoppingmall. Sie haben schon einige Geschäfte durch und Henry neu eingekleidet. Alles Klamotten, wie Henry sagt, die ihr ihre Mutter niemals gekauft hätte. Denn die sehe nicht, dass sich Henry schon längst zu einer Frau entwickelt habe. Nadja wirft ein, dass sie jetzt, da sie ihre Periode habe, ja auch schwanger werden könne. Was sonst mache eine Frau zu einer Frau? Henry ist das etwas peinlich vor Sven, aber dann taut sie auf und erklärt, dass ihr jetzt nur noch der richtige Mann im Leben fehle und sie beschließen würde, aktiv nach ihm Ausschau zu halten. Also schleppt Nadja sie zu dem Friseur ihres Vertrauens, der ihr auf Henrys ausdrücklichen Wunsch genau die Frisur wie

Nadja verpasst, einen Undercut auf der linken Seite mit der gleichen blonden Tönung und einer lilafarbenen Strähne. Nadja will wissen, ob Henrys Mutter das gefallen werde. Henry winkt ab. Das sei ihr piepegal. Und Sven und Nadja müssen lachen: ›piepegal‹. Und mit jeder neuen Veränderung wird Henry wacher und kecker und betont beim Blick in den Spiegel, sie werde endlich sie selbst.

Da sitzen sie nun in einem asiatischen Nagelsalon, und die beiden Mädels haben Sven überredet, sich auch seine Nägel machen zu lassen. Dass das doch nichts für Männer sei, lassen sie nicht gelten.

»Dann kann ich ja auch gleich damit anfangen, ins Sonnenstudio zu gehen und mir die Augenbrauen zu zupfen«, antwortet Sven, ohne zu wissen, dass er mit dieser abweisenden Haltung Nadjas Herz hüpfen lässt. Nadja hat Sven eine Handmassage gebucht – worunter sich Sven vorher etwas anderes vorgestellt hatte. Seine Berührungsängste gegenüber dieser Massage werden von der Erkenntnis aufgewogen, wie unbeschreiblich gut das tut! Während die Frau ihn massiert, »tlockene Haut«, wandern seine Gedanken zu dem Auto, das da auf Joes Parkplatz auf ihn, Sven, und nur auf ihn, wartet, um gefahren zu werden.

Henry hat sich für die gleichen künstlichen Nägel entschieden, die auch Nadja hat. Von Acryl- oder Glasfasernägeln hat Nadja ihr fachfrauisch abgeraten. Jetzt härtet das Gel aus, nachdem die künstlichen Nägel aufgesetzt und lackiert wurden. Henry wünscht sich genau den gleichen Style wie Nadja, die sich für ein kleines Extra entscheidet: Für den rechten Nagel am kleinen Finger wählt sie glitzernden Nagellack aus, um als Krönung einen kleinen Brilli draufzusetzen.

Jetzt hat Henry eine komplette Typwandlung hinter sich, und wenn Sven die beiden so anschaut, wirken sie wie Schwestern. Wäre da nicht der Altersunterschied, könnten sie Zwillinge sein. Henry wirkt viel reifer und erwachsener. Aber nicht nur das, sie ist auch ganz aufgekratzt, redet viel und springt hin und her. Dass es ihr so gut geht, färbt auf Nadja ab. Ist es wirklich möglich, dass er dieses wildfremde Mädchen erst gestern Abend unfreiwillig aufgelesen hat?

In der großen Eingangshalle der Mall steht hinter einer Absperrung eine Pyramide aus Kürbissen, vor der Nadja staunend stehen bleibt. In der untersten Reihe liegen die größten Kürbisse, die sie je gesehen hat – und in jeder Reihe werden die Früchte kleiner, bis sie oben mit Hokkaidos abschließen.

»Bei uns, da, wo wir den Bauernhof haben«, erzählt Henry, »wachsen nebenan auch Kürbisse. Da gibt's ein ganzes Feld voll.«

»Welchen willst du?«, fragt Sven. Nadja lächelt und stößt ihn in die Seite.

»Nein, wirklich«, setzt er nach, »welchen willst du?«

Nadja zeigt auf einen sehr schönen, großen, rotorange leuchtenden Kürbis. »Den da, der zweite von unten.«

Sven hebt ein Bein über die Absperrschnur, aber Nadja hält ihn zurück. »Lass das!«, sagt sie lachend, »das war ein Witz«. Aber Sven gibt ihr einen Kuss, der sie so überrascht, dass er sich von ihr losmachen kann. Dann hebt Sven das zweite Bein über die Absperrung und – geht zu dem Kürbis.

»Den hier?«, fragt er. Nadja nickt. Das wird er sich sowieso nicht trauen, denkt sie noch. Doch dann legt Sven beide Arme um den Kürbis …

»Nicht!«, ruft Nadja noch. Doch mit einem nicht ganz unerheblichen Kraftaufwand zieht Sven Nadjas Wunschkürbis aus der Kürbispyramide heraus.

Natürlich war das nicht durchdacht. Natürlich muss die Pyramide einstürzen. Und da die Pyramide sicherlich ein paar Meter hoch ist und vier nach oben hin spitz zulaufende Ebenen hat, handelt es sich um eine stattliche Anzahl Kürbisse, die nun ihre Trägheit überwinden und sich in Bewegung setzen. Sven schafft es wie durch ein Wunder, nicht von herunterstürzendem Gemüse getroffen zu werden, und als er über das Absperrband springt, hechtet, und wie ein Verrückter lacht, hält er noch immer Nadjas Kürbis umklammert. Von der anderen Seite der Halle kommen eine männliche und eine weibliche Security-Kraft rufend auf sie zugerannt, und Sven, Nadja und Henry nehmen ihre Beine in die Hand. Ein Verfolger stürzt über einen Kürbis, der ihm keck den Weg abschneidet. Die Gäste der Mall bringen sich in Sicherheit oder machen Handyvideos. Kürbisse verteilen sich sternförmig in der Halle, ein paar schaffen es bis zu den Rolltreppen und purzeln, Passanten vor sich hertreibend, diese herunter, nur um von einem anderen nach oben getragen zu werden. Vor dem Ausgang dribbelt Sven einen dicken und behäbigen Security-Mann wie ein Fußballspieler im Ballbesitz aus. Henry und Nadja müssen dermaßen lachen, dass es sie am Laufen hindert. Sie rennen noch drei Seitenstraßen weiter, bis sie ihre Verfolger abgehängt haben und außer Puste und prustend stehen bleiben. Nadja stützt sich auf ihren Knien ab, Sven auf dem Kürbis. Dann hält er ihn Nadja hin und sagt:

»Für dich.«

Mit einer Mischung aus Scham und Bewunderung nimmt sie den Kürbis entgegen, den sie sogleich beinahe fallen lässt. Sie hat nicht damit gerechnet, dass er so schwer ist! Henry versucht, ihn zu halten, und stellt an Sven gewandt fest:

»Und den hast du getragen! Und bist damit gerannt!«

Sven wischt sich den Stolz von der Stirn, da vibriert sein Handy. Das Display zeigt »Erik Werkstatt«. Sven nimmt ab.

»Was geht, Digga?«

Erik meldet sich ohne Begrüßung: »Sven, was – was – was hast du angestellt?«

# 25

Marion kneift die Lider zu und versucht, sich ein Bild vor Augen zu rufen. »Es ist eine Wiese. Etwa 240 mal 160 Meter, sie gehört zu unserem Häuschen, das wir seit genau drei Jahren und vier Monaten renovieren. Was soll ich dazu noch sagen? Es ist halt eine Wiese.«

»Wie sieht die Wiese aus? Wo befinden Sie sich auf dieser Wiese?« Die Stimme von Frau Dr. Beelitz ist ruhig.

»Ich ...«, Marion atmet schwer, eine Unruhe erfasst ihre Glieder. Dr. Beelitz reagiert:

»Atmen Sie fünf Sekunden lang ein, halten den Atem für drei Sekunden und atmen die Luft fünf Sekunden lang aus. Und das fünfmal hintereinander.«

Marion macht, wie ihr geheißen. *Einatmen, eins, zwei, drei, vier, fünf, halten, eins, zwei, drei, ausatmen, eins, zwei, drei, vier, fünf. Was mache ich bloß hier? Das wird nicht klappen. Einatmen, halten, ausatmen.*

»Bitten Sie Ihren inneren Kontrolleur, alle störenden Einflüsse auszuschalten.«

*Einatmen, halten, ausatmen. Also gut, innerer Kontrolleur, (wer bitte soll das sein?), bitte schalte alle störenden Einflüsse aus. Einatmen, halten, ausatmen.*

»Wie sieht die Wiese aus? Wo befinden Sie sich auf der Wiese?«

*Einatmen, halten, ausatmen.*

»Die Gräser sind kniehoch. Es wachsen Wildblumen auf der Wiese. Viele bunte. Insekten schwirren umher. Vielleicht sollte ich die Wiese mal mähen, aber ich will nicht. Ich sitze auf einem Baumstamm.«

»Wie fühlt sich der an?«

»Hart. Aber ich sitze immer hier und schaue aufs Land.«

»Was riechen Sie?«

Marion schmunzelt. »Ich rieche Raps. Auf den Feldern nebenan wird Raps angebaut. Endlose, gelbe Felder. Ich kann in die Ferne schauen. Die Landschaft ist leicht hügelig. Weiter hinten fangen Wälder an.«

*Einatmen, halten, ausatmen.*

»Was ist für ein Wetter?«

»Es ist sonnig.«

»Wie fühlt sich die Sonne an?«

»Warm und gemütlich. Sie streichelt mich. Ein leichter Wind weht. Ich flechte meine Haare.«

»Sie haben lange Haare?«

»Natürlich«, sagt Marion, die aber so, wie sie da auf dem Stuhl sitzt, viel zu kurze Haare hat, um sie zu flechten.

»Wie alt sind Sie?«

»Neunzehn!« Marion sagt es ganz selbstverständlich.


Später sitzt Marion im Büro von Frank Klaukien. Er hat neben Frau Dr. Beelitz Platz genommen und Thomas neben Marion. Sie war nach guten vierzig Minuten aus der Trance erwacht, als Dr. Beelitz zu ihr sagte: »Drei: Sie befinden sich wieder im Berliner Fachdezernat der Kriminalpolizei und in der Gegenwart; zwei: Ihr innerer Kontrolleur blendet wieder alle Umgebungsgeräusche ein; eins: Wenn ich schnipse, sind Sie wieder Sie selbst im Hier und Jetzt.« Dann hat sie geschnipst, und

Marion hat ruhig die Augen geöffnet. Und geblinzelt. Sie fühlte sich entspannt und ausgeruht. Sie fasste sich an die Augen und bemerkte, dass sie geweint haben muss. Sie schaute zu Frau Dr. Beelitz, die sie anlächelte. Doch das Lächeln war nicht ganz echt.

»Wie geht's Ihnen?«, fragte sie.

»Mir geht's gut. Erstaunlich gut. Wie war ich?«

»Es war erfolgreich.«

Marion hörte im Ton der Ärztin, dass etwas passiert war. Sie fühlte sich nicht ganz wohl in ihrer Haut. Was war los? Marion hasste es, wenn sie, zum Beispiel im Flugzeug, ungewollt einschlief – Kontrollverlust in einem öffentlichen Raum – und ihr beim Aufwachen die Momente fehlten, die sie verschlafen hatte. Wenn die Traumwelt noch die Realität verklebte. Die ganze Welt anders wirkte, so als wären alle auf einmal gegen sie. Marion musste sich dann immer erst wieder ihrer selbst gewahr werden. Sie spürte in sich hinein.

»Ist denn was passiert?«, fragte sie die Ärztin irritiert.

»Was meinen Sie damit?«

»Habe ich etwas falsch gemacht?«

»Nein, Frau Angermeier. Sie haben nichts falsch gemacht.« Frau Dr. Beelitz war sich der Signale bewusst, die sie ausgesendet hatte, und ging ehrlich mit ihnen um. »Es war nur sehr intensiv. Auch für mich. Auf so eine Geistreise gehen immer zwei, der Patient und der Therapeut.«

Marion nickte, das verstand sie. »Darf ich die Videoaufzeichnung sehen?«

Frau Dr. Beelitz zögerte kurz, und wieder stieg dieses irritierende Gefühl in Marion auf, dass etwas nicht stimmte.

»Das besprechen Sie am besten mit Herrn Klaukien.«

»Wieso?« Marion fühlte sich plötzlich hilflos.

»Ich bin nur die Hypnose-Therapeutin. Ich entscheide nicht

über die Vorgehensweise der Ermittlungen.« Die Antwort klang ungewollt streng. Marion schluckte betroffen. Frau Dr. Beelitz wollte noch etwas Warmes, Liebevolles hinzufügen, aber ihr fiel trotz ihrer langjährigen Erfahrung nichts ein. Das, was da eben passiert war, hatte auch sie noch nicht in dieser Intensität erlebt. Sie würde sich etwas einfallen lassen müssen, um die Frau aufzufangen.

»Es ist alles in Ordnung, Frau Angermeier. Es ist nicht selten der Fall, dass sich ein Patient kurz nach der Hypnose emotional orientierungslos fühlt. Das legt sich aber in der Regel nach ein paar Minuten.«

Dann holte Klaukien sie ab und führte sie in sein Büro, wo schon Thomas auf sie wartete.


»Warst du dabei? Bei der Hypnose im Nebenraum?«, fragt Marion Thomas, denn eigentlich war das gegen die Vereinbarung. Thomas verneint. Marion fühlt sich tatsächlich noch orientierungslos. Sie ist noch nicht ganz imstande, ihre Mitmenschen richtig zu lesen. Sie hat das Gefühl, die Einzige zu sein, die gerade normal funktioniert. Wieso sehen alle so betroffen aus? Soll sie jetzt hier moderieren?

»Kann ich die Aufzeichnung jetzt sehen?« Marion richtet die Frage an Klaukien, und auch er reagiert mit diesem Zögern, das Marion schon bei Dr. Beelitz bemerkt hat und nicht einordnen kann. Bevor sie dazu etwas sagen kann, kommt der Mann ins Büro, der ihr vor der Therapiesitzung als Phantombildzeichner vorgestellt wurde. Er hat ein großes iPad in der Hand.

»Ich bin fertig mit dem ersten Entwurf.«

Er dreht das Tablet zu Klaukien, der nickt, das Gerät nimmt und das Display Marion zeigt. Sie sieht die digitale Zeichnung, und unvermittelt überkommt sie ein Schauer. Sie reagiert körperlich auf das Bild, ihre Knie werden weich. Thomas legt eine Hand auf ihren Rücken.

»Alles gut?«

Marion nickt, sie zittert. Klaukien bedankt sich bei dem Phantombildzeichner, der daraufhin den Raum verlässt. Dr. Beelitz geht zu einem Wasserspender im Flur und kommt mit einem vollen Becher zurück. Marion trinkt ihn in einem Zug aus. Sie wischt sich die Augen trocken. Thomas schaut das Phantombild an. Darauf ist ein junger Mann mit ebenmäßigen, symmetrischen Gesichtszügen zu sehen. Fast erinnert er ihn an ein Manga. Die Kapuze in die Stirn gezogen, ein herausfordernder Gesichtsausdruck.

»Das ist er«, ist alles, was Marion sagt. Sie betrachtet ihre rechte Hand, streckt die Finger aus, als wollte sie ihren Nagellack begutachten. Ihre Finger zittern.

»Brauchen Sie eine Pause, Frau Angermeier?« Endlich klingt Dr. Beelitz fürsorglich.

»Ja, das wäre jetzt wohl das Beste«, antwortet Thomas für Marion. »Kann sich meine Frau hier irgendwo ausruhen?«

»Nein, nein«, widerspricht Marion. »Ich will jetzt unbedingt die Aufzeichnung sehen!« Sie fragt sich, was die anderen wohl von ihrer vehementen Reaktion halten. »Bitte«, schiebt sie leiser hinterher. Und wieder registriert sie, wie Klaukien und Dr. Beelitz Blicke wechseln. Dann zieht Klaukien ein paar Stühle vor den großen Monitor.

»Also gut. Los geht's.«

# 26

Nadja bemerkt schon an Svens Körperhaltung, dass etwas nicht stimmt.

»Sven, was – was – was hast du angestellt?« Bei Eriks Tonfall bleibt Sven das Herz stehen.

»Wieso? Was von all den Sachen meinst du?«, versucht Sven locker zu sein, nicht ohne einen Seitenblick auf Nadja.

»Die Po-Po-Polizei ist hier. Sie ha-ha-haben eine Zeichnung von dir. Ein Phantombi-bild, Sven! Ich ha-habe gesagt, ich weiß n-n-n-icht, wer das ist.«

»Und jetzt? Wissen sie, wer ich bin?«, sagt Sven, bevor ihm einfällt, dass er vor Nadja etwas unauffälliger formulieren sollte.

»N-nein, aber der Meister kom-m-mt gleich, und sie w-w-warten hier. Und Sven, es sind zwei Autokennzeichen verschwu-schwu…«

»Wie sind die Bullen auf die Werkstatt gekommen?«

»W-w-w-oher soll ich d-d-«

»Danke dir auf jeden Fall, du hast was gut, ich muss auflegen.«

»OK, ciao, pass auf dich …«, weiter kommt Erik nicht, der es schon gewohnt ist, dass Sven nie die Geduld hat, ihn ausreden zu lassen. Irgendwie schätzt er diese direkte Ehrlichkeit.

»War was?« Nadja beobachtet Sven sorgenvoll, noch nicht bereit, sich von der Realität einholen zu lassen.

»Ach, Erik hat Mist gebaut und wollte fragen, ob ich ihm bei was helfen kann.«

»Und ich dachte, der ist total der Überflieger in der Werkstatt?«, meint Nadja noch immer skeptisch.

»Ich wäre auch voll der Überflieger, wenn ich den ganzen Tag nichts anderes machen würde als Hummus fressen und masturbieren.«

»Was ist Hummus«, fragt Henry.

»Das erklär ich dir, wenn du etwas älter bist«, antwortet Sven gedankenverloren.

»Und was ist denn da passiert? In der Werkstatt?«, hakt Henry ein.

»Erik ist mein Kollege. Und der ist eigentlich echt ein netter Typ. Aber ihm ist da so 'ne Sache passiert, und jetzt wird es eng für ihn.«

»Eng?«, fragt Henry.

»Ja, die kommen ihm auf die Schliche.« Mit jedem Satz wird Sven souveräner beim Lügen.

»Mein Gott, was hat der denn angestellt?«, fragt Nadja. »Von dem glaubt man das überhaupt nicht. Da musst du ihm doch helfen, oder?«

»Sollte er vielleicht besser abhauen?«, fragt Henry betont unkonspirativ. Sven nickt.

»Wäre 'ne Option«, antwortet er im gleichen Ton, »aber was essen wir denn heute?«, lenkt er ab und wendet sich grinsend an Nadja. Sie schultert die große orangene Kugel.

»Ich hätte hier etwa 25 Kilo Kürbisfleisch …«

Als sie in Richtung Wohnung gehen, sagt Henry beiläufig: »Was hältst du denn eigentlich von der Idee, Sven?«

»Welcher Idee?« Ihm schwant Böses!

»Na, davon, was meine Ma uns gestern vorgeschlagen hat«, sagt Henry ungerührt.

Sven schaut sie verdutzt an. Warum ist dieses zwölfjährige Mädchen, das jetzt wie seine Freundin in Klein aussieht, so gut darin, solche Spielchen zu spielen? Er spürt Nadjas Blick auf sich. Er hat keine Chance, er muss reagieren, aber wie?

»Welchen der vielen Vorschläge meinst du denn?« In seine Stimme schleicht sich vorsichtige Vorahnung.

»Na, der Grund, warum sie uns das Auto gegeben hat.«

*Was ...? Sie durften das Auto doch nicht vor Nadja erwähnen!*

»Was für ein Auto?«, fragt diese sofort.

»Hat Sven dir das gar nicht erzählt?«, fragt Henry scheinheilig und ignoriert dessen Gesichtsausdruck. Nadja schüttelt den Kopf.

»Na, meine Ma hat uns ihr Auto gegeben.«

Nadja schaut Sven an, der schnell ein Lächeln aufsetzt und mechanisch nickt.

»Aha? Und warum?«

»Na ja«, setzt Henry an, »damit wir auf den Hof fahren.«

»Wirklich?«, fragen Nadja und Sven gleichzeitig und bekommen leuchtende Augen, wenn auch aus unterschiedlichen Gründen. »Und wir stören da auch niemanden?«, fügt Sven schnell hinzu.

»I wo, wir sind da ganz allein.«

»Das wäre ja wunderbar! Wie so ein kleiner Kurzurlaub!«, strahlt Nadja.

Sven erkennt seine Chance, die Situation wieder in den Griff zu kriegen: »Das hatten wir als Überraschung für dich gedacht, Nadja!«

»Das ist es doch immer noch! Was ist das für ein Auto?«

# 27

Das Bild auf dem Monitor ist in der Mitte geteilt. Die rechte Hälfte zeigt eine Kameraeinstellung in der Totalen, Marion in dem gemütlichen Sessel und davor, von hinten zu sehen, Frau Dr. Beelitz. Die rechte Bildschirmhälfte zeigt Marions Gesicht in Nahaufnahme.

»Was macht Sie so frei?«, fragt Dr. Beelitz auf dem Bildschirm.

Man sieht, wie Marion tief einatmet, und im Ausatmen sagt sie: »Ich kann frei atmen. Die Luft ist so frisch. Ich kann tun und lassen, was ich will, und gerade will ich auf dem Baumstamm sitzen und in die Landschaft schauen.«

Marion wirft vor dem Monitor einen irritierten Blick zu Frau Dr. Beelitz. Diese hält die Aufzeichnung an. »Es ist nicht ungewöhnlich, dass Patienten an einen Ort reisen, den es in ihrem Leben nur im Jetzt, also in ihrer Gegenwart gibt. Aber sich selbst als ein oftmals jüngeres Ich hineinprojizieren.«

»Wieso macht man das?«, fragt Marion betont unbeteiligt.

»Es ist oft ein Teil ihrer Persönlichkeit, der weniger belastet ist als jener im Jetzt. Es ist quasi schon ein Schutzmechanismus.«

»Wir sind aber hier, um uns an einen bestimmten Moment zu erinnern.« Frau Dr. Beelitz' Stimme auf dem Monitor wird immer ruhiger und weicher. Fast so, als spräche sie zu einem schläfrigen Kind.

»Ich will das nicht«, sagt Marion auf der Aufnahme sehr hart und deutlich. »Ich will hierbleiben.«

»Wovor haben Sie Angst?«

»Ich habe keine Angst.«

Frau Dr. Beelitz wartet. »Was ängstigt Sie?«

»Dass ich etwas Falsches gemacht habe.«

»Es geht hier nicht darum, dass etwas, was Sie gemacht haben, falsch oder richtig war, Frau Angermeier. Bewerten Sie es selber als falsch?«

»Natürlich!«

»Wir setzen die Reise jetzt fort, ohne zu bewerten, in Ordnung?«

Marion schweigt.

»Wir setzen die Reise jetzt fort, ohne zu bewerten«, wiederholt die Ärztin wie ein Mantra, »wir geben nur wieder, was geschehen ist. Das ist unsere Vereinbarung, in Ordnung, Frau Angermeier?«

Marion nickt ganz leicht.

»Sie sind gestern in Ihrem Auto vom Einkaufen gekommen. Wo war da Henry?«

»Auf der Rückbank.«

»Was hat sie gemacht?«

Marion fängt an zu weinen.

»Ich habe sie mit Omi Los Decke zugedeckt«, schluchzt sie. Thomas nimmt seine Frau in den Arm. Doch Marion streift seine Berührung ohne viel Aufhebens ab.

Dr. Beelitz reagiert auf das Schluchzen: »Wir urteilen nicht darüber, Frau Angermeier. Es ist passiert, und so wie es passiert ist, ist es in Ordnung. Wir urteilen nicht darüber, ob es richtig oder falsch war.«

Marion nickt wieder, und ihr Weinen ebbt ab.

»Sie parken also das Auto vor Ihrer Tür. Können Sie Henry sehen?«

»Nein«, wiederholt Marion, als wäre Frau Dr. Beelitz schwer von Kapee, »sie liegt doch unter der Decke. Ich nehme mir die Tüten. Die stehen im Fußraum vom Beifahrersitz. Fff, die sind sehr schwer.«

»Was haben Sie vor?«

»Ich will Henry erst wecken, wenn ich die Tüten reingetragen habe.«

»Wieso?«

»Weil ich einfach mal froh bin, meine Ruhe zu haben. Wenn sie schläft, ist sie lieb zu mir. Ich nehme erst die Tüten. Ich nehme auf jedem Gang etwas mit. Das ist effizient. Keine leeren Gänge. Das sag ich auch immer meinen Leuten.«

»Wer sind Ihre Leute?«

»Das wissen Sie nicht?«

»Sagen Sie es mir noch mal?«

»Mein Mann und Henry. Das sind meine Leute.«

»Das ist Ihre Familie.«

Marion schweigt. »Nein, das sind meine Leute.«

Marion schaut zu Thomas rüber, der blickt aber nur auf den Monitor.

»Sie tragen also die Tüten hinein. Wen treffen Sie da?«, fährt Dr. Beelitz mit ruhiger Stimme fort.

»Wieso fragen Sie, wenn Sie das schon wissen?«, erwidert Marion emotionslos.

»Es ist immer schöner, es aus Ihrem Mund zu hören.«

Marion lächelt und rekelt sich. »Also gut. Na gut, na gut. Da steht der Hausdrache.«

Marion im Jetzt lacht kurz auf, dann schaut sie zu Frau Dr. Beelitz. »Entschuldigung, dass ich da so impertinent bin.«

»Das ist ein gutes Zeichen. Viele Patienten werden sogar etwas kindlich, etwas naiv. Das ist ein seelischer Grundzustand, in den wir uns gerne hineinbegeben. Das ist ein Zeichen, dass Sie sich sicher in der Hypnose fühlen.«

Die Aufnahme läuft weiter.

»Ich lasse ihn links liegen. ›Frau Reiser, ich habe jetzt keine Zeit, mich mit Ihnen zu unterhalten‹, hab ich gesagt«, Marion lacht hämisch. »Hab sie stehen lassen.«

»Und dann?«

»Ich schinde Zeit.«

»Weshalb?«

»Ich will nicht mehr raus in den Regen. Und es ist so ruhig in der Wohnung. So friedlich. Ich stehe in der dunklen Küche und schließe die Augen. Ich mag die Wohnung, wenn sie dunkel und ruhig ist. Ich laufe durch die Wohnung und genieße die Ruhe. Das mache ich manchmal.«

»Aber Sie gehen dann doch raus?«

Marion bleibt still.

»Was machen Sie dann?«

»Ich weiß nicht mehr«, sagt Marion emotionslos.

»Sie gehen aus der Wohnungstür in den Hausflur, gehen von dort aus zu der Haustür. Und dann? Was machen Sie?«

»Ich trete hinaus.«

»Was fühlen Sie?«

»Was soll ich fühlen? Nüscht. Genau nüscht.«

»Was sehen Sie da?«

Marion ist unruhig.

»Auch nüscht.«

»Frau Angermeier, atmen Sie durch die Nase ein und durch den leicht geöffneten Mund wieder aus.«

Marion tut es. Nach einer kurzen Pause fragt Frau Dr. Beelitz: »Was fühlen Sie?«

»Regen. Ich bin durchnässt von Regen.«

Frau Dr. Beelitz neigt sich zu der Seite, die nicht im Bild ist, und dann hat sie eine Fernbedienung in der Hand. Sie drückt zwei Knöpfe, und ein lautes Regengeräusch ertönt aus Lautsprechern. Marions Gesicht verzieht sich langsam zu einer Grimasse, unschlüssig, ob sie schreien oder weinen soll. Ihre Augenbrauen ziehen sich zu einem Gewitter zusammen. Dann saugt sie tief den Atem ein, als habe sie sich für Ersteres entschieden, aber sagt dann ganz leise:

»Ich sehe ihn.«

»Wen?«

»Den Mann.«

»Kennen Sie ihn?«

»Ich kann ihn nicht richtig erkennen.«

»Wie sieht er aus?«

»Jung.«

Marion stößt einen lang gezogenen, gequälten Laut aus. Ihre Hände verkrampfen sich, als hätte sie körperliche Schmerzen.

»Wir halten hier einfach die Erinnerung mal an, Frau Angermeier«, sagt Frau Beelitz in der Aufnahme, »als würden wir auf *Pause* drücken.«

Marions Körper entspannt sich augenblicklich.

»Sehen Sie den Mann?«

Marion nickt. Sie hält den Atem an.

»Wie weit ist er entfernt?«

»Na, bis zur Straße. Das sind vielleicht 15 Meter oder mehr«, presst sie heraus.

»Atmen Sie ruhig weiter. Selbst wenn wir die Erinnerung anhalten, können Sie frei atmen. Wie groß ist er?«

»Er ist so groß, vielleicht zwei Meter.«

»Vielleicht kommt es Ihnen nur so vor, weil Sie so weit weg sind?«

Marion denkt kurz nach, dann nickt sie.

»Dann bewegen Sie sich doch mal auf ihn zu, aber ohne dass wir die Pause deaktivieren. Sie können sich in diesem Standbild bewegen. Versuchen Sie es doch mal.«

Marion wirkt ganz erleichtert, aber sie hält noch immer den Atem an.

»Atmen Sie normal weiter. Wir sind nicht unter Wasser. Auch wenn wir den Moment pausiert haben.«

Marion lässt zischend die Luft aus den Lungen und atmet wieder ein.

»Merken Sie, dass Sie normal atmen können?«

»Ja.«

»Und Sie können sich frei im Standbild bewegen?«

»Ja.«

»Sind Sie jetzt näher an ihm dran?«

Marion nickt. »Aber näher will ich nicht.«

»Wieso?«

»Er ist unheimlich.«

»Was macht ihn so unheimlich?«

»Er hat eine Kapuze, die hängt ihm tief im Gesicht.«

»Welche Farbe hat die Kapuze?«

»Grau.«

»Wie sieht sein Gesicht aus?«

»Ganz fein.«

»Was bedeutet das?«

Marion holt tief Atem, als wäre sie dessen überdrüssig, was sie da tut. »Sehr gleichmäßig. Feine Linien, er ist hübsch.«

»Was hat er an?«

»Eine Jacke.«

»Welche Farbe?«

»Ein dunkles Rot. Oder braun.«

»Welcher Stoff?«

»Leder.«

»Ist die Jacke offen oder zu?«

»Offen. Obwohl es regnet.«

»Was trägt er darunter?«

Marion runzelt die Stirn, kneift die geschlossenen Augen zusammen, als wolle sie etwas fokussieren. »Einen Blaumann.«

»Wie sieht der Blaumann aus?«

»Beschmiert. Der ist dreckig.«

»Was für Dreck ist das?«

»Dreck halt. Vielleicht Autoöl.«

Frau Dr. Beelitz greift sich an ihr Ohr, wo sie offenbar einen Ohrstecker trägt. »Können Sie auf dem Blaumann ein Logo erkennen? Oder eine Firmenbezeichnung?«

Die kleine Zuschauerschar vor dem Monitor hält den Atem an.

»Ja.«

»Was für eins?«

»Da steht ›Mal …‹ auf einer Seite.«

»Mehr nicht?«

»Der Rest ist von der Jacke verdeckt.«

Frau Dr. Beelitz hält kurz inne, dann fragt sie:

»Können Sie die Jacke etwas zur Seite schieben?«

»Nein, das geht nicht. Die ist fest.«

Vor dem Monitor fühlt sich Frau Dr. Beelitz bemüßigt, die Frage zu erklären. »Wenn es einen Moment in Ihrer Erinnerung gegeben hätte, wo Sie mehr von dem Firmennamen erkennen konnten, ist es manchmal möglich, ihn zu erfahren. Indem Sie in die Erinnerung eingreifen.«

Auf der Aufnahme folgt nun eine Sequenz, in der Beelitz mit Marion die Fragen des Phantombildzeichners durchgeht.

Sie bittet Marion sogar, in der Trance die Augen zu öffnen und sich Zeichnungen anzuschauen, die ihr der Zeichner live aufs Tablet geschickt hat.

»Wir haben alle Informationen schon weitergegeben. Die Fahndung läuft.«

# 28

Nadja staunt nicht schlecht. »Wow, darf ich fahren?«

»Nein«, antwortet Sven etwas schnell. »Nur ich darf fahren. Wegen der Versicherung. Nur Familienangehörige.«

»Wo ist das nächste Standesamt?«, blitzt Nadja ihn schelmisch an.

»Hätte nicht gedacht, dass du so auf Autos stehst«, kommentiert Henry. »Autos sind doch eigentlich so oberflächlich.«

»Wieso denn oberflächlich? Das hier hat einen ganz großen Kofferraum!« Sie müssen beide lachen. Nadja streichelt das Auto. Sven beobachtet sie dabei. Diese Lady würde er sofort heiraten. Wieso kommt er erst jetzt darauf? Doch im Moment schieben sich seine Bedenken in den Vordergrund, das Auto aus seinem mehr oder weniger sicheren Hinterhofversteck zu holen; andererseits ist es auch nicht verkehrt, damit die Stadt zu verlassen. Aber die Fahrt wird riskant. Doch wer sollte schon vermuten, dass sich der Autodieb und vermeintliche Entführer ausgerechnet auf dem Hof der Opferfamilie versteckt hält? Im Grunde das genialste Versteck aller Zeiten.

Unter deutlicher Anspannung bugsiert Sven das Auto aus dem Hinterhof, fährt durch die enge, tiefe Hofeinfahrt, die als gerader Tunnel einmal durch das Gebäude führt. Wenn wir es erst mal über die Stadtgrenze geschafft haben, werde ich entspannter, denkt er sich. Er schlägt den Weg Richtung Norden ein.

»Wieso fährst du denn hier lang?«, fragt Nadja.

»Wieso denn nicht? Wir müssen Richtung Flughafen raus.«

»Ja, ja, schon klar. Aber wieso hier durch die kleinen Straßen? Dann sind wir ja vor heute Abend nicht da.« Nadja ist irritiert.

»Ach, mir ist lieber, wir fahren in Ruhe hier lang als die hektischen großen Straßen. Da ist so viel Verkehr.« Sven sucht hilflos nach plausiblen Erklärungen, aber Nadja schaut ihn skeptisch an, mustert ihn.

»Was geht denn mit dir?«, fragt sie distanziert.

»Hmm?«

»Wieso willst du keine Hauptstraßen fahren?«

»Nur so. Ich habe Sorge um das Auto«, sagt er, als sei es die einzig plausible Lösung, Nebenstraßen zu fahren.

»Und du bist ja auch kreidebleich. Schwitzt du?«

Henry kommt Sven von der Rückbank zu Hilfe: »Es ist so heiß hier, macht ihr mal die Klimaanlage an?«

Sven betätigt den Schalter der Lüftung. »Ich habe Sven übrigens gebeten, die kleinen Straßen zu fahren. Das war meine Voraussetzung.«

Nadja dreht sich zu ihr um. Immer noch skeptisch, aber dass Sven Rückendeckung von seiner Cousine bekommt, beruhigt sie etwas. »Wieso das denn?«

»Soll ich's ihr sagen, Sven?«

Sven ist zu wenig multitaskingfähig, um darüber nachzudenken, was sie Nadja sagen will. Bitte nicht, denkt er nur. Henry holt Luft: »Na gut, ich habe Traffiphobie.«

Nadja runzelt die Stirn. »Und das ist was?«

»Angst vor zu viel Verkehr.«

Nadja muss lachen. »Bitte was? Und so was gibt's?«

Henry nickt beschämt.

»Hey, das ist doch kein Problem. Ich wusste es halt nicht.« Nadja dreht sich wieder nach vorne. »In deiner Familie sind schon alle ein bisschen bekloppt, oder?« Sie grinst Sven an.

»Ha, ha«, reagiert Henry trocken.

Majestätisch rollt die Limousine durch die schmalen Straßen. Doch irgendwann haben sie auch den angrenzenden Kiez durchquert, und Sven nähert sich langsam einer der Hauptverkehrsadern. Er schaut zu Henry, die ihm unmerklich zunickt. Er biegt nach rechts auf die sechsspurige Straße ein. Nadja dreht sich zu Henry um.

»Geht das für dich?«

Henry reagiert mit einer Mischung aus Nicken und Schulterzucken. »Muss ja. Autofahren ist eine ständige Konfrontationstherapie.«

»Wo hast du das denn her, diese Traffiphobie?« Nadja ist jetzt wieder komplett fürsorglich.

»Keine Ahnung, weiß man nicht. Irgendwann habe ich wahrscheinlich ein schlechtes Erlebnis in einem Auto gehabt. So was verdrängt man ja auch mal«, erzählt Henry bedeutungsvoll.

»Hattest du mal einen Unfall?«, fragt Nadja nach.

»Nein«, schüttelt Henry den Kopf, »zumindest nicht, dass ich wüsste. Vielleicht noch als Kleinkind, und es hat sich mir eingebrannt. Eine Freundin von mir ist einmal in dem Auto ihrer Eltern eingeschlafen. Und als sie wieder aufgewacht war, saßen vorne ganz andere Menschen. Da haben sie, während sie schlief, das Auto geklaut.«

»Was es nicht alles gibt. Der Mensch ist schon eigenartig, oder?« Nadja fixiert Sven. Er hält an einer roten Ampel, doch er weigert sich, sie anzugucken, schaut stattdessen angestrengt nach vorn. Er spürt, wie sich ihr Blick auf seine Gesichtshaut brennt – weiß sie etwa etwas? Vermutet sie etwas? Auf den Hitzeschub von eben folgt eine Kältewelle. Wenn sie ihn jetzt direkt fragt, wird er nicht mehr lügen können. Oder wollen. In Sven nimmt der Gedanke Gestalt an, Nadja alles zu beichten. Ohne es wirklich durchdacht zu haben, holt er Luft und … Da beugt sich Nadja nach vorne und schaut an Sven vorbei. »Wat kieken die denn so?«

Sven dreht seinen Kopf und schaut direkt in die argwöhnischen Gesichter zweier Polizisten. Auf der Nebenspur steht ein Streifenwagen an der Ampel. Einer der Beamten bedeutet Sven, die Scheibe herunterzufahren.

# 29

»Wo sind Sie jetzt?«

»Ich bin oben auf den Stufen und schaue auf den Mann, der an meinem Auto steht.«

»Hat sich etwas verändert zu vorher?«

Marion schüttelt den Kopf. Sie ist unruhig.

»Ich habe Angst. Sehr viel Angst.«

»Wieso schauen Sie sich die Ereignisse nicht einfach an wie auf einer Leinwand. Sich selbst und alles, was passiert. Wie im Kino. Wie einen Film.« Beelitz wartet einen Moment.

»Klappt das?«

Marion nickt.

»Hat sich was verändert?«

Marion schüttelt den Kopf. Und dann: »Doch.«

»Was denn?«

»Ich habe keine Angst mehr vor dem Mann.«

»Wieso nicht?«

Marion zuckt mit den Schultern.

»Ich habe ihn irgendwie gern.«

»Kennen Sie ihn denn?«

»Irgendwie schon. Aber nicht im Leben. Also nicht wirklich. Aber es kommt mir so vor, als würde ich ihn schon lange kennen.«

Frau Dr. Beelitz hält die Aufnahme kurz an und erläutert

Marions Antwort: dass Patienten jemand, den sie in der Trance genau betrachten und beschreiben, vertraut erscheint. Dann drückt sie wieder auf *Play*.

»Der Mann läuft um das Auto herum, ich rufe ihm etwas zu. Ich renne los. Aber der Mann ist schneller. Er sitzt schon im Auto drin, als ich ankomme. Und er hat gerade eben die Verriegelung betätigt. Die Tür ist geschlossen.« Marion redet jetzt ganz monoton, nahezu emotionslos. »Ich klopfe gegen die Scheibe. Der Mann schaut mich an. Er lächelt mich an. Vielleicht lacht er mich aus, das weiß ich nicht genau.«

»Was ist da mit mir los?«, fragt Marion vor dem Monitor die Hypnose-Therapeutin.

»Sie sind jetzt in einer Art Reportage-Modus. Sie beschreiben quasi nur noch einen Ablauf. Das erspart Ihnen die Emotionen, die Sie in dem Moment gefühlt haben. Das ist ein Schutzmechanismus, den ich nicht umgehen möchte, wenn es nicht unbedingt sein muss.«

»Wann müsste es denn sein? In welchen Fällen?«

»Wenn zum Beispiel dadurch, dass Sie die Emotionen erneut durchleben, weitere Informationen zutage kämen. Aber in diesem Fall haben wir schon eine ganze Menge erfahren.«

»Wir können die Aufnahme auch hier unterbrechen«, schlägt Klaukien vor.

»Nein, ich möchte sie bitte bis zum Schluss sehen«, entscheidet Marion.

»Ich haue gegen die Scheibe. Immer wieder. Ich schaue auf die Rückbank.«

»Sehen Sie Henry dort?«

»Nein.« Marions Stimme ist noch immer ganz neutral.

»Wieso?«

»Ich sehe nur die Decke.«

»Könnte Henry darunter liegen?«

»Ja, oder auch nicht. Das weiß ich nicht. Ich hasse Henry.«
Stille, auf der Aufnahme und in Klaukiens Büro.

»Wie bitte?«, fragt Dr. Beelitz im Monitor.

»Ich hasse Henry«, wiederholt Marion neutral. Und dann
ganz monoton weiter: »Ich hasse Henry, ich hasse Henry, ich
hasse Henry.« Dann beginnt sie, schwer zu atmen, eine Träne
läuft ihr über die Wange. Sie atmet schwerer, dann beginnt
sie zu weinen. Sie wiederholt: »Ich hasse Henry«, dann weint
sie lauter und lauter, als läge darin das gesamte Leid der Welt.
Sie krümmt sich zusammen wie ein Fötus und weint immer
hemmungsloser.

»Ich zähle jetzt von zehn rückwärts, Frau Angermeier.
Wenn ich bei null angekommen bin, wachen Sie auf. Zehn:
Sie entspannen Ihren Körper; neun: Sie atmen tief ein und
aus; acht: ...«

Dr. Beelitz schaltet die Aufnahme ab. In dem Raum macht
sich eine beschämende Stille breit.

# 30

Der Karabiner 43 war das außergewöhnliche Selbstladege-
wehr der Wehrmacht, die Standard-Infanteriewaffe der letzten Kriegsjahre. Nur 50 000 der 450 000 produzierten Geräte
wurden mit einem Zielfernrohr ausgerüstet und der Scharf-
schützenabteilung zugeteilt. Von diesen Gewehren wollte
man damals eine Stückzahl von 100 000 im Monat produzie-
ren, erreichte dieses Ziel aber längst nicht.

Der aufschießende Gasdrucklader mit Stützklappenver-
schluss erfreute sich trotz seines leichten Rechtsdralls großer
Beliebtheit, weil er so robust war, im Gegensatz zu seinem
Vorgänger Gewehr 41, das seinerseits den Karabiner 98k
abgelöst hatte. Vergraben im brandenburgischen Boden, erweist es sich sogar als noch robuster als seine russischen Art-
verwandten Tokarew SWT-40 oder Simonow AWS-36.

Der Karabiner ist handliche 1117 Millimeter lang und wiegt
dabei gerade mal 4,3 Kilogramm, fasst 10 Patronen im Kas-
tenmagazin und kommt bei geöffnetem Verschluss mittels
Ladestreifen auf 30 Schuss pro Minute. Doch Chrom, Nickel
oder auch Wolfram waren dermaßen rar, dass die Waffe niemals die Präzision des Karabiners 98 erreichte.

# 31

Auf dem Hof in Brandenburg ist Thomas für das Grobe zuständig – alle Sanierungs- und Renovierungsarbeiten – und Marion für das Feine: die Inneneinrichtung. Auch der Garten fällt in ihre Zuständigkeit, wenn es nicht gerade um große Umstrukturierungen geht. So kommt es, dass sie diejenige ist, die beim Umgraben der Beete auf den Holzkasten stößt. Ein mulmiges Gefühl macht sich in ihr breit, und das vergeht auch nicht, als sie alle drei sodann die Kiste zu bergen beginnen. Während Thomas und Henry rätseln, was für ein Schatz das denn sein könnte, und sie von einer schieren Abenteuerlust ergriffen werden, begutachtet Marion argwöhnisch die längliche Truhe.

»Wir sollten sie lassen, wo sie ist«, unternimmt sie einen Versuch, ihr Gefühl in Worte zu fassen.

»I wo!«, ruft Thomas.

»I wo!«, schließt sich Henry an.

Und schon hat Thomas mit einem Stein das kleine Schloss aufgeschlagen. In ein öliges Tuch gewickelt, kommt das alte Gewehr zum Vorschein.

Thomas hatte den Bauernhof von einem Mann gekauft, der sich ihnen nur als Jürgen vorgestellt hatte. Er war fast neunzig und von Alter und Krebs ausgemergelt. Er verkaufte Thomas den Bauernhof unter der Bedingung, ihn erst nach seinem Tod zu übernehmen. Er werde es nicht mehr allzu lange machen, vertraute er Thomas an. Und so willigte dieser ein. Dass Jürgen ihm so sehr ans Herz wachsen würde, konnte er zu dem Zeitpunkt nicht mal vermuten. Jürgen sollte recht behalten. Etwas über ein halbes Jahr hielt er noch durch. Versäumte in dieser Zeit aber nicht, Thomas alles über den Hof zu erzählen. Jedes Mal, wenn er ihn besuchte, wurde Jürgens Gang langsamer, wackeliger, vorsichtiger. Er ging breitbeinig, weil ihn Probleme mit dem Gleichgewicht plagten, aber das waren wohl noch die geringsten seiner Probleme. Marion hatte den Mann nur ein Mal getroffen, weil es ihr Unbehagen bereitete, seinen Verfall so hautnah mitzuerleben. Ganz abgesehen von der Vorstellung, dass dieser Mann in »ihrem« Haus dahinsiechen würde. Letztlich hatte dann der günstige Kaufpreis ihre Widerstände schmelzen lassen.

Zwischen Thomas und Jürgen entwickelte sich eine außergewöhnliche Männerfreundschaft, und der Ältere wurde dem Jüngeren zu einer Art Vaterersatz.

Jürgen war auf dem Hof aufgewachsen. Seine Mutter Dorle hatte drei Söhne und war im Krieg aus Berlin geflohen. Sie kamen nicht weit, nur bis zu diesem Hof in der Nähe von Gransee, das heute keine Zugstunde mehr von Berlin entfernt liegt. Sie wurden von einem griesgrämigen, aber herzensguten Bauern aufgenommen, der in der gleichen Burschenschaft wie Jürgens Vater Teddy gewesen war, und so überstand die Familie den Krieg und die Fliegerangriffe in einem selbst gebauten Bunker, der inzwischen als Kühlkeller dient. Jürgens Mutter hatte die Familie nach dem Krieg über die Runden gebracht, indem sie von früh bis nachmittags Torfstechen ging.

Jürgen konnte unglaubliche Geschichten vom Hof erzählen! Wie eines Tages nach Kriegsende dort Alliierte mit vorgehaltenen Maschinenpistolen auftauchten und einforderten, was sie wollten, und zwar mit dem einzigen deutschen Wort, das sie kannten: Bratkartoffeln. Und die Frau des mürrischen Bauern machte ihnen Bratkartoffeln.

Die deutschen Soldaten hatten sich nach Kriegsende all ihrer Waffen entledigen müssen. Überall hätten die herumgelegen. Und weil der Bauer es so wollte, sammelten die Jungs sie ein. Für ein paar Pfennige tauchten sie im Gransee nach Pistolen und holten auch Munition mit hoch. Sie trockneten die Patronen und knackten sie dann, sammelten das Schwarzpulver und zündeten es an, wenn sie genug hatten. Irgendwann gingen die Alliierten von Hof zu Hof und sammelten die Waffen ein. Ein paar hatte der Bauer vergraben.

Seitdem sieht Thomas überall auf dem Hof die Geschichte, die diesen Ort ausmacht. Bald fühlt er sich so, als lebe er schon Jahrzehnte hier. Fühlt sich endlich angekommen in seinem wahren Element. Während er sich in Berlin gern mit einem Buch zurückzieht, ist er hier ständig in Aktion, plant, ackert, bestimmt, wo es langgeht – und Marion genießt es! Das Land und die Natur bringen eine Seite in ihm hervor, die in der Stadt verkümmert. Hier wird er zu einem Trapper. Und einem Familienoberhaupt.

Er ist der festen Überzeugung, dass kein Stück Land und erst recht nicht ein altes Haus ohne seine Geschichte bewohnt werden kann. Der Mensch muss die Vergangenheit, genau wie die Zukunft, zulassen und freilassen. Ansonsten beschneidet er den Charakter des Ortes, und irgendwann nimmt sich die Vergangenheit auf andere Weise wieder Raum. Marion will von den ganzen alten Geschichten nichts wissen. Sie ängstigen sie regelrecht.

Und so ist es wie ein ironischer Wink des Schicksals, dass ausgerechnet Marion beim Gärtnern auf die Kiste mit dem Gewehr stößt.

# 32

»Wat kieken die denn so?« Nadja ist in einem Kiez aufgewachsen, in dem Polizisten gegenüber Misstrauen vorherrscht.
Wohin der Slogan vom Freund und Helfer nicht vorgedrun-
gen ist. »Ick kiek gleich zurück, aber so wat von!«

»Lass doch, Schatz«, versucht Sven nervös, sie zu beschwich-
tigen. »Einfach ignorieren.«

»Is doch wahr. Die kieken doch nur, weil wir so 'ne Karre
ham. Aber dass auch Leute wie wir so wat mal fahren, können die wohl nicht glauben.« Nadja beugt sich vor, zieht mit
der rechten Hand einen Kreis, in den sie das ganze Auto
einschließt, und sagt überdeutlich: »Das – ist – uuunsere –
Karre.«

Sven schiebt Nadja mit seinem rechten Arm zurück zur
Lehne und lächelt dann zu den Polizisten rüber. Diese wiederholen die Aufforderung, die Fensterscheibe herunterzu-
lassen. Sven tut es. Dabei wandern die Blicke nun nach hinten
zu Henry. Diese versucht sich auch an einem Lächeln und
winkt. Sie hat das Gefühl, die Polizisten würden gerade noch
überlegen, ob sie die drei kontrollieren sollten. Da beugt sich
Henry zwischen den Vordersitzen nach vorne, umarmt Sven
und gibt ihm einen Kuss auf die Wange.

»Guten Tag«, grüßt der Polizist, der genau gesehen hat,
was Henry gemacht hat.

»Moinsen«, grüßt Sven zurück, der schon seine Felle davonschwimmen sieht.

Nadja beugt sich wieder vor: »Ist das jetzt eine Polizeikontrolle?«

»Nein«, erklärt der Polizist. »Aber Sie sollten sehen, dass das Mädchen angeschnallt ist, wenn Sie weiterfahren.«

Das lässt sich Henry nicht zweimal sagen, lehnt sich wieder zurück und schnallt sich an.

»Alles klar, Officer«, entgegnet Sven.

Der Polizist nickt und fährt seine Scheibe wieder hoch. Die Ampel springt auf Grün. Sven gibt langsam Gas, und Henry fährt an den Polizisten vorbei. Sie grinst und hält beide Daumen nach oben.

»Wenn die noch mal so blöd kieken ohne Grund, Alta! Ick kann dit nich leiden!«

Sven muss lachen.

»Wat? Wat lachste denn da?«

»Ich liebe es, wenn dein Berlinerisch rauskommt.«

»Ach wat.«

»Doch, immer wenn du dich aufregst. Echt süß.«

»Süß steck ich dir in den Hintern.«

Sven lacht wieder, Nadja muss auch grinsen, versteckt es aber, indem sie aus dem Seitenfenster schaut. Henry beobachtet, wie Sven seine rechte Hand auf ihr Knie legt und wie Nadja sie dort liegen lässt.

Noch bevor sie das Berliner Stadtschild hinter dem ehemaligen Tegeler Flughafen passieren, ändert sich die Umgebung von einem Moment zum anderen von urban zu ländlich. Linker Hand beginnt der lange Tegeler See, an dem Sven und Nadja so manchen romantischen Spaziergang unternommen haben, der nicht selten in eine wilde Knutscherei am Wasser mündete.

Henry ist nun wieder unangeschnallt und hängt zwischen den Vordersitzen. Je einen Arm um die Kopflehnen gelegt, wirkt es, als umarme sie Sven und Nadja. Sie lotst sie über die Straßen. Die Sonne ist rausgekommen, steht tief, und ihr rosa-orangenes Licht taucht die Natur in trügerisch-spätsommerliche Romantik. Nach einer Stunde Fahrt biegen sie von der einspurigen Straße in einen unscheinbaren Feldweg ab hin zu der Anschrift, die unpassenderweise »Stadtstraße Nummer 3« heißt. Sie steuern auf das einzige Haus zu, das weit und breit zu sehen ist.

»Willkommen in der Townroad Number three! Das gehört jetzt schon zu unserem Grundstück«, erklärt Henry stolz. Der Weg sei rötlich »wegen dem hohen Eisengehalt«, und er führt durch Maisfelder, die von einem Nachbarn bestellt werden, an einem kleinen Hügel vorbei hin zum Hof. Das Hauptgebäude ist neu verputzt und in einem sanften Gelb gestrichen. Zur Haustür, mittig zwischen zwei Fenstern gelegen, führen zwei terracottageflieste Stufen hoch, gesäumt von zwei Dutzend Topfpflanzen. Sven fährt um das kleine Rondell, in dessen Mitte ein Apfelbaum wächst, und bringt den Wagen vor dem Gebäude zum Stehen.

Nadja steigt als Erste aus. »Wow. Wie schön ist das denn?«

Als sich Sven aus dem Wagen hebt, bleibt er erst mal stehen und atmet tief die Luft ein. »Hörst du das?«, fragt er Nadja.

Sie horcht und schüttelt den Kopf, sie flüstert: »Nein, was denn?«

»Nichts«, antwortet Sven. »Ich höre genau *nothing*.«

Nadja lächelt. Henry steigt aus.

»Also, willkommen in unserem bescheidenen Heim. Das hier ist das Wohngebäude. Da hinten«, sie deutet auf ein langes

Quergebäude, »das ist die Scheune. Papa will da Gästezimmer reinhauen und einen Partyraum. Im Moment ist das allerdings noch Chaos. Es war sogar mal die Rede davon, dass wir sie abreißen müssen. Also geht da besser nicht rein, vielleicht ist sie einsturzgefährdet. Der Schlüssel ...«

Henry kann nicht mehr aufhören zu plappern. Sven geht ums Auto herum und stellt sich zu Nadja. Seine Hand sucht ihre, aber Henry zieht Nadja weg und um die Hausecke.

»Wir haben hier immer einen Schlüssel versteckt. Hinten auf der Terrasse. Wenn wir ankommen, gehen wir immer über die Terrasse rein, da kommst du nämlich direkt in die Küche. Irgendwie benutzen wir den Haupteingang gar nicht. Ich glaube, der ist nur zur Zierde.« Henry ist aufgeregt und sichtlich stolz. Sie führt ihre Gäste um das Haus herum. Hinter der Hausecke öffnet sich der Blick auf einen wunderschönen, größtenteils liebevoll verwilderten Garten. Nadja bleibt stehen und muss das Bild erst mal auf sich wirken lassen. Die untergehende Sonne verwandelt das ausgedehnte Gelände, das sich nahtlos an die Felder anschließt, in ein Titelmotiv einer Gartenzeitschrift.

»Oje«, entfährt es ihr. Sven dreht sich zu ihr um.

»Was ist?«

»Das ist so schön.«

»Und wieso seufzt du dann so?«

Nadja zuckt mit den Schultern, doch mehr aus einem unbestimmten Unwohlsein. »Und wir dürfen wirklich hier sein?«

»Na klar«, ruft Henry, die schon emsig zwischen herbstkahlen Kübeln auf der hölzernen Terrasse umherspringt, um den Ersatzschlüssel zu suchen.

»Ich frage nur«, sucht Nadja nach Worten, »weil dieser Ort so was Intimes hat. Wir gehören hier gar nicht her.«

»Komisch«, Henry versucht, sich zu konzentrieren, »der Schlüssel lag doch immer hier.« Henry kippt einen Kübel an, doch außer aufgeschreckten Kellerasseln findet sich dort nichts.

»Versuchen wir die anderen Kübel«, schlägt Sven vor. Und bald schon haben die drei unter jeden Blumentopf geschaut und jeden Zierstein umgedreht.

»Wo könnte er noch sein?«, fragt Sven, der die Unterseiten der Fensterbänke abtastet, »vielleicht in der Scheune?«

Henry stemmt die Hände in die Hüften: »Das kann eigentlich nicht sein. Wir gehen da nie rein. Weil wir nicht wissen, ob sie nicht doch mal einstürzt. Die ist eigentlich für uns alle tabu.«

»Einen Versuch ist es wert.« Sven läuft entschlossen auf das große Tor zu. Er hebt den Klappriegel an und zieht an dem eisernen, rostig-roten Griff. Die Tür wackelt und klappert bedächtig, aber öffnet sich nicht.

Nadja unterdrückt ein Lachen. »Alta, schau doch mal die Schiene, das ist 'ne Schiebetür.« Sie drückt Sven zur Seite und schiebt die Tür auf.

»Woher soll ich das denn wissen? Ich bin ein Stadtjunge.«

Nadja tritt ein, gefolgt von den beiden anderen. »Wow«, entfährt es ihr. Sie stehen in der Scheune, das Sonnenlicht fällt durch lange Ritzen zwischen den Holzbrettern und teilt die staubige Dunkelheit. Auf halber Höhe beginnt nach ein paar Metern ein Zwischenboden, auf dem Heu vor sich hin modert, eine Leiter führt hinauf, die Sven sofort erklimmt.

»Geh' da lieber nicht hoch«, rät Henry ängstlich. Doch Sven setzt den Weg fort.

»Hast du gehört, Sven?«, hakt Nadja nach.

»Ja, ja, keine Sorge. Ich trete einfach auf die schweren Balken.«

Henry schaut zu, wie er sich mit einer Mischung aus Klimmzug und Ausfallschritt elegant und sportlich auf den Abschlussbalken hievt. Er richtet sich vorsichtig auf, jeden Moment darauf gefasst, dass das Holz unter ihm nachgibt.

»Baby? Kommst du bitte wieder runter?« Nadja schaut besorgt zu ihm auf. Sein Kopf schnellt herum.

»Du hast mich *Baby* genannt«, stellt er grinsend fest.

»Quatsch, habe ich nicht.«

»Doch hast du. Henry, hat sie, oder?«

Henry schüttelt den Kopf. »Habe ich nicht gehört.« Henry und Nadja tauschen einen amüsierten Blick. Und als sie wieder aufschauen, ist Sven nicht mehr zu sehen.

»Sven? Geh da doch nicht lang, bitte, du musst aufpassen.«

Henry und Nadja gehen ein paar vorsichtige Schritte in die Scheune hinein. Die Balken ächzen unter dem Gewicht von Sven.

»Wie sieht's da oben aus?«, fragt Henry.

»Das glaubt ihr nicht. Das müsst ihr gesehen haben.«

Sie laufen weiter und bleiben in etwa auf Svens Höhe.

»Wieso, was ist denn da?«

»Hier ist ein ..., hier sieht's aus wie ein ...« Sven stockt.

»Wie ein was?«

»Wartet mal, ich ... ich hab was gefunden.«

»Was denn?«, entfährt es beiden. Doch Sven antwortet nicht, er läuft an einen Rand des Zwischenbodens, es knarzt, rieselt, dann klappert es, als schüttele er eine Blechdose mit kleinen Kieselsteinen. Die Frauen schauen gebannt nach oben.

»Und?«

»Wenn wir nicht ins Haus kommen, können wir auch hier schlafen«, meint Sven.

»Etwas kalt, oder nicht?«, meint Nadja.

»Müssen wir uns halt zusammenkuscheln«, antwortet er.

»Kannst du bitte wieder runterkommen? Ich mache mir Sorgen«, schickt Nadja nach oben.

»Vielleicht.«

»Wie, vielleicht?«

»Nur, wenn du mich noch mal so nennst, wie du mich eben genannt hast.«

Nadja atmet streng ein, setzt an, etwas zu sagen, schüttelt dann lächelnd den Kopf und wirft Henry einen Blick zu à la ›dieser Typ macht mich wahnsinnig‹.

»Alles klar, *Sven*. Und jetzt komm runter.«

Und dann gibt es plötzlich einen lauten Knall, aus der Decke löst sich ein Holzbrett und stürzt hinunter, die Mädels springen mit einem Aufschrei zurück. Jedoch folgt kein fallender Körper. Und das Stück, das sich gelöst hat, ist ordentlich, viereckig ausgesägt, hängt an zwei Scharnieren noch immer an der Decke und baumelt quietschend vor sich hin. Sven steckt von oben seinen Kopf durch die Luke. »Hups!«

»Wie, hups? Du hättest uns treffen können.«

Svens Kopf verschwindet wieder, und stattdessen schiebt sich ein langes, eisernes Etwas durch das Loch.

»Nimm mal!«

»Was soll ich?«

»Hier, nimm mal!«

Nadja greift nach dem Ding und hat dann ein Gewehr in der Hand. Sie betrachtet es staunend von allen Seiten.

»Ach, hier hat er es versteckt!« Henry hört sich aufgeregt an. »Das ist ein Gewehr aus der NS-Zeit. Von den Nazis.«

Beide Frauen sind von dem Schießeisen so abgelenkt, dass es ihnen entgeht, wie behände sich Sven in einem von Muskelkraft geführten Überschlag aus der Luke auf den Boden springt.

»Da oben sind sogar noch eine ganze Menge Patronen«,

erklärt er stolz, und in seinen Augen erkennt Nadja ein Leuchten, wie sie es noch nie bei ihm gesehen hat.

Henry nimmt ihm den Wind aus den Segeln. »Ja, aber das Gewehr schießt nicht. Es war ewig vergraben. Mein Papa hat alles versucht. Hat es geputzt und extra so ein Öl bestellt und alles.«

»Wieso denn vergraben?« Nadja, die noch nie ein Gewehr in der Hand hatte, staunt und gruselt sich gleichermaßen, wie es nur Waffen auszulösen imstande sind.

»Cooles Teil.« Sven nimmt es Nadja aus der Hand und legt es sich lässig über die Schulter. »Und es steht mir, finde ich.«

»Und hast du da oben den Schlüssel gefunden?«, fragt Henry.

»Was? Nein, kein Schlüssel da oben.«

Nadja schlägt sich mit den Händen gegen die Hüften. »Und jetzt? Willst du uns einen Hasen schießen, und wir machen ein Lagerfeuer?«

»Ich sagte doch, ich bin ein Stadtjunge.«

»Und das heißt jetzt was? Keinen Hasen?«

»Ich habe da oben was anderes gefunden.« Er zieht drei längliche kugelschreibergroße, aber flache Werkzeuge aus der Hosentasche.

# 33

Marion kneift die Augen zusammen und drückt ihren Kopf gegen die Wand. Sie spürt die kalten Fliesen an ihrer Stirn. Der Wasserhahn läuft. Sie schwebt in einer dumpfen, ihr gänzlich unbekannten Gefühlslage, ihr ist sowohl nach Lachen als auch nach Weinen zumute, ihre Gedanken stecken fest, sie kriegt keinen einzigen zu fassen. Hinter ihr öffnet sich die Tür, Marion erkennt durch den Spiegel Thomas, der die Frauentoilette betritt. Er steht unsicher da, unfähig, etwas zu sagen. Marion atmet schwer ein, dann dreht sie sich zu ihm um. Nun ist er es, der Tränen in den Augen hat. Sie erkennt in seinem Blick, dass er ihr beistehen will. Doch sogar er, der immer automatisch das Richtige tut, weiß gerade nicht, wie. Marion räuspert sich.

»Ich hasse Henry nicht.«

»Natürlich tust du das nicht.« Thomas' Stimme ist voller Gewissheit.

»Ich liebe Henry doch«, beteuert Marion sachlich.

»Wir lieben Henry beide. Daran besteht nicht der geringste Zweifel.«

»Wieso sage ich dann so was?« Sie hört sich energielos und verletzbar an. Der Selbstzweifel drückt bleischwer auf Marion.

»Du warst nicht du selbst. Du warst unter Hypnose.«

Jetzt nimmt der Wein-Impuls überhand und lässt Marions Unterlippe zittern. »Umso schlimmer, oder?« Ihre Stimme verfärbt sich.

Thomas schüttelt den Kopf. »Nein, nicht schlimmer.«

Marion lässt sich an der Wand herunterrutschen und drückt die Knie an ihren Oberkörper. Thomas hockt sich zu ihr.

»Ich lebe mit euch zusammen. Ich weiß, dass du Henry nicht hasst. Sie kann halt manchmal ein Biest sein, das wissen wir beide.«

Die Tür öffnet sich erneut, und Dr. Beelitz kommt herein. Das Bild, das sich ihr zeigt, beruhigt sie schon mal: Thomas sitzt neben Marion, die jetzt einigermaßen gefasst, ja reflektiert wirkt. Ein Ehepaar, das gemeinsam versucht, die Sache zu überstehen. Wie häufig hat Beelitz erlebt, dass sich Partner in einer so schwierigen Situation gegenseitig Vorwürfe machen und darüber die Beziehung kaputtgeht.

»Frau Angermeier, wenn Sie darüber reden möchten, ich stehe Ihnen jederzeit zur Verfügung.«

Marion lächelt, sie versucht aufzustehen, Thomas hilft ihr dabei. »Das ist nett. Vielen Dank. Aber mir wäre vor allem damit geholfen, wenn wir alle Energie darauf verwenden, Henry zu finden.«

»Das machen wir. Ich will nur sagen, eine Hypnosesitzung ist auch immer eine Momentaufnahme. Und ganz nüchtern betrachtet, ohne die persönliche Vorgeschichte zu kennen, ist Henry beziehungsweise ihr Verschwinden in dem Moment der Auslöser für so viel Chaos in Ihnen. Und die Psyche funktioniert manchmal erstaunlich eindimensional. Will heißen, für das, was Sie gerade alles durchmachen, ist Henry der Auslöser, überspitzt gesagt, die Schuldige.«

Während Dr. Beelitz spricht, schaut Marion sich im Spiegel an, richtet ihre Frisur, lässt sich kühles Wasser über die Hände laufen.

»Danke, dass Sie versuchen, meine Reaktion unter Hypnose zu relativieren. Ich bin aber fest davon überzeugt, vielmehr spüre ich das in mir, dass es sich dabei nicht nur um eine Momentaufnahme oder eine Überreaktion handelt. Das Ganze hat etwas in mir ausgelöst. Und ich habe Redebedarf und komme gerne auf Ihr Angebot zurück. Zu gegebener Zeit. Einverstanden?«

Marion dreht sich zu Dr. Beelitz. Letztere nickt. »Einverstanden.«


»Wir haben fast alle Schritte veranlasst, um Henry schnellstmöglich zu finden. Aber es gibt da noch eine Sache, die wir machen könnten.«

Marion, Thomas, Klaukien und Dr. Beelitz sitzen um den runden Tisch in Klaukiens Büro.

»Das machen wir allerdings nicht ohne Ihre ausdrückliche Zustimmung.«

Marion wirft Thomas einen Blick zu, bevor sie antwortet. »Ich bin für alle Maßnahmen, die dazu führen, Henry zu finden. Natürlich, ohne sie dabei zu gefährden.«

Thomas stimmt zu: »Sie wollen an die Öffentlichkeit gehen, oder?«

Klaukien nickt. »Ich würde vorschlagen, ein Foto von Henry und die Zeichnung des mutmaßlichen Entführers an die Presse zu geben.« Marions Blick ist auf die Tischmitte gerichtet, sie denkt nach. Dr. Beelitz umreißt ihre Gedanken: »Die Presse will dafür aber natürlich eine Story. Wir können nicht verheimlichen, was passiert ist. Die meisten Zeitungen drucken, was die Polizei an Meldungen rausgibt. Aber wir wissen alle, es gibt Zeitungen, wenn man denen Raum für Spekulationen lässt, wird alles meist nur schlimmer.«

»Das heißt also«, resümiert Marion, »diese Zeitungen machen mich zum Buhmann.«

»Wir stehen einfach zu den Geschehnissen«, sagt Klaukien. »Es ist nun mal so passiert, und juristisch gesehen sind Sie auf der sicheren Seite. Niemand kann Ihnen einen Strick daraus drehen.«

»Juristisch nicht, Herr Klaukien«, entgegnet Marion bitter. »Moralisch schon.«

Klaukien nickt. Wieder ist es Dr. Beelitz, die sich nun zu Wort meldet: »Sie müssen damit rechnen, dass sich die Presse nicht positiv über Sie äußert. Wir sind in der Lage, Sie abzuschirmen, aber es wäre ratsam, sich den Fragen zu stellen. Zeigen Sie sich von Ihrer menschlichen, mütterlichen, verletzten, ängstlichen Seite. Und wir können hoffen, dass die meisten Pressevertreter es richtig einordnen.«

Marion überlegt. Drei Augenpaare sind auf sie gerichtet, sie wendet sich an Thomas. »Was denkst du?«

»Wir sollten es machen. Auch wenn die Presse nicht komplett auf deiner Seite sein wird.«

»Sondern auf wessen?«, entgegnet Marion, »auf Henrys? Ich wusste nicht mal, dass es Seiten gibt.«

»Oh, es gibt Seiten«, erklärt Klaukien. »Es gibt immer Seiten. Für uns zählen Sie mit Henry zur einen Seite und der Entführer und seine Intentionen zur anderen Seite.«

»Für manche Journalisten allerdings«, fügt Dr. Beelitz ernst hinzu, »steht das schutzlose Kind auf der einen Seite, und die Mutter, die vergessen hat, das Auto abzuschließen, auf der anderen. Darauf müssen Sie sich vorbereiten.«

»Nun«, sagt Marion nach kurzem Nachdenken, »um ehrlich zu sein, würde die Presse auch nichts anderes schreiben als ich von mir selbst denke.« Sie lächelt matt, schaut Thomas an, umfasst mit der Hand seinen Oberarm, schmiegt sich kurz daran. »Machen wir's.«

# 34

Nadja schaut skeptisch Sven zu, wie er da auf den Stufen kniet und an der Haustür hantiert. Neben ihm lehnt das Gewehr. Henry tritt von einem Fuß auf den anderen.

»Da kann aber nix bei kaputtgehen, oder?«

»Quatsch. Das ist so ein simples Schloss. Ich muss nur den Bügel ...« Er hält mit spitzen Fingern die Dietriche.

»Du musst nicht den harten Typen spielen, Sven«, versucht es Nadja, denn in ihre Skepsis mischt sich die Sorge, dass sich Sven schlecht fühlen könnte, wenn ihm die Aktion misslingt. »Es ist keine Schande, ein Schloss nicht aufbrechen zu können«, fügt sie matt hinzu. »Es war auch jetzt schon ein schöner Ausflug. Wir können auch wieder nach Hause fahren.«

»Wo ich dann neben Henry auf der Couch schlafe?«, fragt Sven pampig. »Ein bisschen Vertrauen könnte dir nicht schaden.«

Nadja will gerade aufbrausen, denn für Vertrauen ist es längst zu spät, doch da gibt das Schloss ein leises Klicken von sich, und die Tür geht auf.

»Tadaaa!« Sven richtet sich stolz auf und lächelt die Mädels an.

»Cool!«, findet Henry und geht an ihnen vorbei, stößt die Tür auf und betritt den mit Terrakotta gefliesten Flur. Nadja schiebt sich an Sven vorbei und schluckt ihren Ärger runter. Sie traut diesem neuen Sven noch nicht über den Weg.

Auf der linken Seite öffnet sich ein geräumiges Wohnzimmer, das in die Küche führt. Rechts ein liebevoll eingerichtetes Gästezimmer: Über einem Bett im Landhausstil – schnörkelig gesägtes und weiß lackiertes Holz an Kopf- und Fußende – hängt der Seerosenteich von Monet. Gegenüber steht eine helle Schrankwand, die sich nach oben in ein Bücherregal verjüngt, an der Stirnseite Fenster, die einen romantischen Blick auf die teilweise mit Efeu bewachsene Scheune freigeben.

»Das ist das Lieblingszimmer meiner Mama«, sagt Henry. Und auf einmal versetzt ihr dieser Satz einen Stich. Sie seufzt.

»Du vermisst sie, was?«, fragt Nadja. »Wir finden nachher mal die Nummer vom Krankenhaus raus und rufen sie an. Oder hast du sie, Sven?«

Der zuckt nur mit den Schultern.

»Ich hab sie auch!«, beteuert Henry schnell, »das ist eine gute Idee. Ich rufe sie nachher an.« Sven zieht die Brauen hoch, in seinen Augen ein Fragezeichen. Und da Nadja gerade aus dem Fenster schaut, deutet Henry ein ›Was soll ich denn machen?‹ mit Gesten an.

»Schaut euch mal das Wohnzimmer an«, wechselt Henry das Thema. »Das ist gerade noch unsere Hauptbaustelle, weil sich Papa ...«, dort angekommen, zeigt sie, was sie meint, »... in den Kopf gesetzt hat, hier eine Treppe hoch zur Galerie zu bauen.« Nadja und Sven entdecken die Galerie, die sich, wenn sie denn mal fertig ist, über Teile vom Wohnzimmer und der Küche erstrecken wird.

»Gute Idee«, erkennt Sven an. »Das wird da oben richtig gemütlich, wenn es erst mal fertig ist.«

»Du redest schon wie mein Vater«, stichelt Henry.

»Da kann man Matratzen hinlegen und ganz viele Kissen und eine Kuschelecke draus machen«, meint Nadja.

»Er will da eine Fernsehecke.«

»Aber ein Beamer wär geil«, sagen Henry und Sven gleichzeitig, und beide müssen lachen.

Die Küche ist groß, die Kochinsel wirkt aber nicht protzig. Zeitschriften stapeln sich neben dem Esstisch, auf dem diverse Kerzen, Gläser und Blumenvasen stehen. Blecherne, nostalgische Vorratsdosen aus den Fünfzigern, die, wie Henry erwähnt, von Marion gesammelt werden, stehen auf den Borden über der großen Spüle. Sie ist aus weißer Keramik und ihrerseits in einen massiven Küchenblock eingelassen.

Die große Fensterfront geht auf die Terrasse und in den Garten hinaus, hinter dem sich die Landschaft öffnet. Sven steht vor der Scheibe, schaut gedankenverloren nach draußen. Nadja mustert ihn. Eigentlich wie ein kleiner Junge, verletzlich und alleine in der Welt. Nadja stellt sich zu ihm und merkt erst, als sie die Wärme spürt, dass sie seine Hand genommen hat.

»Es gibt noch ein Obergeschoss«, ruft Henry und schiebt die beiden weiter. Oben, unter Schrägen, teilt sich der Raum in ein Schlafzimmer und ein modernes Masterbad mit Wanne.

»Unten gibt's auch noch mal ein kleines Bad.«

»Wer schläft wo?«

»Hmm«, überlegt Henry, denn darüber hat sie sich noch keine Gedanken gemacht. Und Nadja kommt ihr zuvor:

»Darf ich hier oben?«

»Klar, dann gehe ich ins Gästezimmer. Da schlaf ich ja sowieso immer«, sagt Henry.

»Und ich?«, fragt Sven.

»Auf der Couch unten?«, schlägt Henry schnell vor und ist selbst davon überrascht, wie schnell das aus ihr heraus- schießt.

»Na gut«, gibt sich Sven geschlagen, »das ist nun mal mein Schicksal«, und geht aus dem Raum ins Erdgeschoss.

Henry beobachtet Nadja und hat das Gefühl, dass sie viel- leicht nichts dagegen gehabt hätte, doch wieder mit Sven das Bett zu teilen. Und aus einem Grund, den Henry nicht einord- nen kann, passt ihr das gar nicht.

In ein paar Jahren würde Henry dieses Gefühl sehr wohl ein- ordnen können. Weil sie es dann schon mehrfach empfunden und die Quelle untersucht hätte. Es ist die Angst, alleine gelassen zu werden, überflüssig zu sein. Und noch etwas Tie- feres, das sich dazumischt, das auf der Skala zwischen Liebe und Angst näher an Letzterer liegt und scharf ist wie ein Henkerbeil: Eifersucht. Und Besitzanspruch.

An wen? Nadja? Sven? Beide! Aber damals mit zwölf, noch ganz ohne Schutzmechanismen, die sich ein Mensch nach ersten niederschmetternden Enttäuschungen aneignet, ist Henry einer blanken Verwirrung ausgesetzt.

Ihrer Psychoanalytikerin würde Henry in zwanzig Jahren erzählen, dass sie in diesem Moment diesen Gefühlswirrwarr zum ersten Mal gespürt hat.

»Aber waren Sie einsam?«, fragt die Therapeutin.

»Damals hätte ich gesagt: ›Nein!‹ Heute, in der Rückschau, würde ich sagen, ich war das einsamste Kind überhaupt. Aller- dings langweilte ich mich mehr, wenn ich die Zeit mit Mäd- chen in meinem Alter verbrachte, als wenn ich alleine war.« Und jetzt, mit Sven und Nadja, empfindet sie zum ersten Mal ein Band, weil sie drei ein Geheimnis teilen. Und auch wenn es Henry etliche Jahre nicht wahrhaben wollte, haben diese

Tage sie so sehr geprägt, dass sie anfangs wöchentlich von Nadja und vor allem Sven träumte, viel weinte, sich später nach jemandem verzehrte, der eine Idealvorstellung von Sven war. Noch etwas später würde sie ihrer Psychotherapeutin erzählen, dass jeder Mann, den sie an sich ranließ, etwas haben musste das sie an Sven erinnerte. Die gleiche Frisur, die gleiche Haut, die gleiche Statur, lange Wimpern, ein symmetrisches Gesicht, ein verschmitztes Lächeln. Und sie würde sich sowieso nur jemanden aussuchen, der die Suche nach sich selbst oder einem Platz in der Welt über eine geregelte Sicherheit im Leben stellt, der überall aneckt, vor allem an der Gesellschaft. Der unkonventionell ist, verrückt und spontan. Zumeist das genaue Gegenteil des Schwiegermutterlieblings.

Im Kühlschrank findet Nadja genug zu essen für zwei Wochen und versucht, die gekauften Sachen unterzubringen. Sven trägt den großen Kürbis rein und stellt ihn mit einem Scheppern auf dem Küchentisch ab. Die Herbstsonne fällt in die Küche. Plötzlich fühlen sich Sven und Nadja wie im Urlaub beim Einzug in ein Ferienhaus. Voller Erwartungen und Vorfreude. Eine wunderbare Leere vor sich, die nur darauf wartet, gefüllt zu werden.

Henry sortiert die Zeitschriften neben dem Tisch. Verschiedene Wochenblätter aus der Region neben *National Geographic*, *Time Magazine*, *Geo*.

»Was wollen wir jetzt machen?«, fragt sie begeistert.

# 35

Marion drückt das Laken an ihre Nase. Sie reibt sich damit über das Gesicht, inhaliert Henrys Geruch. Die Bettdecke des Jugendbettes zwischen ihren Schenkeln. Ihr Blick heftet sich an die Deckenlampe, die so ganz untypisch für das sonst so moderne Kinderzimmer ist. Es ist ihre eigene Lampe, die sie hatte, als sie klein war. Und sie hatte sie wiederum von ihrer Mutter bekommen. Eine gläserne Schale, die von einem kupfergoldenen Messingring gehalten wird. Das Glas ist fein bemalt mit einem Geflecht aus Sanddornzweigen, die mit roten Beeren – nicht den üblichen gelben – übersät sind. Marion ist mit Blick auf diese Lampe aufgewachsen. Sie war das Letzte, das sie vor dem Einschlafen sah, das Bild, das sie in ihre Träume begleitete. Und das Erste, was sie morgens anschaute, wenn ihre Mutter sie viel zu früh weckte. Wenn jemand ein Deckenlicht schroff anmachen konnte, dann ihre Mutter. Danach zitierte sie stets zwei Zeilen aus irgendeinem Gedicht aus ihrer Kindheit: »Auf, auf, sprach der Fuchs zum Hasen, hörst du nicht die Jäger blasen?« Obwohl Marion diesen Moment gehasst hatte, macht sie nun das Gleiche mit ihrer Tochter. »Auf, auf, sprach der Fuchs zum Hasen, hörst du nicht die Jäger blasen?«

Tränen laufen über Marions Wangen. Als sie ein Geräusch hört, richtet sie sich auf, schwingt die Beine auf den Boden und wischt sich die Tränen aus dem Gesicht. Sie horcht, aber hört nichts mehr.

»Thomas?«

Nein, niemand da. Thomas ist in die Firma gefahren, um in einer spontanen Übergabe die Alltagsgeschäfte einem Mitarbeiter zu überantworten.

Marion atmet tief ein, steht auf und geht zu den Fotos auf der Fensterbank. Und betrachtet zum allerersten Mal Henrys Fotoauswahl in den kleinen Aufstellern. Da ist zum einen ein Foto von Henry mit Bubi. Bubi ist der hellbraun gefleckte Schimmel, den Henry reiten darf. Eigentlich ist Bubi eine Stute, aber Henry hat sich nicht davon abbringen lassen, sie einfach nur »Bubi« zu nennen. Es ist das schönste Pferd, das Marion kennt. Die linke Gesichtshälfte ganz in Weiß, erstreckt sich über dem rechten Auge ein brauner, beinahe rotblonder Fleck. Bubis Ohren sind braun, ebenso ein Teil vom Hals – und zwar herzförmig. Seine Augen sind hellblau. Es sieht aus, als sei das Tier einer Welt entstiegen, die von Fabelwesen und Sepiatönen beherrscht wird.

Zum anderen ein Bild, auf dem Henry deutlich jünger ist und sie bei dem Versuch zeigt, eine Ziege mit einer Karotte zu füttern. Hinter ihr hockt Thomas, Henry zwischen seinen Schenkeln, er stärkt ihr quasi den Rücken. Nur die Ziege zeigt statt an der Karotte mehr Interesse an der Kamera – die Marion in der Hand gehalten und ausgelöst hat. Auf dem dritten Foto ist Henry im Hintergrund zu erkennen, auf der Couch von Marions Eltern, wie sie gerade im Begriff ist, ein Stück Kuchen in den Mund zu gabeln. Henrys Blick, obgleich mit dem Kuchen beschäftigt, ist auf die Person im Vordergrund gerichtet, die nur von der Seite abgebildet ist: Marions Mutter in einer für sie typischen Haltung. Wenn ihre Mutter spricht, gestikuliert sie sich unter ganzem Körpereinsatz weitgreifend in den Mittelpunkt. Eine Eigenschaft, für die sie im Bekanntenkreis geliebt wird; »Kerstin«, heißt es da oft, »kann so wunderbar reden!«, »Kerstin ist mal wieder in Hochform«. Wenn Marions Mutter Geschichten erzählt, ist sie in ihrem Element. Und die Art und Weise, wie sie das tut, zündet mehr als der Witz selbst. Zum Beispiel: Fahren Mutti und Vati zum ersten Mal nach New York. Sie geraten an einen offenherzigen Taxifahrer. Und wie sie so über die Brooklyn Bridge fahren, fragt der sie in breitem Amerikanisch – und Kerstin macht es exzellent nach: ›*Where are you from?*‹ Und Mutti, die kein Englisch versteht, fragt ihren Mann aufgeregt: ›Wos hatta gsagt? Wos hatta gsagt?‹ – und hier wechselt Kerstin in ein ebenso gutes, breites Bayerisch – Vati übersetzt gehorsam: ›Er hot gfrogt, wo mir her san‹, und antwortet: ›*Germany*‹. ›*Ah Germany, land of the Krauts. What city?*‹ – ›Wos hatta gsagt? Wos hatta gsagt?‹ – ›Er hat gfrogt, aus welcher Stadt mir kemma.‹ – ›*We come from Munich.*‹ – ›Ouh, Munich!‹, antwortet der Fahrer und winkt ab, ›*I had the worst sex of my life in a city called Munich.*‹ – ›Wos hatta gsagt? Wos hatta gsagt?‹ – Vati dreht sich zu seiner Frau: ›Er hot gsagt, er kennt di.‹ Ohne es zu wollen, muss Marion schmunzeln.

Im Gegensatz zu allen anderen Menschen in ihrem Umfeld hasst Marion die Entertainer-Anwandlungen ihrer Mutter. Selbst Thomas entfährt das ein oder andere Glucksen. Einmal sagte er, er hätte sich eine Mutter wie Kerstin gewünscht. Aber Marion tat das nur genervt ab und antwortete: »Mal ganz nett. Aber eine ganze Kindheit lang – nein!«

Marion schaut sich Henry auf diesem so beispielhaften Foto näher an: Wie gebannt sie an den Lippen ihrer Großmutter hängt. Eigentlich ist es ein sehr witziges Foto. Henry mit großen Augen, kauend, ihre Großmutter gestikulierend.

Eine Momentaufnahme, wie sie aussagekräftiger nicht sein könnte. Hin und wieder baute Kerstin auch Fabelwesen in ihre unglaublichen Geschichten ein. Der Nachbar zum Beispiel, Herr Besuch, hielt ein Hausschwein. Und sie versuchte auf Jahr und Tag, Henry davon zu überzeugen, dass sie jeden Morgen mit dem Schwein sprach und dieses antwortete. Und es würde sie nicht wundern, wenn es, sobald man nicht hinsehe, seine Flügel ausbreite und davonflöge.

Auf das letzte Foto, das da steht, muss Marion zweimal schauen, um zu erkennen, dass es nicht sie selbst, sondern ihre Tochter zeigt. Henry auf dem Hof in Gransee. Thomas muss den Schnappschuss gemacht haben, denn Marion ist er gänzlich unbekannt. Im Gegensatz zu dem, was er zeigt. Es ist eine Landschaftsaufnahme, der Blick vom Garten auf die Felder, und aus einiger Entfernung Henry, die auf genau dem Baumstamm sitzt, den Marion Dr. Beelitz beschrieben hat. Es ist Marions Baumstamm, es ist Marions Art zu sitzen, es ist Marions Rückzugsort. Es ist sogar Marions *safe location* in der Hypnose. Vielleicht hat Henry ihre Mutter beobachtet, wie sie da sitzt, und hat es ihr dann nachgetan. Auf keinem der Fotos ist Marion drauf, das hat sie schon registriert.

Marion bemerkt nicht, wie in ihr eine Wut aufkocht, die sie zum Zittern bringt, sie merkt nicht, wie ihre Handflächen feucht werden, und sie realisiert erst, nachdem sie aufgesprungen ist und mit einer kräftigen Bewegung die Bilder von der Fensterbank gewischt hat, dass sie schreit. Da ist dieser junge Mann, der sie auslacht. Er sitzt im Auto und hält den Autoschlüssel hoch, Marion steht auf der anderen Seite, er drinnen, sie draußen, aber eigentlich in einem ganz anderen Universum, Lichtjahre weit weg, zu weit entfernt, um die Tür aufzureißen, ihre Arme sind nicht lang genug, um an die

Scheibe zu klopfen. Ihre Arme werden länger und länger, biegsam wie gekochte Spaghetti, aber sie erreichen das Auto trotzdem nicht. Und der Mann unter der Kapuze lacht sie aus. Und Henry, die unter der Decke kauert und sich die Hand vor den Mund hält, um nicht zu zeigen, dass auch sie lacht. Und sosehr Marion sich auch nach dem Auto streckt, sosehr sie den Raum und die Zeit krümmt, ihr Körper nachgibt und ihr nicht mehr gehorcht, sie erreicht das Auto ja doch nicht; und der Regen verwischt ihre Konturen, als sei sie ein Ölgemälde, und sie verläuft, wie Munchs schreiender Mann auf der Brücke, sein Gesicht von den Schallwellen seines Schreis verzerrt, in Todesangst vor den Verfolgern. Und alles verschwimmt, löst sich auf und ist dann nur das, was sie alle sind: ein Nichtsmehr.

»Marion?« Thomas' Stimme klingt erschrocken, er haut ihr sacht auf die Wange. Marion öffnet die Augen, sie fühlt sich gut und erholt. Unendlich gechillt, wie Henry wohl sagen würde. Sie hat geschlafen, ganz offenbar. Bestimmt sehr lange, was hat sie geträumt? Sie kann sich nicht erinnern.

Sie richtet sich auf, autsch, wo ist sie bloß? Sie liegt in Henrys Zimmer auf dem Boden. Aber es ist verwüstet, Schubladen sind aus der Kommode gerissen und der Inhalt auf dem Boden verstreut. Die Zeichnungen von den Wänden gerissen, der Kleiderschrank zerwühlt.

»Warst du das?«, fragt Thomas erschrocken.

Marion schaut sich ratlos um.

# 36

Henry streift über die weite Wiese hinter dem Haus. Sie bückt sich nach einem kleinen abgebrochenen Ast, der unter einem knorrigen Kirschbaum liegt, hebt ihn auf und schaut zu Nadja und Sven hinüber. Nadja trägt schon ein ganzes Bündel dünner Äste vor sich her. Sven war nicht so erfolgreich – vielmehr ist er damit beschäftigt, Nadja nachzustellen. Lachend wehrt sie Sven mit einem der Stöcke ab, lässt sie aber dann fallen und ergreift die Flucht. Sven rennt hinter ihr her. Henry grinst.

»Hey!«, ruft sie. »Ihr sollt Brennholz suchen!« Henry wetzt den sanften Hügel hinauf, springt über die Verästelungen eines umgefallenen Baumstamms, und Nadja läuft auf sie zu. Sven, ihr auf den Fersen, gibt ein monsterartiges Kampfgebrüll von sich und haut sich wie King Kong auf die Brust.

»Ich kriege euch!«, ruft er, die Frauen stoßen Schreie aus und peitschen auseinander. Doch seine Angriffswelle währt nicht lange. Er übersieht die Stolperfallen der Äste und schlägt der Länge nach hin.

»Auf ihn!«, ruft Nadja und wirft sich mit der Wucht ihres gesamten Körpergewichts auf Sven, der sich gerade noch auf den Zusammenprall vorbereiten kann. Er fängt sie ab und kitzelt sie. Henry, ohne lange zu überlegen, was sie da tut, stürzt sich in das Getümmel aus Gliedmaßen. So was hat sie noch nie gemacht.

Und es macht Spaß!

Außer Atem liegen sie im Gras und schauen in den blauen Himmel. Die Herbstkühle lässt ihren Atem kondensieren.

»Das Holz ist viel zu feucht«, sagt Sven, »das brennt niemals.«

»Ich habe eine andere Idee«, meint Henry.

Ein kaum wahrnehmbarer, mit hohen Gräsern bewachsener Hügel bildet den Bunker aus Kriegstagen, mit einer schmalen Treppe ins Erdreich als Zugang. Gefolgt von Nadja und Sven, öffnet Henry die schwere, rostrot knarzende Eisentür und betritt die geräumige kühle Höhle. Hier unten gibt es genug Platz für mehrere Leute, die Luft riecht erdig und frisch. Am Rand stehen zwei Bänke aus aufeinandergeschichteten Torfballen.

»Hier konnte man sich vor Fliegerangriffen verstecken. Mein Papa hat erzählt«, führt Henry aus, »dass Torf gegen Kugeln und Granatsplitter schützt. Und hier ist die ganze Decke aus Torf.«

Drei Blicke gehen nach oben. Von hier unten ist ein Stück einer alten Eisenbahnschiene zu erkennen und darüber mit Draht zusammengepresste Torfballen.

An den Wänden stehen Regale, übervoll mit Einweckgläsern beladen. Ent- und begeistert zugleich liest Nadja ein Etikett: *Gelber Zentner 92* – »Das ist Kürbisfleisch!«

»Ja, der Vorbesitzer hat mehr eingelegt, als er essen konnte. Hier ist noch viel mehr ... Stachelbeeren ... Und ich dachte, wir könnten den Torf hier abbrennen.« Henry deutet auf eine der Bänke.

»Was? Dann willst du diese Dinger hier dafür kaputt machen?« Nadja setzt sich versuchsweise darauf.

»Klar, wir wollten das sowieso neu einrichten hier unten.«

»Brennt der überhaupt?«

»Der brennt super! Im Krieg haben sie den immer zum Heizen benutzt. Allerdings haben sie den Torf vorher in Flammenwerferöl getränkt.«

»Und da ist der Haken von der ganzen Geschichte.« Sven klingt enttäuscht.

Henry grinst und deutet auf das oberste Regalbrett. Dort entdeckt Sven rundliche Kanister, einer sogar noch mit ledernen Schultergurten.

»Sind die voll?«

Henry nickt: »Ich glaube ja.«

»Aber sind die noch … *original*?«

Henry nickt. »Der Vorbesitzer hat lauter so Zeug gesammelt und hier versteckt, hat mein Papa erzählt.«

»Und das soll noch gut sein, das Öl?«

»Probieren wir's aus!«

Und keine Stunde später, als die Sonne im Begriff ist, das Tageslicht mit sich hinter den Horizont zu ziehen, lodert in einer rohstählernen Schale ein friedliches Feuer. Auf Baumscheiben sitzen die drei darum herum, ihren Blick gebannt in die Flammen gerichtet.

Nadja atmet schwer ein. »Eigentlich ist es schade.«

»Was?«, fragt Henry.

»Da sitzen wir hier romantisch an einem Lagerfeuer und verbrennen Torf, den Menschen vor achtzig Jahren benutzt haben, um sich gegen Fliegerangriffe zu schützen.«

Henry nickt. »Ja, das stimmt wirklich. Aber ich glaube, alles hat seine Zeit.«

# 37

Marions Blick wandert durch das Chaos, das sie angerichtet hat. »Ich dachte ... ich dachte, vielleicht finde ich etwas, das klarmacht, wo Henry ist.«

Thomas' Augen beschreiben eine ratlose Traurigkeit. »Und hast du was gefunden?«

Marion gibt sich geschlagen. »Nein.«

»Glaubst du denn, sie hat es wieder geplant?«

Marion setzt sich auf Henrys Bett, sie kämpft dagegen an zu weinen, weil sie das Selbstmitleid vor Thomas nicht zugeben will. »Ich weiß nicht, was ich glauben soll.«

»Du hast doch den Mann gesehen?«

»Ja.« Marion sammelt Buntstifte ein. »Das war nicht ich. Oder, es war ein Ich, das auch gesagt hat, dass es Henry hasst.«

»Also was ist deine Theorie?«

Marion wirft die Buntstifte auf einen Haufen. »Ich weiß nicht. Ich weiß es einfach nicht.«

»War das ein Freund von ihr?«

»Hat sie solche Freunde?«

»Was heißt denn ›solche‹? Ich habe den ja nicht gesehen.«

»Einer, der schon Autofahren kann.«

Thomas schiebt sich weiter nach hinten auf das Bett, sodass er sich anlehnen kann, während Marion weiter aufräumt. »Vielleicht der große Bruder von irgendwem.«

»Ich habe ja alle Freundinnen angerufen. Diesmal habe ich dran gedacht. Ich merke einfach, ich kenne Henry gar nicht wirklich.«

»Natürlich kennst du sie, mein Schatz.« Thomas' Tonfall soll aufbauend klingen, ist aber matt vor Energielosigkeit.

»Ich meine, *wirklich*. Wer ist sie, was ist sie für ein Mensch geworden, nachdem sie ein kleines, süßes und hübsches Mädchen war, das alle um den Finger wickelt? Ich bin so beschäftigt, alles richtig zu machen, dass ich gar nicht gemerkt habe, dass Henry ein richtiger eigenständiger Mensch geworden ist.« Sie deutet auf das Kinderzimmer, das sie zwar jeden Tag betritt, das ihr aber so fremd ist.

Es klingelt an der Tür, sie wechseln verwunderte Blicke. Thomas steht auf. Marion macht sich daran, das Gröbste aufzuräumen.

»Hallo, Herr Angermeier«, Marion verdreht die Augen und verhält sich still, »ist denn Ihre Frau zu Hause?«

Thomas weiß, dass es nichts bringt, Frau Reiser in diesen Belangen anzulügen, weiß aber genau, dass Marion ihre Nachbarin nicht sehen möchte.

»Ja, aber sie hat sich gerade etwas hingelegt.«

Marion nickt erleichtert.

»Bitte richten Sie ihr aus, dass meine Gebete momentan bei Henriette sind. Ich hoffe aufrichtig, dass sich alles wieder gibt. Und dies hier habe ich für Sie …«

»Das hätte doch nicht sein müssen.«

»Nein, nein, aber in schweren Zeiten stehen wir doch zusammen, oder nicht?«

»Das ist sehr freundlich. Vielen Dank.«

»Henriette ist so ein aufgewecktes Mädchen. Ich kann nur hoffen, dass ihr nichts Schlimmes widerfährt. Wissen Sie denn schon was Neues?«

»Um ehrlich zu sein, ja.«

»Ach so?«

»Ja, die Sache hat sich aufgeklärt.«

Marion lauscht gespannt.

»Können Sie, wollen Sie darüber sprechen?« Frau Reisers Stimme klingt beinahe enttäuscht.

»Henry ist bei ihrer Freundin. Das war schon lange ausgemacht.«

»Ach wirklich? Und was ist mit dem Auto?«

»Was soll damit sein?«

»Ist das nicht gestohlen worden?«

»Doch, doch.«

»Ach herrje!«

»Wenn wir was hören, melden wir uns. Abgemacht?«

»Das wäre sehr freundlich. Man macht sich ja doch seine Gedanken. In diesem Viertel ... in der 32 sind sie in den Keller eingebrochen, Polenmafia.«

»Danke noch mal hierfür.«

»Von Herzen gerne. Auf Wiedersehen.«


Thomas erscheint mit einem Topf in Henrys Zimmertür.

»Du hast sie angelogen!«, flüstert Marion lächelnd.

»Die wollte doch nur schlimme Sachen hören.«

»Und du bist so ein schlechter Lügner!«, beide müssen lächeln, »aber sie hat für uns ...« Marion nimmt Thomas den Topf ab, prüft das Gewicht und stellt fest, dass das Innere schwer und flüssig ist. »Gebacken hat sie nicht.«

»Was soll sie denn in einem Topf backen?«

»Ich kann nichts essen. Überhaupt keinen Appetit.«

Thomas nimmt den Deckel ab, und Marion und Thomas werden von gekochtem Teig angestarrt.

»Maultaschen?«

# 38

Sven nimmt sich eine der Zeitschriften von dem Stapel neben dem Esstisch. Vor der Terrasse brennt der Torf noch immer, aber den Mädels ist es zu kühl geworden. Jetzt sind sie in der Küche, und Nadja rührt in einem Topf, in dem sie Tomatensuppe heiß macht. Henry schiebt ein Baguette aus der Tiefkühltruhe in den Ofen.

»Die sind ja auf Englisch.«

»Ja, mein Vater liest die.«

»Du hast mir noch gar nichts von deinem Papa erzählt. Wieso bist du jetzt nicht bei ihm?«, fragt Nadja.

Henry schließt kurz die Augen, weil ihr erst jetzt der Fehler klar wird. Nun versteht sie Svens Blick, der schärfer wird.

»Ach«, schindet sie Zeit und sortiert als Übersprungshandlung die Zeitungen.

»Der ist ein Workaholic«, kommt Sven ihr zur Hilfe. Wie sie sich doch zu einem guten Team gemausert haben, er und Henry! Er hält das *Time Magazine* hoch, das er gerade in den Händen hält. »Der ist gerade – wo, Henry? Meine Tante hat es mir erzählt, aber ich hab es wieder vergessen. London?«

Henry greift mühelos nach dem Rettungsanker. »Nein, in New York. Er hat dort Mitarbeiter, die er treffen muss.«

Nadja pfeift aus. »Ihr müsst ganz schön reich sein.«

Henry schüttelt den Kopf. »Na ja, nein. Eigentlich nicht.«

»Privilegiert würde ich es schon nennen«, meint Nadja fast neidlos, »ich meine, ihr habt eine Wohnung in Berlin, ein Haus auf dem Land, du gehst reiten, dein Vater hat einen Job, für den er nach New York reisen muss. Ich meine, hallo! Er liest solche Zeitschriften.«

»Ich lese sie jetzt auch«, lehnt Sven sich zurück.

»Nimm lieber eine, wo viele Fotos drin sind.«

»Was soll das denn heißen?«

»*Your English is under any sow.*«

Henry muss lachen: »Das ist witzig.«

»Was soll das heißen?« Sven ist genervt.

»Dass dein Englisch unter aller Sau ist«, übersetzt Henry. »*Now he is looking dumb out of the laundry*«, meint sie und bringt damit ihrerseits Nadja zum Lachen.

»Ihr zwei seid so witzig ... *not.*«

»*We are one wall free!*«, entgegnet Nadja.

Henry versteht nicht. »Hä?«

»Einwandfrei!« Nadja wirft ihm eine der regionalen Wochenzeitungen zu. »Hier, die ist auf Deutsch!« Sven fängt sie auf.

»Haha, *funny* ...«, entgegnet er. Sven blättert resigniert die Zeitung auf und liest, schaut auf seine Armbanduhr, dann wieder in die Zeitung. »Heute ist da so ein Stadtfest.«

»Hmm?«

»Fischerfest. Mit großer Bühne und ›Stimmungszelt‹.«

»Wow, da ist bestimmt Megastimmung im ›Stimmungszelt‹«, schüttelt Henry den Kopf.

»Heute ist lange Tanznacht«, ereifert sich Sven ironisch.

»Oh, können wir dahin, bitte, bitte?« Nadja meint es wirklich ernst.

»Wir waren so lange nicht aus.«

»Du hasst Stadtfeste.«

»Ja, in Berlin. Aber hier ist das bestimmt total putzig!«

Beide, Sven und Henry, halten es für keine gute Idee und versuchen es mit Ausreden. Aber wenn sich Nadja erst mal etwas in den Kopf gesetzt hat …

»Wieso drei?«

Sven schaut in die Runde.

»Wir sind doch drei?«, sagt er und stellt die vollen Gin-Tonic-Gläser ab.

»Aber Henry ist zwölf.«

»Heißt nicht, dass sie keinen Alkohol trinken darf.«

»Mit zwölf?«

»Mit zwölf habe ich schon …«

»Das wollen wir hier lieber nicht vertiefen«, unterbricht Nadja ihn und schiebt Henry das Glas hin.

»Ist das okay für dich?«

Henry nickt. »Klar, wieso nicht. Ich trinke öfter schon mal mit«, gibt sie vor.

»Ich musste vier Mal sagen, dass ich Gin Tonic und eine Gurke drin haben will. Das ist hier nicht so üblich zu bestellen, glaube ich. Hier gibt es nur Bier.«

»Oder Kurze.«

Das Stadtfest ist in vollem Gange. Es gibt einen Bereich für Spielbuden, eine Fressgasse mit allem Ungesunden, das sich kandieren lässt; süße, saure, salzige und pelzige Varianten. Einen Platz mit Amüsements, Autoscooter, Riesenrad und diversen Gerätschaften, die sich auf mannigfaltige Art und Weise die Schwerkraft zum Gegner machen. Nadja, Sven und Henry sitzen an einer der Biertischgarnituren im Stimmungszelt. Eine Band spielt, die Dorfbewohner tanzen ausgelassen, was dem Umstand zu verdanken ist, dass sie schon seit dem frühen Mittag zu trinken angefangen haben. »Band« ist eher eine übertriebene Umschreibung für das Duo hinter seinem

Berg aus Musikinstrumenten. Der eine Musiker, jung geblieben und schlaksig, eine Frisur wie Goofy, steht hinter
zwei Ebenen einer Klaviertastatur, auf der er mal die obere,
mal die untere antippt und die dem Schein nach sowohl den
Beat erzeugt wie auch vier Dutzend weitere Instrumente, die
da zu hören sind. Der andere, eventuell noch keine achtzig,
dafür der Fettleibigkeit anheimgefallen, sitzt hinter einem
Schlagzeug, das er inbrünstig und alternativlos zu massa-
krieren versucht. Beide singen in wie zufällig wirkender
Zweistimmigkeit in je ein Mikrofon. Das Ergebnis ist eine
für ein Dorffest akzeptable Mischung aus zumeist geraden
Tönen, deren Abfolge mal ein Abbild der vorherrschenden
Schlagercharts ist, mal eins jener Evergreens, die seit jeher
dafür herhalten, betrunkene Deutsche auf der Tanzfläche in
ausgelassene Hochstimmung zu versetzen.

Und mittendrin im quirligen Trubel sitzen sie da, Nadja
und Sven und Henry. Verloren, aber auch in voyeuristischer
Faszination gefesselt. Sind die Tanzflächen der Welt doch die
Rorschachtests der Gesellschaft. Hier stellt sich ein Quer-
schnitt der Menschheit dar und mit ihm ihr wahres Gesicht.

Henry schaut sich um. Da ist der ältere Mann mit Stroh-
hut, der heute Abend eine Krawatte in Form und Farbe eines
Saxofons trägt, der so richtig auftaut, wenn die zwei Herren
von der Band einen Swing anstimmen. Er und die Dorffrauen,
denen ein Gefühl für Rhythmus abgeht, werden fortan ihren
mal knöchernen, mal über alle Maßen rundlichen Hintern
entengangartig nach hinten kippen und diesen in Halbkrei-
sen von links nach rechts swingen. Dabei natürlich in die
Knie gehen und abwechselnd mit den Füßen mal auf dem
Ballen, mal auf der Ferse ihr Gewicht abzufedern suchen.
Dabei kreisen sie sachte die Arme vor dem Körper, wobei
die Handgelenke abgeknickt zu sein haben. Und das alles,

während sich der teilsenile Schlagzeuger einen Herzinfarkt spielt.

Dann entdeckt Henry die kecken und rüstigen Omas, die heute Abend die Jeanshose und das Texas-Hemd mit den Fransen tragen, das natürlich nicht ohne Nieten an Kragen oder Ärmeln auskommt. Diese Omas behaupten sich mit großen Schritten auf der Tanzfläche, wahlweise einen Enkel oder ihren hilflosen Vierbeiner auf dem Arm, während Opa starr am Tisch sitzen bleibt und in haltlosem Selbstmitleid wortlos ein Zwiegespräch mit seinem Weizenglas führt.

Und dann sieht Henry ihre Altersgenossinnen. Mit denen sie doch so gar nichts gemein hat. Die beschämt tanzenden, weiblichen Dorfjugendlichen rotten sich zusammen, kommen aber noch nicht ganz aus sich heraus. Sie sind mehr damit beschäftigt, sich ihre T-Shirts über den Po zu ziehen und mit ihren Freundinnen zu kichern. Wenn sie kichern, schämen sie sich dafür auch wieder und halten sich die Hand vor die mit Spangen bewehrten Zahnreihen. Dabei wandern ihre Blicke immer wieder zu den gleichaltrigen Dorfjungs, die über ihren ersten Bieren hängen, aber so tun, als seien sie, was das Bier-trinken und die ganze Welt angeht, alte Hasen.

Unter diese Horde mischen sich zwei Arten von Paartän-zern. Die älteren, die eine Mischung aus Foxtrott und Vier-viertel-Allrounder noch in der Tanzschule gelernt haben und es schaffen, beim Tanzen gelangweilt auszusehen. Und zum anderen die Paare in ihren Endzwanzigern, von denen Nadja nicht die Augen lösen kann, die sicherlich früh geheiratet und jetzt schon das zweite Kind in der Schule haben und wegen zunehmenden Verdrusses und fehlender Lebensoptionen einen Discofox-Kurs belegt haben, und den geben sie jetzt hier zum Besten. Dabei zerren und rupfen sie sich, sich der Zentrifugal-kraft hingebend, aus- und unnachgiebig gegenseitig an den

Armen, drehen sich darunter durch, kugeln ihre Schulterge-
lenke bis auf Anschlag und behaupten wirbelnd die vier mal
vier Meter auf der Tanzfläche für sich.

»Könnt ihr so was auch?«, fragt Henry entgeistert, ohne
den Blick von diesem Discofox-Nahkampf zu wenden.

»Natürlich …«, meint Sven, dem es ähnlich geht, und mit
Nachdruck: »… nicht!«

»Wieso machen die das?«, fragt Henry.

»Sie versuchen, ihr Leben in den Griff zu kriegen«, antwortet Nadja paralysiert.

Wie gebannt geben sich die drei dem Spektakel auf der
Tanzfläche hin; Fremdschämen, Neid auf diese fremde Welt
wie ehrliches, tief empfundenes Mitgefühl ringen einander zu
Boden. Endlich kann Henry den Blick abwenden und schaut
sich die Leute an den anderen Tischen an. Da sitzen glückbe-
samt lächelnde Paare, die sich nichts zu sagen haben und froh
darüber sind – ein guter Status quo. Ein Herr Mitte sechzig,
der eine Weste mit 34 Taschen trägt, in mindestens vierzehn
davon einen Kugelschreiber, schlendert unauffällig um die
Bühne herum und bestaunt anerkennend die Kabellage.

Doch dort, zwei Tische weiter, fällt ein Opa aus dem
Schema. Seine Frau verkörpert zwar mit ihrer braun-blond
getönten Dauerwelle und der Seidenbluse mit dem strassbe-
wehrt gähnenden Leoparden darauf den hier vorherrschenden
Hausfrauentyp. Ihr Mann aber ganz und gar nicht. Schmales
Gesicht mit einem noch schmaleren Oberlippenschnäuzer,
Glatze und braun gebrannt, grellgelbes Polohemd und um
den Hals ein neonblauer Seidenschal. Da ihm das noch nicht
bunt genug ist, ergänzt er das Outfit mit einer knallroten
Chino und den bei älteren Semestern beliebten Sandaletten,
in denen er freilich weiße Sportsocken trägt – aber von Tri-
gema! Seine so beschuhten Füße wippen zum Takt, und wie

er da auf der Kante der Bank seinen Sitztanz aufführt, macht er den Eindruck, als könnte ihn bald nichts mehr halten.

Henry lächelt, wie sie ihm so zuschaut, er macht ihr gute Laune. Einer, der aus dem ganzen Dorfgefängnis auszubrechen versucht. Dann richtet er sich auf, atmet tief ein, zieht sich sein Poloshirt gerade und will aufstehen, doch seine Frau hält ihn zurück. Sie greift ihn feste am Arm und sagt offenbar ein paar strenge Worte, doch die überhört er und steht stolz erhobenen Hauptes auf. Dann, während der letzten Töne von *Ein Stern, der deinen Namen trägt*, marschiert der Papageien-Opa Richtung Tanzfläche und erklimmt, zu Henrys Überraschung, die Bühne. Die beiden Musiker sind davon nicht begeistert, doch sie überspielen diesen Umstand, und der Jüngere sagt den Opa schnell an:

»Und auch heute Abend haben wir wieder unseren Gastsänger. Was singen Sie diesmal?« Ein Murren geht durch die Zuschauerschaft, und die Tanzenden verlassen geschlossen die Fläche. Der Opa nimmt sich das Mikrofon und antwortet:

»*Jailhouse Rock* von E. Punkt Presley!«

Henry juchzt auf und klatscht einmal in die Hände. Sven und Nadja schauen sie entgeistert an.

»Was geht'n bei dir?«

»Jetzt wird's lustig. Den Typ da mag ich«, und sie deutet auf den Opa auf der Bühne.

Dieser beginnt mit dem Intro, das Elvis in seinen Musikvideos nutzt: »We all gonna have a lot of fun with this one, the ›Jailhouse Rock‹«, und dann gibt er den Musikern ein Zeichen, und die beginnen die ersten Takte. Henry wirft einen Blick auf die Ehefrau, die vor pathologischer Scham die Schultern hängen lässt und erstarrt. Dann beginnt die erste Zeile, und Henry ist klar, dem Opa muss man zugutehalten, dass es sich um ein wirklich schwer zu singendes Lied handelt. Erst recht, wenn alle Welt das Original kennt. Der Opa gibt sich Mühe, er imitiert sogar auf seine ureigene Art den Tanzstil des King, nur so richtig rockt er das Lied nicht. Er zittert in den Hüften und gibt unkoordinierte Kicks von sich – mit Händen und Füßen. Aber es ist nun mal ein schmaler Grat zwischen der Coolness des Originals und dem, was der Opa da macht.

Henry springt auf. »Wir müssen etwas tun!«, ruft sie.

»Was?« Sven hat nicht den leisesten Schimmer, was sie meint. Henry deutet zu dem Mann, der singend sein Grab schaufelt.

»Was sollen wir denn tun?«

Henry sieht die leere Tanzfläche, die ollen Dorfbewohner, die sich über ihren bunten Vogel lustig machen. Schaut in die Einheitsgesichter der Umherstehenden, sieht sie tuscheln, lachen, mit ihren Dauerwellen schütteln. Sieht seine Frau, die im Übersprung etwas in ihrer Handtasche sucht, aber partout nicht findet. Henry wird klar, dass sie Zeugin wird von etwas, das sich in jedem Dorf abspielt; Menschen, denen jeglicher Ausbruch aus der Dorf-Uniformität zuwider ist, lassen keine Abweichung von der Norm zu. Sie schaut sich den hilflos vor sich hin rockenden, bunten Opa auf der Bühne an, der so vehement aus dem Gefängnis auszubrechen versucht, und da spurtet Henry nach vorne auf die leere Tanzfläche, mit einem Sprung kommt sie in ihrer Mitte an und wirft sodann die Arme in die Höhe, hüpft umher, jauchzt vor Freude, führt Pirouetten aus und singt lauthals mit.

Sven und Nadja sind schockstarr und schauen auf die Bühne wie ein Reh ins Scheinwerferlicht, Nadja greift nach Svens Hand und drückt fest, sehr fest zu. Er liest in Nadjas Gesicht, dass sie noch unentschieden ist, ob sie das, was da vorgeht, ganz furchtbar oder ganz furchtbar witzig finden soll.

›Überrasch sie‹, hört er Monas Stimme. ›Mach, dass sie über dich lacht. Aber so, dass sie dich süß findet.‹ In Svens Bewusstsein kriecht eine unausgereifte Idee an die Oberfläche, wie eine Gasblase im Ankh, mit einem Hauch Gewissheit, dass dies der Moment ist – oder keiner. Henry springt noch immer wie von der Tarantel gestochen umher, halb tanzend, halb, als ginge sie auf Tuchfühlung mit einem Elektrozaun. Sven steht auf, er spürt Nadjas Blick auf sich.

»Oh, nein«, sagt sie.

»Oh, doch«, sagt er.

Und dann geht er auf die Tanzfläche zu, erst langsam, dann immer schneller. Und wie es ihm geschieht, steht er neben Henry, kurz hat sie den Eindruck, er ist gekommen, um sie da wegzuholen. Sven steht starr in der Mitte der Aufmerksamkeit, »let's rock, everybody let's rock«, tönt es von der Bühne. Sven, noch immer Anteile des paralysierten Rehs in sich, schaut in entgeisterte Gesichter. Er sucht Nadjas Blick, ihr Gesicht ist zu einer Maske puren, alle Poren durchspülenden Horror erstarrt. Henry beginnt, um ihn herumzuspringen. Und da erfasst er eine von Henrys Händen und steigt in ihren Rhythmus ein. Erst sachte, dann stärker beginnt er zu hüpfen, und sie drehen sich, twisten karikaturistisch, schwingen die Hüften tief gen Boden, dann aneinander, nur, um dann wieder ins Hüpfen überzugehen, und um sie herum drehen sich die Lichter, die Menschen, die schüttelnden Köpfe, die ganze Welt. In dem changierenden Partylicht, von Grün zu Rot, von Pink zu Gelb, wirken ihre Gestalten wie Lithografien von A. Punkt Warhol. Und wie sie sich da so drehen, schiebt sich eine dritte Gestalt in ihre Mitte: Nadja, die nun ihrerseits ihre Hände in die Luft wirft, laut jauchzt und sich zwischen Sven und Henry, die sich an den Händen halten, gegengleich zu drehen beginnt. Um sie herum die Dorfköpfe, die an Spott nichts eingebüßt haben. Aber auf der Tanzfläche existieren nur noch die drei gelb-pink-grün-blauen Kängurus. Welch ein Spektakel!

*»Come on and do the Jailhouse Rock with me … let's rock …«* Der Sänger beendet glückbeseelt seinen Song. Henry, Nadja und Sven kommen prustend und schwitzend zum Stehen. Alle drei umarmen sich, lachen, kommen runter. Alles wird ruhig, die Lichtanlage blinkt unnachgiebig in die aufkommende Stille. Die Musiker vergessen weiterzumachen. Alle Welt schaut auf die drei auf der Tanzfläche. Und da ruft Sven ein lautes, lang gezogenes »Yeah« und klatscht in die Hände. Die Mädels tun es ihm nach, sie jubeln dem Opa zu, und dieser verbeugt sich stolz vor seinen drei einzigen Fans. Die Dorfgemeinde applaudiert zögerlich, weil ihr nichts anderes einfällt.

Volksfeste sind die beste Ablenkung von der Unvermeidbarkeit des eigenen Lebens.

# 39

Es war einer der schönsten Tage in ihrem Leben, denkt Henry. OK, sie hätte den Gin Tonic nicht trinken sollen. Ihr brummt immer noch der Schädel. Wieso hat sie das auch getan? Nur um cool zu wirken? Bis auf den Schluck Sekt aus dem Glas ihres Vaters letztes Silvester hat sie noch nie Alkohol getrunken. Sie atmet tief ein und aus. Wenn sie rülpst, riecht es nach Gin. Ihr schaudert's.

Draußen sieht sie die Scheune, und obwohl es Nacht ist, kann sie das alte Gebäude genau erkennen. Das Mondlicht erfüllt das Zimmer mit einem ungewöhnlich hellen, glitzern-den Licht. Der Druck von Monet zeigt jetzt einen nächtlichen See, die Farben sind matt wie durch einen Blaufilter, und die Seerosen schweben auf einem düster unheilvollen Gewässer. Dieses Zimmer hat ihre Mutter eingerichtet wie aus einem Katalog. Henry hätte es viel lieber nach ihrem eigenen Ge-schmack eingerichtet, hätte sich gern die Wandfarbe ausge-sucht, die Bilder, das Bett, den Schreibtisch, das Bücherregal und sogar die Bücher darin. Mit Stil und Verantwortung. Denn, das hatte Marion ihr gesagt, dieses Zimmer müsse auch mal als Gästezimmer herhalten. Aber es war Marions Projekt, und sie hat dieses Zimmer so universell wie nur möglich eingerichtet, so charakterlos wie nur möglich. Es solle natürlich auch Henrys Zimmer sein, hatte sie gesagt, aber eben auch passend, wenn sie mal einen Übernachtungsgast bekämen.

Und Henry hat auf einmal die grausige Vorstellung, dass sich Marion eine Tochter gewünscht hätte, die genau in dieses Zimmer im Landhausstil passt. Eine Tochter mit geflochtenen Zöpfen und wehenden Sommerkleidchen. Die sich schwärmerisch in diesem Seerosenteich verliert, sich für die Lavendelgestecke auf der Fensterbank begeistert und den ganzen Tag auf mit Kreide in den Hof gemalten Kästchen Himmel und Hölle hüpft. Eine Idealtochter, wie ein Roboter. Oder ein Einrichtungsgegenstand, der nur dazu da ist zu gefallen. Henry fährt hoch. Es graust ihr bei dieser Vorstellung. Seit sie hierherkommen, wurde das Zimmer noch nicht ein Mal als Gästezimmer benutzt. Außer, und jetzt schwingt Henry, weil die Gedanken sie nicht mehr still sitzen lassen, die Beine aus dem Bett, außer Henry selbst hätte nur den Stellenwert eines Gastes in Marions Leben. Sie steht auf, geht ans Fenster. Das ist natürlich alles Blödsinn. Henry weiß, dass es Angstgedanken nachts am leichtesten haben. So schnell wahr wirken, weil Menschen zu dieser Tageszeit keine Schutzschilde haben. Warum ist das so?

Henry geht zu dem Bücherregal. Hier stehen Fotobände vom Machu Picchu, den Anden, Chile, zwei abgegriffene Reiseführer *Südamerika mit wenig Geld* und *Per Anhalter durch Südamerika*, Spanischwörterbücher. Henry zieht eine große, schwere Bildmappe mit dem Titel *Mario de Janeiro Testino* heraus, und sie blättert die Fotos durch, die etliche junge, halb nackte hübsche Jugendliche an Stränden zeigen. Dann widmet sie sich den Büchern, und da stehen *Die Abenteuer des Alexander von Humboldt* neben *Die Vermessung der Welt*. Sie hat diese Bücher schon seit Ewigkeiten gesehen, ihre Titel begleiten sie über Jahre. Aber sie hat sich nie wirklich für sie interessiert. Als ihre Mutter dieses Zimmer fertig eingerichtet hatte, hat Thomas ihr die Kiste mit den alten Fotobänden aus dem Keller geholt und ihr gesagt, dass dies doch der richtige Platz dafür wäre. Und Marion hat ihre alten Bücher einsortiert mit einem sanftmütigen Gesichtsausdruck, den Henry noch nie bei ihrer Mutter gesehen hat. Wie passen diese Bücher in dieses Zimmer, das sich wiederum in einem alten Bauernhof in Brandenburg befindet? Bücher, die von einer ganz anderen Welt erzählen. Und von einer ganz anderen Marion.

Henrys Mund ist trocken, und so schiebt sie das Buch zurück in seine Spalte und schleicht sich aus dem Zimmer, hinein in die dunkle Diele und ins Wohnzimmer. Ihr Blick fällt auf die Couch, wo eigentlich Sven schlafen sollte, aber außer einem Kissen und einer zerwühlten Decke ist sie leer. Der Anblick versetzt Henry einen Stich, sie blickt hoch zur Decke, und wieder spürt sie ein hässliches, destruktives Gefühl, das sie gerade erst so richtig kennenlernt. Es handelt sich um eine renitente Eifersucht, die sich da einnistet und die Henry die nächsten Jahrzehnte begleiten wird, die sie sämtliche Beziehungen zerstören lässt und von der sie erst loskommt, nachdem sie ihre zweite große Liebe vergrault und eine Psychoanalytikerin aufgesucht hat.

Doch jetzt ist sie erst zwölf und wird davon umfangen: Wenn Sven und Nadja die Nacht miteinander verbringen wollen, sollen sie es doch machen! Es ist ihr gutes Recht. Aber doch nicht in ihrem, Henrys, Haus?

*Aber es ist doch gar nicht dein Haus, Henry. Es ist das Haus deiner Eltern. Es ist ja nicht mal dein Zimmer, in dem du schläfst.*

Aber sie sind doch eigentlich getrennt? Wieso erniedrigt sich Nadja so? Wieso kann sie nicht standhaft bleiben?

Sie geht in die dunkle Küche, macht den Kühlschrank auf, nimmt sich die Milchpackung. Setzt an, trinkt, da erschrickt sie. Am Fenster steht jemand, der sie anguckt.

»Na, hat dich das Sandmännchen vergessen?«, fragt Sven, und sie hört das Schmunzeln in seiner Stimme.

»Was machst du da?«, fragt Henry, mit vor Schreck noch zittriger Stimme.

»Geht es dir besser?«

Henry atmet schwer ein, um sich die Frage selbst zu stellen, horcht in sich hinein, entlässt die Luft lange aus. »So und so.«

»Du bist mir eine.«

»Du bist mir selber einer.«

»Du kriegst keinen Alkohol mehr.«

»Aber es war megawitzig.«

»Das stimmt!«

Beide lächeln bei dem Gedanken, wie sie da über die Tanzfläche gewedelt sind. Dann schauen sie raus in den Garten. Eine samtene Stille stellt sich ein.

»Kannst du auch nicht schlafen?«, durchbricht Sven sie bald.

Henry schüttelt den Kopf. »Ich denke so viel.«

»Worüber?«

Henry zuckt mit den Schultern. »Alles Mögliche. Was wir hier machen. Meine Mutter.«

»Vermisst du sie?«

Henry überlegt kurz, stellt die Milch weg. »Vermissen ist nicht das richtige Wort. Irgendwie ist sie so weit weg von mir.«

»Immer wenn ich meine Mutter vermisse, soll ich dir sagen, was ich dann mache?«

»Klar.«

»Ich zeig dir mal was.«

Sven winkt sie zu sich heran, Henry macht die paar Schritte auf ihn zu und stellt sich ans Fenster. Sie schaut in den Garten. »Und?«

Sven deutet nach oben zum Himmel. »Hast du so was schon mal gesehen?«

Der Mond geht gerade auf. Der Himmel ist ein wahres Sternenmeer. Myriaden an leuchtenden Punkten erstrecken sich bis zum Horizont und strafen ihn eine dunkle Linie. »So hell habe ich sie noch nie gesehen.«

»Ich auch nicht.«

Henry gibt ein tiefes Hicksen von sich, was beide lachen lässt.

»Du hast immer noch den Gin im Blut, oder?«

»Ich glaube schon.«

Beide sind wie gefesselt vom Anblick des Himmels. Sven gibt einen zufriedenen Seufzer ab: »Ich liebe den Mond«, sagt er.

»Ich auch!«, überschlägt sich Henry leise, »wirklich, mein Leben lang schaue ich ihn mir an, wann immer ich kann.«

»Wenn ich meine Ma vermisse, beruhigt es mich, dass wir beide den gleichen Mond sehen. Nur von unterschiedlichen Punkten der Erde.« Sven lächelt und zieht seine dünne Gold-kette aus seinem Shirt und zeigt sie Henry. »Hat sie mir geschenkt. Weil ich als Kind so mondbesessen war.« Henry sieht sich den goldenen Anhänger an – ein Halbmond, mit fein gearbeiteten Rillen, die die Krater darstellen. »Früher habe ich mich immer nur so halb gefühlt. Aber seit ich Nadja kenne, glaube ich, bin ich 'n ziemlich voller Vollmond.«

Henry muss lachen. Ihr Blick wandert zu dem echten Mond, den zahllosen Sternen und dann hin zu Sven, der staunend seinen Kopf in den Nacken legt. Sein Mund steht offen, und er kann den Blick nicht vom Himmel lösen. Henry schmunzelt, dass er darüber wie ein kleines Kind staunen kann! Sie schaut sich seinen leichten Bartwuchs an, seine kleine Nase und bleibt an seinen Wimpern hängen. Für einen Mann sind sie sehr, sehr lang. Seine Haare fallen lässig nach hinten, und das Licht lässt seine Konturen noch ebenmäßiger erscheinen. Gefolgt von einem plötzlichen Impuls, den sie bei genauerem Nachdenken bestimmt unterdrückt hätte, nimmt sie seine Hand. Es ist kein Moment zum Nachdenken. Er drückt ihre Hand und löst seinen Blick noch immer nicht von den Sternen. Dann hakt sie sich bei ihm unter und drückt sich nah an ihn ran. Riecht seinen Geruch. Dann langsam dreht er den Kopf und schaut sie an, ihre Blicke treffen sich. Er lächelt und gibt ihr einen Kuss auf den Scheitel. Henry zieht der kribbelnd bis in die Schuhsohlen.

»Es gibt zwei Wörter für *verrückt* auf Englisch«, erzählt Henry plötzlich, »*insane* und *lunatic*. Das letzte Wort heißt so etwas wie mondsüchtig. Früher hat man verrückte Straftäter, die nicht *insane* waren, sondern nur *lunatic*, weniger bestraft, weil man davon ausging, dass der Mond an ihrem Handeln schuld war.«

Sven nickt: »Ich glaube, das stimmt. Ich bin *lunatic*.«

»Ich auch. Es ist schön, mal einen anderen Menschen zu treffen, der auch *lunatic* ist. Dann fühlt man sich nicht so alleine.« Henry seufzt ausgiebig.

»Willst du wieder nach Hause? Soll ich dich nach Hause bringen?«

Henry schüttelt entschieden den Kopf. »Auf gar keinen Fall!«

Sven muss lachen. »Wieso nicht?«

»Eine Dummheit zu begehen, ist kein Verbrechen. Sie nicht zu Ende zu bringen, das schon.«

»Wo hast du das denn her?«

»Aus einem Buch.« Henry guckt in das Sternenspiel, lässt ihren Blick über die Landschaft wandern, denkt an die Reiseführer. »Ich denke, ich sollte …«. Sie atmet schwer ein.

»Willst du deine Mama anrufen?«, rät Sven, als könne er ihre Gedanken lesen.

Henry atmet tief ein. Dann nickt sie. »Aber wie?«

»Wie *wie*?«

»Na ja, Handys funktionieren hier nicht. Und wenn ich von einem Festnetz anrufe, können die sehen, wo wir sind.«

»Du kannst doch aus dem Internet anrufen!«

»Wir haben hier doch nicht mal einen Anschluss«, sagt Henry betrübt.

Sven hält das Handy hoch. Auf dem Display kann Henry sehen, dass er zwar keinen Telefonempfang hat, aber LTE.

»Hast du so viel Datenvolumen?«

»Das ist Nadjas Handy. Sie hat 'ne Flatrate. Meins hab ich lieber zu Hause gelassen.«

»Echt jetzt?«

»Die Polizei war ja schon bei mir in der Werkstatt. Ich wette, die kriegen schnell raus, wer ich bin.«

»Und das macht dir keine Sorgen?«

Sven schaut wieder zum Mond, als würde er da Kraft tanken. »Da kümmere ich mich drum, wenn es so weit ist. Jetzt ist erst mal was anderes wichtig.«

»Was denn?«

Svens Gesichtszüge verändern sich zu einem Anflug von liebevollem Schmunzeln. »Meine beiden Queens.« Er fasst sich mit den Händen an den Nacken, öffnet seine Kette und hält sie Henry hin. »Die leihe ich dir. Die gibt dir Kraft für den Anruf. Du brauchst sie jetzt. *Ich* bin ja schon der volle Mond.«

Henry freut sich und nickt, er legt sie ihr an. Dann hält er ihr das Handy hin. Als sie es nimmt, wird sie sich der Last der Aufgabe gewahr, die ihr bevorsteht.

# 40

Das Telefon klingelt, aber keiner hört's. Marion ist mit Thomas auf der Couch eingeschlafen. Ihr Schlaf ist ungewöhnlich tief, sicherlich auch durch den Alkohol befördert. Die zweite Flasche Wein haben sie immerhin bis zur Hälfte geleert. Natürlich wollten sie nicht so viel trinken, und überhaupt hatte Marion vor, wach zu bleiben. Es ist ja nicht ausgeschlossen, dass sich jemand telefonisch meldet. Obwohl die durchschnittliche Frist, in der sich Entführer melden, abgelaufen sein soll. Klaukien und Dr. Beelitz haben bis zum Nachmittag immer noch auf eine »einfache Erklärung« gehofft, dass nämlich Henry selbst in den Vorgang verwickelt ist und ihn in irgendeiner Weise inszeniert hat. Marion hat sich schon gefragt, welche Variante ihr mehr zusetzen würde: wenn Henry entführt wäre oder davongelaufen. Das Entsetzen wäre vielleicht gleich groß, aber würde sich anders anfühlen.

Am frühen Nachmittag stand dann schon fest, wer dieser Mann war, der ihr Auto geklaut hat. Er arbeitet in einer Werkstatt, deren Name mit »Mal-« anfängt. Für die Polizei stellte es eine leichte Übung dar, mit dem Phantombild die Kfz-Werkstatt aufzuspüren, wo er den Blaumann herhat. Daraufhin hat Klaukien die Mutter von dem Mann aufgesucht. Er ist noch dort gemeldet, wohnt da aber nicht.

Sondern bei seiner Freundin. Natürlich erwähnt Klaukien vor Marion und Thomas keine Namen oder Orte, hat aber klargemacht, dass diese Mutter in einem östlichen Randbezirk von Berlin wohnt, und Marion denkt sich ihren Teil. Klaukien findet keine Verbindung zwischen dieser Person und Henry. Die Theorie, dass der Täter nur das Auto klauen wollte und ungewollt zu einem Entführer wurde, rückt in den Vordergrund. Dennoch fragt er sich, wieso der Täter Henry nicht einfach bei der nächstmöglichen Gelegenheit aus dem Auto geworfen hat. Und da hatte Thomas etwas gesagt, das ihm danach sofort leidtat, das er aber nicht mehr zurücknehmen konnte: »Unsere Tochter packt eben Gelegenheiten beim Schopfe.«

Klaukien hat die Empfehlung ausgesprochen, dass immer jemand zu Hause sein sollte, falls der Täter doch noch anrufe. Und Thomas hatte ihn gefragt, ob er denn keine Fangschaltung installieren wolle.

»Heutzutage gibt es keine Fangschaltungen mehr«, hatte Klaukien ihm erklärt. »Man nennt es nur noch MCID, *Malicious Call Identification*«, und diese beantrage er bei der Staatsanwaltschaft, wenn Marion und Thomas ihre Zustimmung geben würden. So würden alle Anrufe zentral protokolliert und aufgezeichnet werden, und in den allermeisten Fällen würde hierbei neben Anrufzeit, Datum und Dauer auch die Rufnummer übertragen werden. Hierüber könnte über den Telefonanbieter der Standort ermittelt werden. Und wenn nicht dieser, dann der Funkmast, über den sich das Gerät eingewählt hat. Das würde den Aufenthaltsort schon erheblich einschränken. Ebenso wichtig sei es aber, dass Marion und Thomas ihre E-Mail-Konten und die Spamordner im Auge behielten. Es sei nur noch selten der Fall, dass Entführer das Telefon benutzten.

Das Einzige, was Klaukien Marion und Thomas, für den Fall, dass der Täter anrufen sollte, einschärfte, war, unbedingt einen PoL, *Proof of Life* zu verlangen, also einen Beweis, dass Henry noch lebt.

Marions Denkapparat kann in dieser Ausnahmesituation einfach nicht stillstehen, geht unablässig alle Optionen durch und lässt ihr keine ruhige Sekunde. Daher hat Thomas jedem von ihnen irgendwann abends ein Glas Rotwein eingeschenkt. Bald wurden sie endlich leiser, die Gedanken. Dann hat Thomas nachgeschenkt. Dann waren Marions Gedanken weg. Und der Schlaf kam.

Marion träumt unzusammenhängend. Von ihrer Tagesmutter, die sie nur »Tante« nannte, bei der sie jeden Tag ihre Schulaufgaben machte. Von ihrer Einschulung, wo das Foto auf dem Schulhof entstand, das immer noch bei ihrer Mutter auf der Kommode steht. Es zeigt Marion, ihre Mutter und Frau Westhöfer, die Putzhilfe von Marions Mutter, eine »adrette, junge Dame«, wie Marions Mutter so sagte. Sie presst Frau Westhöfer an ihre Seite, und ihre andere Hand hängt locker in der Tasche ihres Jil-Sander-Blazers. Marion, gerade mal sechs Jahre alt, steht wie angewurzelt vor ihnen; die Schultüte zwischen die Beine geklemmt und eine trockene Brezel in der Hand, kommt sie sich auf dem Foto vor wie überflüssig. Wie jemand, der aus Versehen mit auf das Foto geraten ist.

Da dringt das Klingeln an ihr Ohr, und sie fragt sich, wo in der Wohnung ihrer Eltern ein Telefon steht, das so klingelt. Und wie ein Irrwahn hat Marion einen Gedanken, das Foto aus dem Kinderzimmer erscheint vor ihrem inneren Auge: Henry sitzt auf *ihrem* Baumstamm und ruft sie an!

Und zeitgleich mit Thomas schlägt sie die Augen auf und ist hellwach. Wie durch eine Ohrfeige kommt sie in ihrer Gegenwart an, auf der Couch, in der Nacht. Sie ist eingeschlafen, natürlich, sie hat ja wieder diesen Traum gehabt. Hat Thomas auch geschlafen? Sicherlich. Es klingelt, das Telefon klingelt immer noch. Sie richtet sich auf. Thomas und sie tauschen einen verwunderten Blick. Dann ist Marion so schnell am Telefon und nimmt den Hörer ab, als hätte sie sich daneben materialisiert.

»Hallo?«

Bis auf Rauschen Stille.

»Hallo?«, fragt Marion noch mal, diesmal fordernder, aber auch ängstlicher, dass niemand antworten könnte.

»Hallo Mama.« Die Stimme hört sich dünn und verzerrt an, als würde Henry aus China anrufen.

»Henry?«

»Ja.«

Wer sonst?

Thomas steht neben Marion und horcht in den Hörer.

»Wo bist du? Was machst du für Sachen? Geht's dir gut?«

»Ich mache gar keine Sachen, Mama.«

Thomas schaltet sich ein: »Hallo Henry, was ist mit dir, geht's dir gut?«

Henry fängt an zu weinen. Marion übernimmt wieder den Hörer: »Geht's dir gut? Was ist passiert?« Marion möchte es so gerne, aber sie kann die Strenge nicht aus ihrer Stimme verbannen. Vielleicht weil sie glaubt, die enorme Angst kaschieren zu müssen, dass es Henry nicht gut gehen könnte, dass sie unter Zwang anrufe, dass sie gefangen gehalten würde oder ihr gar körperlich etwas angetan wurde – diese Angst lässt sie nicht klar denken. Sie verwendet die ganze Energie darauf, diese Sorge um ihre Tochter zu verstecken, und so hört sich ihre Stimme fest, streng, ja vorwurfsvoll an. Henry atmet tief aus.

»Ja, mir geht es gut.« Und wieder kommt Henrys Schluchzen durch den Hörer. »Ich vermisse dich aber so. Dich und Papa.« Marions Herz verkrampft sich, es verschlägt ihr die Stimme.

Thomas spricht in das Mikro: »Henry, sag uns bitte, wo du bist. Bist du entführt worden? Ist dir was angetan worden?«

»Nein, nein. Also ja. Ich bin entführt worden. Aber bitte macht euch keine Sorgen. Mir geht es gut, und es ist nichts Schlimmes. Deswegen rufe ich an. Nur damit ihr euch keine Sorgen macht.«

Marion will aufbrausen, unterdrückt aber den Impuls – größtenteils. »Was soll das heißen, ›nichts Schlimmes‹?«

»Mama, ich will euch nur sagen, ihr sollt euch keine Sorgen machen«, wiederholt sie.

»Dein Vater und ich sterben vor Sorge!«

Wieder weint Henry. »Bitte nicht. Bitte nicht. Tut mir das nicht an.«

»*Wir* sollen *dir* das nicht antun? Henry, bist du wieder abgehauen?«

»Nein!« Und durch die Tränen presst Henry die Worte trotzig heraus: »Ich bin diesmal nicht abgehauen, Mama, *du* hast mich einfach im Auto vergessen. Ich bin nicht dran schuld.«

»Ich hab dich nicht vergessen, mein Schatz. Ich habe … du hast geschlafen …«

Thomas übernimmt den Hörer. »Henry, hör mir zu. Wo du auch bist, ich hole dich ab. OK?«

»Ich komme nicht nach Hause, Papa.« Stille. »Noch nicht.«

Darauf weiß Thomas erst mal nichts zu erwidern. Henry führt aus: »Ich bleibe freiwillig bei ihnen.«

»Wer? Bei wem bist du, Henry?« Thomas ist zu aufgeregt, um sich unter Kontrolle zu haben.

»Ich bin mit jemandem, und die passen auf mich auf, Papa. Mach dir keine Sorgen«, wieder weint sie, »bitte.«

Marion will ihm den Hörer abnehmen, aber er lässt es nicht zu. Mit der ihm eigenen Zauberformel, sich binnen Sekunden zu beruhigen und darauf zu berufen, was wichtig ist, schließt er kurz die Augen, atmet ein, richtet sich auf, und als er weiterspricht, ist seine Stimme viel weicher. »In Ordnung, Henry. Aber sag uns doch bitte, wo du bist.«

»Das kann ich nicht.«

»Wieso?« Und jetzt ist Thomas derjenige, der Tränen in den Augen hat.

»Ich bin in der Stadt der Katzen.«

Thomas schließt die Augen. »Ich verstehe.« Marion schaut ihn mit fragenden Augen an.

»Ich hab euch lieb.«

»Wir haben dich auch lieb. Und komm bald wieder, ja?«

»Ja.«

»Wann?«

»Ich weiß nicht. Wenn der Zug wieder hält.«

»Ja, wenn der Zug wieder hält. Versprochen?«

Auf der anderen Seite wird es ruhig.

»Dass du wiederkommst?«

»Ja, versprochen.«

Wieder Ruhe.

»Ich leg jetzt auf. Und bitte macht euch keine Sorgen. Mir geht es gut. Ich bin freiwillig hier. Tschüss …«

»Tschüss.« Thomas hält Marion den Hörer hin, doch erst

als Henry die Verbindung längst getrennt hat, löst sie sich aus ihrer Starre und greift zu.

»Henry? Tschüss, Henry«, sagt Marion in den Hörer, doch da ist ihre Tochter schon nicht mehr dran.

# 41

Es gibt Städte, die Bekanntheit durch ihre Sehenswürdigkeiten erlangen. Und es gibt Städte, die haben ihr eigenes Syndrom. Das Paris-Syndrom, das mit Symptomen von Angstzuständen und Halluzinationen daherkommt, trifft meist asiatische Touristen, die zum ersten Mal in die französische Hauptstadt kommen und deren romantisierte Vorstellung nicht mit der dreckigen Realität einer Großstadtmetropole in Einklang gebracht werden kann.

Das Jerusalem-Syndrom überkommt jährlich etwa hundert Touristen, die in den Straßen Jerusalems psychotische Schübe erleiden, wenn sie gewahr werden, auf biblischen Straßen zu wandeln. Ähnliches passiert auch im Vatikan oder in Mekka. Das Venedig-Syndrom beschreibt Suizidale, die ausgerechnet in der Lagunenstadt ihr Leben beenden wollen. Die Stadt sei, so Überlebende, Symbol für Untergang und Dekadenz.

Ein Berlin-Syndrom, das allerdings nach einem gleichnamigen Mediziner benannt ist, beschreibt eine Krankheit mit Haarausfall. Ein anderes Berlin-Syndrom wird so beschrieben, dass Touristen partout nicht mehr nach Hause wollen und stattdessen in der Hauptstadt bleiben, sich Bärte und Jutebeutel zulegen und hip werden.

Das Lima-Syndrom beschreibt das umgekehrte Stockholm-

Syndrom. Hier nämlich beginnen Entführer und Geiselnehmer, mit den Geiseln zu sympathisieren. Während bei dem bekannteren Stockholm-Syndrom die Opfer mit ihren Peinigern anfangen, gemeinsame Sache zu machen.

# 42

Henry hält Nadjas Handy in der Hand. Das Display schaltet sich gerade aus, und die blaue Nacht hüllt Henry wieder ein. Sie sitzt auf dem Baumstamm auf der Wiese, auf der sie oft sitzt, und schaut in die mondhelle Landschaft, wischt sich die Augen trocken. Unbewusst spielt Henry mit Svens Kette, als hinge sie schon immer um ihren Hals. Wie oft hat Henry ihre Mutter beobachtet, wie sie genau hier sitzt und in die Weite schaut? Was mag ihr da durch den Kopf gegangen sein? In Henry wütet ein Gefühlschaos. Sie kann es nicht leiden, wenn ihre Mutter sie behandelt wie so ein Ding, das funktionieren soll, wie sie es will. Wie so eine Marionette. Henry wickelt die Jacke fester um sich, schaut auf die Felder. Auf einmal muss sie laut lachen. Marionette! *Marion*-ette! Das ist genau das, was sie sein soll! Sie will keine Marionette sein. Sie will eine Henriette sein. Tun und lassen, was *ihr* gefällt. Nicht ihrer Mutter. Es kann doch wohl schon nicht so schlimm für Marion sein, wenn Henry etwas öfter macht, was sie will und was ihr Spaß macht. Und ist es zu viel verlangt, dass ihre Mutter sie dabei unterstützt? Nur weil ihre Mutter im Leben nicht das machen kann, was sie will, heißt das doch nicht, dass sie auch Henry daran hindern muss? Henry legt den Kopf in den Nacken. Die nächtliche, feuchte Kälte krabbelt aus den Wiesen in sie hinein. Wieso kann denn ihre Mutter nicht machen, was sie *eigentlich* will? Weil sie damals Henry bekommen hat? Das ist so unfair! Henry kann doch nichts dafür, geboren worden zu sein.

Wenn sie ihre Mutter nur nicht so vermissen würde. Und ihren Vater natürlich! Sie atmet schwer ein, dreht sich zum Haus um. Aber diese Reise muss sie jetzt machen. Die Reise in ihre Stadt der Katzen. In ihr Innerstes, um sich zu suchen. Henry muss schmunzeln, das hat sie mal gelesen. Dass Menschen eine Reise machen, um rauszufinden, wer sie sind. Dafür laufen sie tausend Kilometer zu Fuß durch Spanien oder gehen nach Indien. Und wenn sie wiederkommen, haben sie sich selbst an der Hand.

Ihre Gedanken wandern zu den Reiseführern. Wie oft hat ihr Marion davon erzählt, dass sie und Thomas vor Henrys Geburt eine Rucksackreise durch Mexiko gemacht haben? Und dass ihr das so gut gefallen hat, dass sie am liebsten durch ganz Latein- und Südamerika wandern würde. Vielleicht hat Henrys Mutter die Reise in ihr Innerstes noch nicht angetreten, weil immer so viel dazwischenkam. Ihr Studium, ihre Karriere, Henry …

Weit hinter Henrys Baumstamm – die Wiese hinauf durch das kleine Tor, an dem in diesem Sommer neu angelegten Kräutergarten vorbei, das kleine Rasenstück hinauf und über die Holzterrasse – öffnet sich die Terrassentür. Sven tritt ins Freie und hebt die Hand zum Winken. Er bleibt kurz stehen, um zu schauen, ob Henry noch telefoniert. Henry winkt zurück, und Sven geht auf sie zu. Henry schaut ihn sich an, ihren Entführer. Da sind sie, zwei mondsüchtige Seelen, die nicht schlafen können. Sie beobachtet seinen Gang, er läuft leicht o-beinig wie ein Fußballer. Die Hände in den Hosentaschen, breitschultrig, bleibt er hinter dem Baumstamm stehen.

»Und?«

Henry wendet den Kopf wieder Richtung Ferne und den Blick in sich hinein. »War gut.«

»Hast du …, hast du verraten, wo wir sind?«

Henry schüttelt den Kopf: »Natürlich nicht!«

Nach einer Pause fragt Sven: »Willst du wieder reinkommen?«

»Ja. Gleich.«

Sven setzt sich neben sie auf den Baumstamm und teilt nun ihre Perspektive. »Ihr habt es echt schön hier.«

Henry schaut ihn an und empfindet so tiefe Dankbarkeit für ihre Eltern, dass sie sie übermannt. Ein melancholisch gefärbtes Glücksgefühl. Svens Arm, bemerkt sie, ist von einer Gänsehaut überzogen. Er zittert leicht.

»Ist dir kalt?«, fragt sie.

Er haucht den Atem aus, vor ihm kondensiert die Luft zu einem leichten Nebel, und sein Zittern verstärkt sich. Henry, die die Flanelljacke ihres Vaters anhat, öffnet sie und legt eine Hälfte davon mit ihrem Arm über Svens Rücken, um ihm etwas von ihrer Wärme abzugeben. Und nach einem kurzen Moment, den eine Sternschnuppe braucht, um zu verglühen, legt Sven seinen Kopf auf Henrys Schulter.

# 43

Marion und Thomas sitzen auf dem Boden in ihrem Wohnzimmer und können noch immer nicht sprechen.

Thomas steht auf und geht in die Küche. Marion hört ihn dort hantieren. Sie lässt sich zur Seite kippen und rollt sich auf den Rücken. Ihre Handrücken streicheln den Teppich, ihr Blick ist nach oben gerichtet. Die Straßenlaterne vor dem Haus, unter der tags zuvor noch ihr BMW stand, wirft einen gelben Schein an die Decke, der Marion noch nie aufgefallen war.

»Ist nicht sehr heiß«, zitiert Thomas wie immer eine Loriot-Zeile und reicht Marion einen tiefen Teller mit einer duftenden, großen Maultasche in einer Brühe. Und jetzt, wo Marion den Teller hält und der Geruch in ihre Nase steigt, wagt es ihr Magen endlich, sich zu Wort zu melden. Er sendet ihr ein lang gezogenes, murrendes Signal, und ohne den Löffel zu benutzen, nimmt sich Marion die Maultasche und beißt hinein, lächelt kauend Thomas an, der es ihr gleichtut. Mit dem zweiten Bissen hat sie die erste große Maultasche verschlungen, sie trinkt die klare Brühe vom Tellerrand und hält ihn Thomas, noch immer kauend, hin.

»Mehr!«

Keine zehn Minuten später liegen beide, vorerst gesättigt, rücklings auf dem Boden und schauen sich den gelben Schein der Laterne an. Es wirkt, als wäre es ein ganz anderes Wohnzimmer. Vielleicht liegt es an der Perspektive, vielleicht an dem Moment, vielleicht an dem gelben Licht. Marion zeigt darauf, Thomas nickt. Sie hat zwar nichts gesagt, aber er stimmt ihr in allem zu. Marion denkt an Henry, an das Telefonat. Daran, dass es ihr offenbar gut geht, ihr nichts passiert ist, daran, dass ihr selbst jetzt so viel Unsicherheit genommen ist. Marion fühlt sich eigentümlich wohl. Und da fällt ihr auf, dass man das Geborgenheit nennt.

»Ich liebe dich«, flüstert Thomas, und als er ihr wieder in die Augen schaut, sind seine feucht vor Wahrhaftigkeit.

Sie sind sich so nah und teilen die enorme Erleichterung, die sich jetzt einstellt. Noch immer sagen sie lange nichts. Und dann formt sich in Marion eine Frage.

»Die Stadt der Katzen?«

Die Nacht folgt einer gänzlich anderen Gesetzmäßigkeit als der Tag. In der Nacht passieren Dinge in einer Selbstverständlichkeit, wie es tagsüber niemals möglich wäre.

# 44

Henry geht durch leere Gassen, das Kopfsteinpflaster drückt durch ihre dünnen Sohlen. Die aufgehende Sonne verheißt einen herrlichen Tag. Raureif wird zu Morgennebel und bricht die Sonnenstrahlen. Die Kühle der Nacht löst sich nur träge vom Boden und steigt langsam auf. Henrys Atem kondensiert. Henry zieht die frische, kühle Luft begierig ein und schaut die Gasse hinab, sie ist ganz alleine hier. Die Geschäfte haben geschlossen, alle Tische vor den Cafés sind verwaist. Die Gebäude sind pittoresk aus Fachwerk, vor den Balkonen Blumenkästen voller aufblühender Frühlingsblumen. Am Horizont erwächst ein Gebirge, dessen Gipfel noch winterlich schneebedeckt sind.

»Hallo?«, ruft Henry, doch der Klang ihrer Stimme hört sich dumpf an, als stoße er auf einen Widerstand, der die Luft nur träge in Schwingungen versetzt. Als befinde sie sich in einem kleinen, gepolsterten, luftleeren Raum. Ihr Ruf verebbt, und sie will gerade noch mal rufen, da sieht sie sie: Keine hundert Meter vor ihr steht eine Gestalt auf der Straße, in dem rauen Gegenlicht der noch immer tiefen Sonne kann Henry erst nicht ausmachen, wer oder was das ist. Es ist ein weicher, geschmeidiger Körper, der sich in einer unendlichen Selbstverständlichkeit in der Sonne wärmt. Da wird es Henry klar. Es ist eine Katze. Doch diese Katze ist menschengroß, mindestens so groß wie Henry selbst, wenn nicht größer. In vollendeter Ruhe sitzt sie dort, majestätisch auf ihren Vorderläufen aufgerichtet, und schaut sie genau an. Doch von ihr geht keinerlei Bedrohung aus. Ihr Blick wirkt gar wie eine Einladung. Da macht Henry im Augenwinkel eine Bewegung aus und sieht, dass die Cafés keineswegs verwaist sind. Auch dort sitzen Katzen, manche mit kleinen, feinen, modischen Hütchen, andere mit Fliegen um den Hals. Die Szenen wirken ungemein kultiviert, wie die Tiere so auf den Stühlen sitzen und mit ihren Pfoten Tee- und Kaffeetassen an ihre Schnauzen führen. Die Straße füllt sich, und diese überlebensgroßen Katzen, eine jede hübscher als die andere, gehen ihrem Tagesgeschäft nach. Die eine, eine Perserkatze, präsentiert stolz ihr glänzendes Fell, eine andere ist ganz weiß, die nächste braun gescheckt. Manche tragen kleine Einkaufstaschen in ihren Pfoten. Einige haben Halsketten um. Henry macht einen Kater aus, der eine Krawatte und einen Aktenkoffer trägt. Eine junge Katze, die so dicht an Henry vorbeihastet, dass sie sie beinahe berührt, trägt einen kleinen Schulranzen. Sie, wie auch all die anderen, nimmt keinerlei Anstoß an Henrys Präsenz. Ist sie etwa unsichtbar?

Sie schaut hoch zur aufgehenden … und da stockt Henry. Es handelt sich nicht um die Sonne. Es ist zwar eine runde Scheibe, doch ist es eindeutig der Mond. Henry macht die Krater auf seiner Oberfläche aus. Aber wieso ist das Licht so hell? Ganz klar, erkennt Henry jetzt. Das, was sie vorher für Sonnenstrahlen gehalten hat, ist das Mondlicht. Es ist Nacht! Der Trabant reflektiert lediglich die Sonne ungewöhnlich hell. So hell und kristallin-bunt, dass Henry alles genau erkennen kann. Den Schnee auf den Bergen im Hintergrund, die Blumen in Balkonkästen der hübschen Fachwerkhäuser und nicht zuletzt das rege Treiben der geschmeidigen Vierbeiner.

Sie atmet tief ein und nimmt ein ganzes Spektrum an Gerüchen wahr. Über eine Distanz von bestimmt zwanzig Metern kann sie das Fischgericht riechen, das sich zwei verliebte Katzen teilen, die an einem Tisch mit weiß-rot karierter Tischdecke sitzen. Oder die leichte Kakaonote von dem Frappuccino der älteren, grau melierten Katze. Wodurch werden ihre Sinne derart geschärft? Ist sie, Henry, vielleicht selbst zu einer … Sie hebt ihre Hand.

Und schaut auf eine wunderschöne, grazile Katzenpfote. Henrys Gedanken sind jetzt ganz klar. Sie schaut sich um. Ein jeder Mensch trägt so einen Ort in sich drin.

Sven sitzt im BMW. Für ihn gibt es einfach keine schönere Umgebung als diese. Der Motor läuft noch, er war eben in Gransee, um Brötchen für ein mittägliches Frühstück zu holen und eine *B.Z.* für Nadja. Als er losgefahren war, schliefen die Mädchen noch.

Er stoppt den Motor, horcht seinen Geräuschen nach, schließt kurz die Augen, dann öffnet er die Tür. Der Tag verspricht sensationell zu werden. Er läuft um das Haus herum und kommt an Henrys Fenster vorbei, durch das er lugt. Sie schläft noch immer, die Decke weggestrampelt, nur in Unterhose und -hemd. Wie er sie da so liegen sieht, durchspült ihn ein Gefühl voller Zuneigung für Henry. Er lächelt und fasst einen Plan.

In der Küche legt er Brötchentüte und Zeitung ab, setzt Milch auf und durchsucht die Schränke – mal wieder – nach Kakao. Keine zehn Minuten später öffnet er mit einer dampfenden Tasse die Tür zu Henrys Zimmer. Er stellt die Tasse hin, zieht die Bettdecke etwas höher über Henry und setzt sich auf ihre Bettkante. Er streichelt ihr über das strähnige Haar. Als sie langsam aufwacht, ist da keine Irritation in ihrem Blick. Sie lächelt, beinahe amüsiert, als habe sie schon damit gerechnet, ihn hier zu sehen. Er reicht ihr die Tasse, sie setzt sich hin, streicht sich Strähnen aus dem Mundwinkel und lehnt sich an die Wand.

»Meine Mutter weckt mich manchmal mit einem Kakao«, sagt Sven.

Henry nippt an dem Getränk. Nadja ist schon wach, die Treppe zum ersten Stock knarzt.

»Ich wollte nur Danke sagen, dass wir hier sein können«, sagt Sven, und da erscheint Nadja im Türrahmen.

»Guten Morgen«, nuschelt sie. Sie hat ein langes T-Shirt an, das ihr bis zu den Knien geht. Sie reibt sich die Augen, streckt sich, atmet tief aus und setzt sich dann zu Henry auf das Bett, wo Henry ihr ein Stück von der Decke abgibt. Henry reicht die Kakaotasse an sie weiter, sie nimmt einen Schluck und gibt sie Sven, der es ihr nachtut.

In der Küche decken sie den Frühstückstisch, lächelnd registriert Nadja, dass Sven Brötchen geholt hat. Keiner redet viel. Alles passt ganz selbstverständlich zusammen. Sven nimmt sich die *B.Z.* und setzt sich in den Lesesessel. Und erstarrt.

In der Zeitung sieht er ein gezeichnetes Porträt von sich. Es sieht ihm auf eine eigentümliche, realistische Weise ähnlich. Doch das ist nicht er, sondern eine boshafte Version seiner selbst. Darunter sieht er einen Schnappschuss von Henry neben einem Standbild einer Sicherheitskamera aus dem Einkaufszentrum. Sven, Nadja und Henry rennen lachend Richtung Ausgang, während Kürbisse den Verfolgern den Weg abschneiden.

»Ach, hast du mir eine *B.Z.* gekauft?« Nadja steht vor Sven. Dieser zuckt zusammen und schlägt die Zeitung schnell wieder zu.

»Das ist eine uralte Ausgabe. Was macht der Kürbis?«

Mit dieser Frage schafft er es, sie abzulenken. So schnell und unauffällig er kann, lässt er die Zeitung verschwinden.

# 45

Klaukien lehnt sich zurück und lässt sich alle Informationen durch den Kopf gehen. Er blättert in dem Anrufertranskript. Dr. Beelitz wartet, bis der Kommissar das Wort ergreift. Dieser fixiert Thomas.

»Die Stadt der Katzen?«

Thomas wechselt einen Blick mit Marion, dann setzt er zu einer Erklärung an. »Das ist eine Stadt, in der nur Katzen leben.« Er schaut in die fragenden Gesichter der Ermittler. »Das ist aus einem Buch, das Henry gelesen und mir davon erzählt hat. Eigentlich eine Liebesgeschichte.«

»In dieser Stadt der Katzen?«, fragt Klaukien.

»Wieso wollen Sie das so genau wissen?«, fragt Marion den Kommissar. »Es ist ein Insider zwischen Vater und Tochter.«

Klaukien fixiert Marion und setzt zu einer Erklärung an. »Nun, ich habe Ihnen erklärt, dass mein Ermittlungsansatz ein viktimologischer ist. Ich beschäftige mich mit der Opferperspektive. Im klassischen Fall gibt es meist nur ein Opfer. Hier die Entführte. Aber mir hilft es, den Kreis der Opfer auszudehnen.« Er wendet den Blick nicht von Marion ab. Die Botschaft, die er ihr zu senden versucht, sickert langsam durch.

»Das heißt, Sie sehen uns genauso als Opfer«, meint sie.

»Natürlich.«

Marion schließt kurz die Augen, um das Gesagte wirken zu lassen. »Das ist schön zu hören«, sagt sie.

Thomas nimmt ihre Hand und drückt sie; Marion ergänzt: »Auch wenn man sich selber eher als Täter fühlt.«

Klaukien führt aus: »Für mich und meinen Ermittlungsansatz ist es erst mal zweitrangig, von was genau Sie Opfer wurden. Ob von einer kriminellen Handlung eines Dritten, also eines klassischen Täters, oder Opfer Ihrer eigenen Handlungen.«

Marion nickt.

Dr. Beelitz fragt sie: »Wissen Sie, was es mit der Stadt der Katzen auf sich hat?«

Marion schüttelt den Kopf.

»Und Sie fragen nicht nach? Weswegen?«

»Weil es eine Sache ist zwischen meiner Tochter und ihrem Vater.«

»Das klingt aber sehr distanziert.«

»Vielleicht. Wieso auch nicht?«

»Ich schließe trotzdem daraus, dass es Ihnen etwas ausmacht, dass Ihr Mann und Ihre Tochter eine Geschichte teilen, an der Sie nicht beteiligt sind?«

»Ach, das bin ich doch schon gewohnt. Ich komme da schon längst nicht mehr dazwischen.«

»Aber so kalt lässt Sie das ja nicht. Sonst würde es Ihnen nichts ausmachen, jetzt diese Geschichte zu hören.«

Marion nickt. »Natürlich macht es mir was aus. Die ständige Unzulänglichkeit vor Augen geführt zu bekommen.«

»In meinen Augen«, macht Dr. Beelitz klar, »handelt es sich nicht um eine Unzulänglichkeit. Sondern ganz einfach um eine Rollenverteilung Ihrer elterlichen Positionen. Das gibt es in jeder Familie. Ich will aber nicht verhehlen, dass diese Rollen hier sehr ausgeprägt sind.«

»Ich bin eben die Böse«, sagt Marion betont unbeteiligt, lässt Dr. Beelitz aber nicht aus den Augen.

»Sie ruhen sich aber auch darauf aus, die Böse zu sein.«

»Ich würde sagen, ich habe mich damit abgefunden.«

»Würden Sie uns die Geschichte mit den Katzen erzählen?«, wendet sich Dr. Beelitz an Thomas.

»Also«, Thomas streicht sich mit den Handflächen über die Schenkel und sucht nach dem Anfang, »es handelt sich um ein japanisches Buch. Eigentlich eine Liebesgeschichte, in der ein Mann und eine Frau, die sich ihr Leben lang lieben, erst nach zwanzig Jahren in einem Paralleluniversum wieder zusammenfinden. Der Mann ist Schriftsteller, und die Frau ist eine Auftragskillerin. Und die »Stadt der Katzen« ist eine Geschichte in dieser Geschichte, wenn ich es richtig verstanden habe. Die Hauptfigur, dieser junge Mann, liest die Story seinem Vater vor. Der Vater ist senil und liegt im Altersheim. Die Geschichte handelt von einem Kerl, der ohne ein bestimmtes Ziel mit dem Zug reist, um Urlaub zu machen, und aussteigt, wo immer er Lust hat. Und so steigt er in einer kleinen Stadt aus, die aus dem Zugfenster heraus schön aussieht, mit einem Fluss, über den eine kleine Steinbrücke führt, und hübschen Häuschen. Der Zug fährt weiter. Der Mann ist der Einzige, der da ausgestiegen ist. Er überquert die Brücke und läuft in die Stadt hinein. Alle Geschäfte sind geschlossen, und keine Menschenseele ist auf der Straße. Er nimmt an, dass alle gerade Mittagspause machen, obwohl es noch eher früh am Tag ist. Vielleicht ist ja irgendwas geschehen, und die Leute mussten fliehen, mutmaßt er. Aber der nächste Zug kommt erst am nächsten Morgen, also muss er hierbleiben. Er schaut sich die Sehenswürdigkeiten an.«

»Wo bleiben die Katzen?«, fragt Marion.

»Die kommen jetzt.«

»Ist das Ende der Geschichte, dass der Mann rausfindet, dass die Menschen alle vor ihm geflohen sind?«, mutmaßt Marion. »Ist er der Grund, warum die Stadt menschenleer ist? Ist er ein Monster, glaubt aber, ein Mensch zu sein?«

»Nein, ganz anders«, meint Thomas. Und Marion bemerkt Dr. Beelitz' Lächeln. Marion witzelt in ihre Richtung:

»Wahrscheinlich habe ich Ihnen hiermit eine Reihe an Theorien über meinen psychischen Zustand bestätigt, oder?«

»Ich habe gar keine Theorie über Ihren psychischen Zustand! Aber dass Sie von diesem Ausgang der Geschichte ausgehen, lässt natürlich Interpretationsspielraum für Psychoanalytiker. Die Verlassenheit als Ausdruck für die Angst, die Menschen vor Ihnen haben, nehmen Sie an. Aber Sie können ganz beruhigt sein. Ich bin keine Psychoanalytikerin. Herr Angermeier, erzählen Sie doch weiter!«

»Ja. Also. Als die Sonne untergeht, kommen Unmengen an Katzen jeder Art und Farbe über die kleine Brücke in die Stadt. Der Mann ist ganz verstört und versteckt sich im Glockenturm und beobachtet die Katzen. Die nämlich öffnen die Geschäfte, fangen an zu arbeiten, es kommen immer mehr Katzen über die Brücke, kaufen Sachen, essen in den Restaurants, und so weiter und so fort. Es wird immer dunkler, und die Katzen gehen weiter ihren Geschäften nach. Nur dass es eben Nacht ist. Sie können im Dunkeln sehen. Das Mondlicht reicht ihnen. Und als die Sonne wieder aufgeht, schwärmen die Katzen alle wieder über die Brücke und verschwinden.

Der Mann beschließt, bis zur nächsten Nacht zu warten und zu schauen, ob die Katzen wiederkommen. In der Zwischenzeit isst und schläft er etwas. Und abends kommen die Katzen wieder. Er kann immer noch am nächsten Tag den Zug nehmen. Er fragt sich, wie die Stadt zur Stadt der Katzen geworden ist.

In dieser Nacht sagt aber eine Katze: ›Findet ihr nicht, dass es hier nach Mensch riecht?‹ – und da fangen die Katzen an, den Menschen zu suchen, denn sie sagen, kein Mensch könne je in die Stadt der Katzen kommen. Die Katzen organisieren sich in Suchtrupps, und jetzt sieht der Mann ihre großen Fangzähne und erkennt, dass sie ihre Krallen ausgefahren haben. Er verkriecht sich tief in einer Ecke. Es wird richtig gefährlich, und die Katzen nähern sich seinem Versteck immer mehr. Er bekommt Angst. Und als sie ihn eigentlich sehen müssten, riechen sie ihn zwar, entdecken ihn aber nicht. Sind ganz verwundert. Er scheint unsichtbar zu sein.

Am nächsten Morgen will er aus der Stadt verschwinden, aber der Zug fährt einfach durch. Er ist gezwungen, in dieser Stadt zu bleiben. Denn kein Zug hält je wieder in dieser Stadt. Und er muss einsehen, dass das nicht die Stadt der Katzen ist, sondern der Ort, wo er verloren gegangen ist. Es ist eine Welt, die extra für ihn gemacht ist, und er muss dableiben für alle Ewigkeit. Und es wird nie wieder ein Zug stoppen, der ihn zurück in seine eigentliche Welt bringt.«

Thomas beendet die Geschichte, und seine Zuhörer müssen sie erst mal sacken lassen.

»Das ist eine ganz schön merkwürdige Geschichte«, erkennt Dr. Beelitz an. »Vielleicht spielt die Rahmung eine Rolle. Also dass diese Geschichte einem senilen Mann vorgelesen wird. Eine metaphorisch gemeinte Umschreibung der Demenz, in der alle Menschen zu fremden Wesen werden, die keinen Zugang mehr zu dem Betroffenen finden können.«

Dann meldet sich Marion zu Wort: »Die Geschichte erzählt etwas über die Einsamkeit des Individuums. Die Nacht ist das Reich des Traums und des Albtraums, in dem man eine Wahrheit über die eigene Existenz vermutet. Die Katzen sind nur in der Nacht da. Wohin verschwinden die Katzen tagsüber? Sie verschwinden über die Steinbrücke!«

Thomas lächelt. »Genau diese Frage hatte Henry auf dem Herzen, als sie mir die Geschichte erzählt hat. Weder in der Geschichte noch in dem Buch wird diese Frage gestellt oder aufgeklärt. Und das hat sie sehr beschäftigt.«

»Kann ich verstehen. Das ist der Knackpunkt.«

»Ich hatte darauf keine Antwort«, sagt Thomas, »vielleicht schlafen sie außerhalb der Stadt. Auf einer Wiese.«

»Nein, das glaube ich nicht. Wieso sollten sie?« Marion lehnt sich zurück, »ich habe eine Theorie«, meint sie, und ein sanftes Lächeln umspielt ihre Lippen, sie streift kurz den Blick von Dr. Beelitz, »Katzen sind doch Gegenstand vieler mythischer Erzählungen. Sie sind zum Beispiel in Totempfählen geschnitzt. Man sagt, eine Katze kann zwischen den Welten wechseln. Zwischen Diesseits und Jenseits. Sie sind Teil einer alternativen Wirklichkeit, des Unbewussten, Symbolischen. Die Katzen sind tagsüber alle in der Realität, bei den Menschen, die in dieser Stadt wohnen. Und nachts wechseln sie in die Welt, in der die Stadt verwaist ist, in der dieser Mann gefangen ist. In die Stadt der Katzen. Sie sind dann quasi in der Blaupause ein und derselben Stadt. In einer Parallelwelt.«

»Dass diese Welt nur für diese eine Person gemacht worden ist«, meint Thomas, »hat der Autor von Kafka abgeschrieben. Die Türhüter-Parabel aus dem *Prozess*. Da erfährt der Mann auch erst am Ende, dass der Türhüter nur für ihn da steht. In jedem Fall läuft die Katzen-Parabel darauf hinaus, dass jedes Individuum in seiner eigenen Welt lebt und dass das gerade das Allgemeine ist.«

»Sicherlich spielt auch eine Rolle«, erkennt Dr. Beelitz, »dass die Hauptfigur als Mensch ohne Ziel beschrieben wird, der nur nach dem Lustprinzip handelt und deshalb keinen Halt in einer Gemeinschaft findet.«

»Wofür stehen Katzen in der Mythologie?«, fragt Klaukien.

»Für das Totenreich?«, fragt Marion zurück.

Dr. Beelitz schüttelt den Kopf. »Nein, glaube ich nicht. Sie sind Symbol für Selbstbestimmtheit, Freiheit und Intuition. Und für diesen Mann scheinen das wichtige Themen zu sein.«

Marion atmet ein, blickt an Thomas vorbei, dann resümiert sie: »Für Henry sicherlich auch.« Thomas stimmt nickend zu.

Klaukien hält sein Handy hoch. »Ich habe gegoogelt. ›Die Katze als Gestalt in Träumen erscheint dann, wenn die Beeinflussung durch Dritte oder Fremdbestimmung ein Thema ist. Sie steht für Aufbruch zu neuen Ufern, für Eigensinn, für Weiblichkeit und sexuelle Lust.«

Marion lacht: »Soso«, sagt sie, nun zu Thomas gewandt. »Und unsere Tochter ist jetzt in ihrer Stadt der Katzen.«

»Das war mir alles gar nicht bewusst«, bekennt Thomas.

»Also sind das alles Henrys Themen?«, fragt Dr. Beelitz.

Marion nickt, blickt mehr in sich hinein als die Psychologin an und sagt gedankenverloren: »Wie die Mutter, so die Tochter.«


Marion und Thomas haben nicht viel geschlafen. Aufgewacht waren sie von dem Sturmklingeln von Frank Klaukien. Kurze Zeit später fanden sie sich dabei wieder, wie sie das Haus verließen, aber umständlich durch den Hinterausgang. Der führte sie in den kleinen Hof, an den Mülltonnen vorbei auf das verwucherte Gartenstück, in dessen Mitte sich die vier Zäune der umliegenden Häuser treffen. Wie sie zu dritt über einen dieser Zäune kletterten und durch den Hintereingang des im Garten gegenüberliegenden Nachbarhauses gingen, an dem schon eine junge, ebenso übermüdet aussehende

Beamtin wartete. Für die Art von Journalisten, die ihre Existenzberechtigung mit Skandalen jeglicher Fasson verlängern, war es ein Leichtes, die Adresse der »Rabenmutter von Wilmersdorf« ausfindig zu machen. Drei Blätter haben die Polizeimeldung beinahe eins zu eins übernommen und auch das Phantombild von dem Autodieb und dem Entführer gedruckt. Ein Fernsehsender hat ein Kamerateam vor Marions und Thomas' Haustür geschickt, und der Pressevertreter, der sich ihren reißerischen neuen Spitznamen ausgedacht hat, parkt seit heute Morgen dort. Es ist keine große Meute, wie man sie aus dem Fernsehen kennt, rufende Fotografen und Blitzlichtgewitter. Aber Klaukien ist umsichtig genug, der Familie auch die kleine Schwester davon zu ersparen. Im Fachdezernat der Polizei angekommen, legte Klaukien ihnen die Zeitungsartikel vor. Mit einem ungläubigen Kopfschütteln überflog Thomas den Artikel, der seine Frau verunglimpfte. Marion aber zuckte nur mit den Schultern und bekannte:

»Sie haben ja nicht unrecht. Wenn man nur schwarz-weiß sieht, stellt es sich genauso dar. Ich bin die Rabenmutter von Wilmersdorf. Ich habe unsere Tochter im Auto gelassen.«

»Wenngleich Sie sie ja nicht vergessen haben«, fügte Dr. Beelitz hinzu, »diesen Umstand hat sich der Schreiber dazugedichtet.«

»Liegt ja auch nahe, sonst wäre es ja keine Schlagzeile.«

»Aber welche Mutter oder welcher Vater lässt nicht das Kind einfach mal im Auto schlafen, wenn es schon mal schläft?«

Dr. Beelitz schaut sich Marion und Thomas genauer an. Sie sitzen eng beieinander, Marion hat ein Bein über das andere geschlagen, stützt sich mit dem Ellenbogen auf dem Knie ab, den Kopf auf der Hand. Die andere ruht auf Thomas' Schenkel.

Beide beugen sich über einen der differenzierteren Artikel, der im *Tagesspiegel* erschienen ist. Dort beschreibt der Journalist, wie er jeden Morgen auf dem Weg mit seinem Sohn zum Kindergarten das Auto in zweiter Reihe vor einem Späti parkt, schnell reinspringt, um wie immer Kaffee, Zigaretten und Zeitungen zu kaufen. Und sich beim Wiederkommen manchmal dabei ertappt, den Motor laufen gelassen zu haben. Nie hat sich jemand darüber gewundert. Die Klimaanlage oder Heizung solle ja nicht ausgehen, sein Sohn sitze schließlich noch drin. Abschließen könne er den Wagen nicht, weil er den Gedanken, seinen Sohn wie in einem Gefängnis einzuschließen, abwegig finde. Und außerdem sei er sich nicht sicher, dass nicht die Alarmanlage anspringen würde, wenn er abschließe, sich aber sein Sohn im Wagen bewege. Schließlich verfüge das Auto über so eine Art Bewegungssensoren. Aber die Zeit, das ordentlich zu untersuchen, vielleicht gar in der Gebrauchsanweisung nachzuschlagen, habe er sich nie genommen. Er schiebt den Umstand, dass einer Mutter ihre Tochter mitsamt dem nicht abgeschlossenen Fahrzeug geklaut wurde, neben dem Täter einem anderen Schuldigen zu: dem Schicksal, das sich verantwortlich dafür zeichnet, die handelnden Figuren zur falschen Zeit zum falschen Ort gebracht zu haben.

Auf die Psychologin und Hypnotiseurin im Polizeidienst wirkt das Ehepaar sehr vertraut. Als hätten die Ereignisse der letzten Tage die beiden enger zusammengeschweißt. Und dieses Phänomen gibt es tatsächlich, das weiß sie. Während knapp neunzig Prozent der Paare, die einem Schicksalsschlag wie der Entführung des eigenen Kindes ausgesetzt sind, dem Druck nicht standhalten und sich trennen, erlebt der Rest eine gegenteilige Entwicklung.

Die Pixel der Aufnahme machen es unmöglich, Gesichter zu erkennen. Und so geben sie der Fantasie Spielraum. Marion schaut sich die Aufnahme auf Klaukiens Rechner an. Drei Gestalten in einem Einkaufszentrum zerstören eine Kürbispyramide und rennen lachend aus dem Bild. Marion nickt.

»Ja, das ist Henry.« Die Henry auf der Aufnahme macht nicht den Eindruck, gegen ihren Willen festgehalten zu werden. »Aber was hat sie da für eine Frisur?«, fragt Marion entgeistert. Ihr entgeht jedoch nicht, wie Henry nah an der Frau steht und diese den Arm um Henry legt, als der Mann über die Absperrung steigt, um einen Kürbis zu klauen.

»Diese drei Personen waren vorher bei dem Friseur im Gesundbrunnen-Center und in einem Nagelstudio. Es handelt sich um eine Frau und einen Mann Mitte/Ende zwanzig. Die Dame aus dem Nagelstudio hat das Phantombild wiedererkannt.« Klaukien atmet schwer aus und spürt Marion und Thomas gegenüber ein Mitleid, das er sich zu zeigen verbietet. Er beobachtet die zwei, die sich die Aufnahme erneut anschauen und ihre eigenen Schlüsse ziehen. Dann formuliert er vorsichtig eine Frage: »Welcher Ort wäre denn für Henry eine Stadt der Katzen?«

Marion und Thomas schauen ihn verwundert an und sind der Ratlosigkeit näher als einer Erkenntnis.

»Ich habe da eine Vermutung«, denkt der Hauptkommissar laut.

# 46

Nadja hat den Strunk rund herausgeschnitten und schaufelt mit einem Löffel Kürbisfleisch aus dem Inneren des Gemüses. Orangefarbene Krümel kleben ihr bis zum Oberarm, und selbst im Gesicht hat sie ein paar.

»Du siehst selbst aus wie ein Kürbis!«, sagt Henry, als sie in die Küche kommt und Nadja aus ihren Gedanken reißt. Nadja schreckt herum und lächelt, als der Schrecken nachlässt. Sie geht auf Henry zu und drückt sie an sich.

»Hello, Prinzessin.« Henry ist verdutzt ob der Tuchfühlung, auf die Nadja geht, und verwundert, wie gut sie tut. »Ich habe gehört, du hast gestern mit deiner Mama gesprochen?«

»Ja, genau. Wo ist Sven?«

Nadja nickt in Richtung Garten, und Henry entdeckt Sven draußen. Er hat das Gewehr in Einzelteile zerlegt. Ein Video auf seinem Handy weist ihm die einzelnen Schritte an.

»Was macht er denn damit?«, fragt Henry irritiert.

»Er sitzt da schon seit zwei Stunden und putzt das Ding.«

Die Herbstsonne steht tief, ist aber so warm, dass Sven seine Jacke geöffnet hat. Und wie Henry ihn da so sitzen sieht, durchfährt sie ein herrliches, ungewohntes Gefühl – so intensiv, dass sie platzen könnte. Ihr ist nach Tanzen zumute, Springen oder wild Herumrennen. Sie muss an letzte Nacht denken und dass Sven seinen Kopf auf ihre Schulter gelegt hat! Sie saßen da auf diesem Baumstamm, Sven hat vor Kälte gezittert und sie hat ihn mit ihrer Jacke umarmt. So haben sie auf die Ebene geschaut. In der Ferne zog ein Gewitter vorüber, dessen Blitze nur noch ein Wetterleuchten waren. Es war still, kein Lüftchen wehte. Friedlich und wie auf immer unveränderbar wie ein Ölgemälde gab sich die Landschaft dem hellen Licht der Sterne hin und versuchte den Anschein zu erwecken, dass die Zeit für diesen einen, kleinen, für die Welt unbedeutenden Augenblick angehalten war. Der Anblick erinnerte Henry an das Bild, das bei ihrer Großmutter über der Couch hing und unter dem sie so viele Stunden verbracht hat. Es zeigte eine nächtliche Landschaft, einen Hügel, einen Wald und einen Fluss, in dem sich der Mond spiegelt. Und dann hatte Sven seinen Kopf auf Henrys Schulter gelegt. Henry war wie erstarrt gewesen, nicht etwa vor Überraschung, sondern weil sie dachte, sie dürfe sich nicht mehr bewegen, weil es sonst Sven ungemütlich werden, oder er denken könnte, *ihr* wäre es ungemütlich oder sein Kopf würde ihr zu schwer werden, und er würde ihn wieder von ihrer Schulter nehmen. Und so verkrampfte sie sich, aber sie erfüllte ein Gefühl, das dem Lied mit den Flugzeugen im Bauch sehr nahe kam. Und dann fing auch sie an zu zittern, Sven nahm seinen Kopf von ihrer Schulter, schaute sie an. Henry versank für Sekundenbruchteile in seinen Augen, dann lächelte er verschmitzt und stand auf. Sie gingen rein, aber Henry hatte mehr das Gefühl zu schweben. Sie wünschten sich eine gute Nacht, er zog seine Jeans aus und wickelte sich in seine Decke ein. Henry ging in ihr Zimmer, um von der Stadt der Katzen zu träumen.

»Was guckst du denn so?«

Henry dreht sich zu Nadja, die noch immer mit einem Löffel den Kürbis aushöhlt. »Wie guck ich denn?«

»So in Gedanken.«

»Ich hab nur so was geträumt.«

»Ein Albtraum?«

Henry setzt sich an den Küchentisch und beobachtet, wie Nadja in dem großen Kürbis kratzt. »Nee, eigentlich nicht.«

»Ich glaube aber, ich habe was echt Krasses geträumt«, sagt Nadja dann und grinst von einem Ohr bis zum anderen.

»Echt, erzähl, was denn?«

»Dass wir drei zu einem Lied von so einem komischen Opa, der aussah wie ein Papagei, auf der Tanzfläche getanzt haben. Und zwar so −« Sie macht ihren Tanzstil nach, hopst wild durch die Küche, schüttelt ihren Kopf unkoordiniert. Da sie den Kürbislöffel noch in der Hand hält, verteilt sie das Fruchtfleisch quer durch die Küche. Sie sieht aus wie eine Schamanin, die um ein Lagerfeuer tanzt, um Geister anzulocken. In Trance oder auf Drogen. Oder beides. Henry muss lachen. Schlagartig stellt sich Nadja wieder an den Kürbis und redet ganz nüchtern weiter: »Das habe ich doch geträumt, oder?«

Henry nickt zustimmend: »Ja, jetzt wo du das sagst, ich habe das Gleiche geträumt.«

»Ist ja crazy. Wenn Frauen länger zusammenwohnen, synchronisieren sich nicht nur ihre Perioden, sondern auch ihre Träume. Ist doch gut. Dann hab ich nämlich auch nur geträumt, dass du kurz danach hinter die Bühne gekotzt hast.« Nadja grinst schelmisch. Henry schlägt sich die Hände vor den Kopf.

»Uuuh! Was für ein Albtraum.«

»Aber du hättest doch den Gin Tonic gar nicht trinken müssen!«

»Der war bestimmt nicht dran schuld.«

»Trinkst du sonst wirklich immer mal Alkohol mit?«

»Ich habe gespuckt, weil ich mich die ganze Zeit im Kreis gedreht habe beim Tanzen.«

»Du hast dir die Seele aus dem Leib gekotzt.«

Henry presst die Lippen aufeinander und nickt mit dem ganzen Oberkörper. »Ich trinke wirklich hin und wieder ein Schlückchen mit«, rechtfertigt sie sich.

»Nein?«, fragt Nadja in einem gespielt überzogenen Unglauben.

»Doch!«

»Ouh«, stößt Nadja einen tiefen Ton aus.

»Das war Louis de Funès!«, ruft Henry begeistert.

»Kennst du den?« Nadja ist ganz entzückt.

»Klar, den kennt doch jeder!«

»Nein, kaum jemand kennt den! Sven kennt den nicht.«

»Mein Vater hat mir die ganzen Filme gezeigt.«

»Ist ja cool. Ich glaube, du hast einen ganz coolen Vater!«

»Ja«, bekennt sie, »ich habe den tollsten Vater.«

»Ja? Wieso?«

Henry denkt kurz nach. »Ich kann mit ihm über alles reden. Und er versteht immer genau, was ich meine, ich muss gar nicht so viel sagen. Ich glaube, das ist eher Gedankenübertragung.«

Nadja schaut raus zu Sven.

»Was ist?«, fragt Henry.

»Ach. Das ist witzig. Weil … das mit Sven und mir ist auch so. Ich weiß ganz oft, was er sagen will, bevor er es ausspricht. Und ich schaue aufs Handy, zwei Sekunden bevor er simst oder anruft.«

Henry folgt ihrem Blick zu Sven, der gerade das Gewehr anlegt und durch das Zielfernrohr schaut.

»Und deine Mutter?«, fragt Nadja.

»Die ist nicht so. Mit der kann ich gar nicht reden, ohne wütend zu werden. Und sie wird auch immer wütend oder bestimmend.«

»Na, ist ja echt kein Wunder.«

»Wieso?«

»Ich weiß ganz genau, wie sie so ist«, lacht Nadja.

»Woher?«

»Ihre Schwester ist genauso«, Nadja schaut träumerisch wieder raus, »ich bin nur froh, dass Sven nicht so ist wie seine Mutter.« Dann schaut sie wieder zu Henry. »Und ich bin auch froh, dass du nicht so bist wie deine Mutter!«

Henry kratzt sich einen Kürbisrest von ihrem T-Shirt. »Ich auch!« Nadja macht einen Schritt auf Henry zu und gibt ihr einen Kuss auf den Scheitel. Was hat das nur, fragt sich Henry, mit diesen Küssen auf meinen Scheitel auf sich? Ist der so anziehend?

»Was willst du essen, Prinzessin? Ich kann Kürbissuppe machen oder auch Kürbis-Spaghetti-Soße.«

»Ja! Ich will Spaghetti!«

»Super, dazu brate ich noch rohen Schinken an. Und weißt du, was das Geheimnis meiner Kürbis-Spagse ist?«

Henry schüttelt erwartungsvoll den Kopf.

»Eine pürierte Mango dazu.«

»Wir haben einen Pürierstab, da unten.«

Henry zeigt auf eine Schublade, und Nadja folgt ihrem ausgestreckten Finger, öffnet die Schublade und kramt darin rum.

Henry schaut raus zu Sven. Er hat inzwischen aufgegeben, das Gewehr auf Vordermann zu bringen, und liegt der Länge nach auf dem Bauch zwischen Beeten. Moment, nein! Er liegt da nicht, er bewegt sich ruckartig auf und ab.

»Wieso … macht er da …?«

Nadja wirft einen Blick in den Garten und widmet sich wieder den Schubladen in der Küche. »Ach, der wieder. Der macht Liegestütze.«

»Aber wieso? Wieso dort?«

»Der macht das ständig, immer, wo er will. Es überkommt ihn plötzlich.«

Sven hat seine Jacke ausgezogen und trägt jetzt nur sein T-Shirt. Henry staunt nicht schlecht über seine Arme. Sein Trizeps tanzt im Einklang seiner Bewegungen hoch und runter. Sie schaut zum Himmel, und tatsächlich steht da noch der Mond, obwohl es schon Morgen ist. Und bei dem Anblick erfasst Henry eine Starre, ein Staunen, ihr Herzschlag setzt für einen Moment aus. Neben dem eigentlichen Mond schwebt noch ein zweiter, etwas oval geformter Mond am Himmel. Der zweite Mond aus dem Buch mit der Stadt der Katzen! In den Sekundenbruchteilen, in denen sie diesen zweiten Mond nun schon sieht, schnellen ihr Gedanken durch den Kopf, wirr und ungeordnet, liebevoll und beflügelnd. Der zweite Mond aus dem Roman war kleiner und nicht gelb, sondern moosgrün. Und irgendwie sogar als hässlich beschrieben. Es war ein komplett anderer, felsiger Himmelskörper. Dieser zweite Mond hier sieht jedoch genauso aus wie sein Original, die gleiche Farbe und auch die gleiche Anordnung der Krater, bis auf die Form, die eine andere ist – in der Längsachse in die Länge gezogen. Hier der runde Mond, dort der ovale. Der zweite Mond ist das Zeichen für die parallele Wirklichkeit, die andere Realität mit etwas anderen Vorzeichen – mal eine andere Vergangenheit, mal andere Gesetzmäßigkeiten. Eine Welt, in der Dinge geschehen, die sonst nur einem großen Zufall überlassen sind. Und die beiden Protagonisten treffen sich nach zwanzig Jahren wieder und dürfen sich neu verlieben. Auch sie, Henry, hat das Tor in die andere Welt durchschritten, denkt sie sich.

Die Illusion des Moments hält nur kurz. Doch die Erkenntnis, dass sie eine Schwelle überschritten hat, bleibt und hinterlässt ein wunderbares, erfüllendes Gefühl von Erhabenheit.

Und Erwachsensein. Henry ist in der nächsten Sekunde schon klar geworden, dass es sich nur um eine optische Täuschung handelt. Die alte, zweifache Fensterscheibe, durch die sie schaut, verdoppelt optisch den Mond und zieht die Kopie eigenartig in die Länge. Und wenn sie den Kopf bewegt, kreist der zweite Mond synchron mit ihren Bewegungen um den ersten, und wenn sie ihren Kopf von links nach rechts schaukelt, wird der Mond mal flacher, mal geduckter und mal ovaler. Es ist eine Täuschung, aber der Fakt an sich ist keine Täuschung und ändert für Henry nichts an der Situation. Sie ist jetzt in der anderen Welt. Und zwar in einer, die sie sich schon lange herbeigesehnt hat. Und das Zeichen, das sie mit einer höheren Macht, dem Universum oder wem auch immer, dafür vereinbart hatte, waren zwei Monde am Firmament. Und siehe da, das Zeichen ist da. Dies ist ihre Welt. Dies ist die Henrywelt.

Nadja hat im Haus weder Spaghetti noch Gemüsebrühe gefunden. »Habt ihr so was nicht?«

Henry macht ein Gesicht, das das Pendant zu einem Schulterzucken ist. Nadja fragt nach: »Seid ihr etwa eine dieser Familien, in denen es keine Kuhmilch, kein Gluten und kein Maggi gibt? Ohne Maggi wäre die Welt nur halb so schön.«

»Aber dann schmeckt doch alles gleich?«, versucht Henry eine Verteidigung.

»Ja, aber alles gleich gut!«

Den Wein aus dem Regal hier will Nadja nicht zum Kochen verwenden. Wer weiß, wie teuer der war! Und außerdem braucht sie noch eine Mango. Und so nimmt sich Nadja den BMW zum Einkaufenfahren. Sven erhebt nur leisen Einspruch. Nadja muss nur kurz in rascher Abfolge erst ihr ernstes Gesicht aufsetzen, mit dem sie sonst »*serious?*« fragt, um es kurz darauf in eine schmollende Lady-Di-Variante umschlagen zu lassen, Haupt gesenkt, Augen demütig, beinahe reumütig auf Sven geheftet. Zusammen mit der richtigen Körpersprache – ihre Hände, die schüchtern vor dem Bauch kneten, oder ihre Hüfte, die sie leicht zur Seite schiebt – schmilzt Svens Widerstand dahin. Und da Henry die Chance sieht, mit Sven alleine Zeit verbringen zu können, lehnt sie Nadjas Angebot ab, sie zu begleiten.

Dies ist einer jener Tage, an denen sich der Morgennebel nicht an die Tageszeit hält. Vielleicht ist er selbstverliebt, und wenn nicht, dann führt er eine Romanze mit der Herbstsonne. Erst ihre Zusammenkunft verwandelt diese Jahreszeit in die goldene Jahreszeit. Weder Henry noch Sven, der sonst nicht die größte Sensibilität in Sachen Romantik an den Tag legt, übersehen dieses stille Spektakel. Sie staunen nicht schlecht, wie sie da am Rande des weiten Kürbisfeldes stehen. Sven macht jedem Trapper aus dem Wilden Westen Konkurrenz. Die Flinte hält er am Ende des Laufs vom Körper auf Armeslänge, und die Schaftkappe lehnt er an seinen Schuh. Und mit Henry neben ihm wirken sie wie eine Neuauflage von Léon – Der Profi.

»Wir müssen das Nadja zeigen«, befindet Sven, ohne den Blick von diesem Naturschauspiel in Gold, Gelb und Kürbis lösen zu können. Henry hat nicht zu viel versprochen, direkt neben ihrem Grundstück erstreckt sich ein Feld mit unzähligen Kürbissen, die sich hervorragend zum Aushöhlen eignen. Große, gelborangene Kugeln, manche fußballgroß, andere über medizinballgroß. Sie ergießen sich bis über einen sanften Hügel, und das quasi bis zum Horizont. Der träge Nebel, der sich noch immer nicht aus der Senke zu lösen imstande sieht und es keine dreißig Zentimeter hoch vom Boden geschafft hat, zieht sich in dünnen Bänken über das Feld und hüllt die unteren Hälften der Kugeln in seinen Dunst. Stellenweise wirkt es gar, als schwebe das Gemüse auf einer weiten Wolke, wie bei Michelangelo im Apostolischen Palast. Sven spürt, dass er diesen Anblick nicht genießen kann, solange er ihn nicht mit der wichtigsten Person in seinem Leben teilen kann – Nadja.

»Und auf die willst du schießen?«, fragt Sven, noch immer von dem visuellen Schmaus gebannt.

»Ich dachte, besser als auf Dosen. Außerdem will nicht ich schießen, sondern du.«

»Wenn, dann schießen wir beide.«

»Wenn's das Ding überhaupt tut. Das wage ich ja noch sachte zu bezweifeln.«

Sven löst sich aus seinem Staunen und sucht die Patronen aus seiner Jackentasche. »So, du kleiner Pumpkin, jetzt staple mal ein, zwei Kürbisse aufeinander. So in zwanzig Metern da hinten.«

Kurze Zeit später liegen sie beide bäuchlings sorglos auf der nackten Erde, und Sven legt auf einen Kürbis an. Er macht es wie die Sniper in seinen Computerspielen. Er entspannt sich, horcht auf seinen Herzschlag, atmet aus, führt den Finger der rechten Hand vom Ring auf den Abzug, blickt durch das Zielfernrohr, das ihm über den runden Repetierverschluss entgegenragt und kurz vor der Kimme endet. Er atmet ein, um dann im nächsten Ausatmen, wenn die Lunge leer ist, seinen Finger krumm zu machen.

»Halt, halt, halt!«, ruft Henry. Sie rappelt sich auf und kommt ins Sitzen.

»Was ist?« Svens Stimme klingt sonderbar aufgeregt. Er blinzelt sie an.

»Ich meine … was, wenn das gefährlich ist?«

»Wie, gefährlich?«

Henry schaut auf den Kürbis.

»Das ist doch nur ein Kürbis«, interpretiert Sven ihren Blick falsch.

»Ja, aber ich meine, wenn es explodiert. An deiner Wange.«

»Das Gewehr?«

Henry nickt eifrig.

»*No risk, no fun.*« Sven widmet wieder sein rechtes Auge dem Zielfernrohr.

»Nein, wirklich. Dann bist du tot.«

»Dann ging's wenigstens schnell.«

Henry schaut ihn erschrocken an. Sven legt nach:

»Und ich sterbe dann an der Seite einer wunderschönen Frau.«

Henry schluckt ihr Lächeln runter und legt sich wieder auf den Boden neben ihn.

»Jetzt lass mich in Ruhe aimen.«

»Pff …«

»Ruhe jetzt, und chill mal. Ich schieße jetzt. Drei, zwei, …« Sven atmet aus, macht den Finger krumm, und … der Karabiner 43 gibt außer dem mechanischen Klacken des Abzugs kein weiteres Geräusch von sich, ganz zu schweigen von einem Knall oder einer davonrasenden Kugel. Die Ballistik lacht sich ins Fäustchen und lehnt sich fürs Erste entspannt zurück. Das einzige Geräusch, bevor Sven laut zu fluchen anfängt, mag von den 300 Kürbissen nahe der Schusslinie kommen, die erleichtert aufatmen.

»Verdammte … verfickte … Scheißkacko!« Er richtet sich auf und mustert das Schießeisen in seiner Hand.

Henry muss laut lachen, lacht und lacht ihre ganze innere Spannung heraus. Sven schaut sie erbost an. »Was gibt's denn da zu lachen?«

»Ich dachte wirklich, es klappt. Und ich habe mir beinahe in die Hose gemacht vor Angst!« Sie muss noch immer lachen. »Und was genau ist ›verfickte Scheißkacko‹?«

»Du bist auch immer so eine Schlaumaus, Digga, oder?« Sven ist nicht mehr ganz so wütend und muss selbst lachen.

»Allerdings.«

»Noch mal, aller guten Dinge sind zwei.«

Sven legt sich wieder auf den Bauch, und dann bringt sich Henry in Position. Ihr soll's egal sein, ob das Ding losgeht oder nicht, nur wenn, dann bitte geradeaus und nicht direkt im Gewehr selbst. In Romanen kommt es oft genug vor, dass Pistolen beim Schuss in der Hand des Schießenden explodieren. Und wie sie da so liegt, schickt sie ein Stoßgebet zu irgendwas Göttlichem, das gerade in der Nähe ist, und sei es an den Gewehrgott. Dies ist die Welt mit den zwei Monden. Und Henry liegt im Matsch auf dem Boden, dicht an Sven dran. Ihre Körper berühren sich. An der Schulter. Und den Oberarmen. Nun gut, durch verschiedene textile Schichten. Und, dafür hat Henry gesorgt, die Seitenkanten ihrer Schuhsohlen berühren sich ebenso. Henry ist dem, was man wohl landläufig »Geschlechtsverkehr« nennt, noch nie so nahe gekommen wie in diesem Moment. Sie guckt geradeaus zu dem Kürbis, der in ungefähr zwanzig Metern vor ihnen auf seinem Artgenossen steht. Denkt aber an Svens lange Wimpern, sie denkt an seine vollen Lippen, die so ein entzückendes Lächeln formen, an seine grünen Augen – hat er eigentlich einen leichten Silberblick? Sie denkt an seine Haare, die immer so aussehen, als hätte er sie eine Stunde lang vor dem Badezimmerspiegel mit mattem Wachs in Form gebracht. Sie denkt an den Arm, der das Gewehr stützt, und an die Adern, die an diesem Arm entlangführen. Sie denkt an den anderen Arm, dessen Zeigefinger auf dem Abzug liegt.

Und Henrys Gedanken machen sich selbstständig, und wie eine Horde Zwerge gehen sie auf Wanderschaft. Und ohne dass sie das selbst so genau hätte beschreiben können, marschieren ihre Gedanken über Svens Finger zu dem Abzug, dann an der Zubringerfeder des Karabiners entlang zum Hülsenzapfen und hinauf zu der Patrone, die passgenau im Laufmund liegt, direkt dadran der Hülsenkopf, und dahinter wartet gespannt der Schlagbolzen, der sich, länglich geformt, nach vorne verjüngt und, angetrieben von der Schlagbolzenfeder, in die Patrone zu schnellen, mehr als bereit ist.

Und von oben betrachtet, aus der Perspektive des Irgendwas-Göttlichen, an das Henry das Stoßgebet gerichtet hat, liegen da zwei Personen auf dem Boden, die eine noch fast ein Kind, die dennoch am liebsten nicht *neben* der anderen Person läge, sondern *darunter*. Und da, ohne großes Zutun dieses Irgendwas-Göttlichen und auch ohne dass die zwei Monde viel dafür könnten, passieren folgende Dinge gleichzeitig:

Der Abzug des Karabiners 43 enthakt zum ersten Mal seit 76 Jahren, acht Monaten, neun Tagen, drei Stunden und 14 Minuten den Scherbolzen, und dieser schießt, von seiner gespannten Feder getrieben, in das Zündhütchen, das in der Glocke der scharfen Patrone sitzt. Diese schnellt aus dem Lauf in Richtung der erschreckten Kürbisse. Der Knall tut Sven mehr weh als der Rückstoß, der schon durch den Hülsenzapfen im Gewehr gedämpft wird. Nicht jedoch der Knall, und für die nächsten neunzig Minuten hört Sven nur noch ein Pfeifen auf dem rechten Ohr.

Henry schreit auf und schreit auch noch, als der Knall den Kürbis passiert, den die Patrone trifft. Dieser nämlich reichert kurzzeitig den golden-romantischen Nebel mit einer Wolke aus püriertem Fruchtfleisch an, das sich dann mit einem Geräusch, als würden fünf Kilo Tomaten nach dem Wurf aus dem fünften Stock unten auf dem Asphalt aufkommen, in einem Radius von fünf Metern um seinen bisherigen Aufenthaltsort verteilt.

»Huuuhuuuuuu!«, grölt Sven. »Das war genial! Den hab ich gehittet, Digga.« Er schaut zu Henry, die bewegt aber nur den Mund und schaut ihn fragend an. »Was?«

Wieder bewegen sich die Lippen von dieser süßen Person, die aussieht wie seine Freundin in Klein. Aber jetzt ist ihm, als machte er in diesem akustischen Unterwasserbecken, in das seine Gehörgänge nach dem Schuss abgetaucht sind, ihre dünne Stimme aus. Wieso wirkt sie so erschrocken? Er schaut zu den Kürbissen, von denen der eine seine interzellulare Struktur schlagartig umdisponiert hat. Svens Hochstimmung wird nicht mal durch seine in fiepsiger Aufruhr befindlichen Trommelfelle gedämpft. Wieso deutet Henry in die entgegengesetzte Richtung vom zerplatzten Kürbis? Sven folgt ihrem Arm, und was er sieht, bringt ihn dazu, wieder auf Tuchfühlung mit dem dreckigen Unterboden zu gehen. Und als ob sie das nicht auch schon längst selbst täte, presst er mit der Hand Henrys Körper zu Boden. Er hebt den Kopf und sieht sie wieder: Blaulichter. Zweifellos die eines Polizeiautos. Sie sind zwar nicht an und blinken, bewegen sich aber schnurstracks die Straße entlang zur Einfahrt der »Stadtstraße Nummer 3«. Henry und er beobachten, wie das Auto zu dem Angermeier'schen Hof einbiegt. Und als sie außer Sichtweite sind, sprinten sie los zum Gebäude.

»Ist Nadja noch weg?«, brüllt Sven flüsternd über seine Taubheit hinweg. Er hört ihre Antwort nicht, aber woher soll sie das auch wissen? Durch eine stabile Mauer aus Rhododendren spähen sie Richtung Haupteingang, und dort steht zu beider Erleichterung kein BMW.

Sven will wieder losrennen, Henry hält ihn zurück. Sie sagt etwas, aber Lippenlesen hat Sven eindeutig nicht von dem Gewehrknall gelernt. Er versucht, sich mit ruckelnden Bewegungen der kleinen Finger in seinen Ohren den Gehörgang zu reinigen. Henry zieht die Schultern nach oben und macht mit den Armen und Händen eine Geste, um auszudrücken:

»Was sollen wir jetzt machen?«

»Wir müssen alle Hinweise auf uns verstecken.«

Die gleiche Geste, nur in ihrer Intensität um dreißig Prozent verstärkt.

»Na, das, was sie durch die Scheiben sehen können. In der Küche, den Kürbis, den Topf und so weiter.« Henry presst ihm ihre Hand auf den Mund. Sie registriert, wie weich sich seine kalte Gesichtshaut auf ihrem Handteller anfühlt.

Das Polizeiauto parkt vor dem Haupteingang, und zwei Beamte steigen aus, ein Mann und eine Frau. Der Mann sucht nach einem Klingelknopf, und als er keinen findet, klopft er.

Bevor Henry noch mehr Gebärdensprache bemühen kann, flitzt Sven schon Richtung Terrasse, Henry folgt ihm.

Sie drücken die Tür auf, die nur durch einen Schnapper verschlossen ist. Und verriegeln sie schnell. Während Henry in ihr Zimmer huscht und dort hektisch das Bett zu machen beginnt, räumt Sven in aller Eile die Küche auf. Es klopft erneut, was nur Henry hört, und wie sie so die Tagesdecke über das Bett zieht, erstarrt sie. Draußen schiebt sich die Gestalt der Polizistin vor das Fenster. Noch bevor diese die Hände zur Abschirmung von Spiegelungen ans Gesicht hält und in den Raum spähen kann, ist Henry mit einem Satz neben dem Fenster und, so hofft sie, außerhalb des Sichtkegels der Polizistin. Henry presst sich an die Wand, und dann sieht sie, wie der Polizist seine Kollegin überholt und sie Richtung Terrasse gehen. Henry schleudert ihren Rucksack samt Sachen unter das Bett und sprintet in die Küche, wo sie Sven, der sie nicht kommen gehört hat und sich bis ins Mark erschreckt, dazu bringt, sich mit ihr rechtzeitig hinter den Küchenblock zu ducken. Und wie sie dort kauern, steht ihnen der Schrecken in den Gesichtern, in den sich der Reihe nach Unglauben ob ihrer Situation und dann abenteuerliches Amüsement mischen.

Henry spürt Svens Atem. Er ist so dicht an ihr dran, dass sich ihre Gesichter an der Stirn berühren. Sein Arm liegt auf ihrer Schulter, presst sie gleichzeitig in Deckung wie an sich heran, wie Fußballer, die sich auf den Anpfiff einschwören. Henry schaut ihm in die Augen, und diese verschwimmen zu einem grünen Farbmatsch.

Sven kann nicht viel hören, verdammte Scheiße. Die 48 000 Härchen in seinen Innenohren spielen noch immer ein Heavy-Metal-Konzert. Wo hat er sie da nur hineinmanövriert? Es ist quasi unmöglich, hier wieder heil herauszukommen. Entspricht es nicht seiner Natur, sieht sie nicht für solche Augenblicke vor, ihn ausflippen zu lassen? Hat sie ihn nicht mit einem Temperament ausgestattet, das ihn nicht mehr ruhig schlafen lassen würde? Seine Gelassenheit überrascht ihn selber. Er fühlt sich so gut wie schon lange nicht mehr. Nein, denkt er nach, er fühlt sich besser denn je. Er vertraut. Ihm hätte nichts Besseres passieren können, als Henry unabsichtlich zu entführen. Beziehungsweise: als dass Henry sich absichtlich entführen ließ. Dieses Mädchen ist eine Wucht! Sie ist wie das fehlende Glied zwischen Nadja und ihm. Sie ist, was ihnen gefehlt hat. Womöglich schon immer. Er will sie nie wieder hergeben. Und gerade jetzt, hier hinter dem Küchentresen, sich vor den Blicken der Polizisten wegduckend, fühlt er sich wie ein Kind auf Abenteuerfahrt. Er muss aufpassen, nicht laut aufzulachen vor Aufregung. Freude. Liebe. Vertrauen.

Henrys Gesichtsausdruck verändert sich. Sie schaut nicht mehr auf die Weise verschwörerisch wie eben. Aus dieser Nähe ist es schwer, menschliche Emotion nur vom Gesichtsausdruck zu lesen, merkt Sven. Aber eindeutig sieht es nach nichts Gutem aus.

»Was ist?«, versucht er, ihr zu signalisieren. Und jetzt kriecht sie um die Ecke und bedeutet ihm, mitzukommen. Sind die Polizisten weg? Er macht Anstalten aufzustehen, wird aber von ihr heruntergerissen. Aber in der Millisekunde, in der sich sein Sichtfeld über den Küchenblock erweitert, sieht er, dass die Polizisten die Terrassentür öffnen und hereinkommen. Wo haben die den Schlüssel her? Bestimmt von Henrys Eltern. Die hatten ihn mitgenommen, daher haben sie ihn auch nicht gefunden. Er schleicht hinter Henry her ins Wohnzimmer. Was macht sie denn da? Mit flinken Bewegungen ordnet sie Svens Schlafstätte und schleicht in den Flur.

Das kann doch nicht sein! Henry wird erst von einem Geräusch, dann einer mulmigen Vorahnung, die in eine Gewissheit umschlägt, aus ihren träumerischen Betrachtungen von Svens Gesicht gerissen. Die Polizisten haben einen Schlüssel! Henry krabbelt rückwärts aus der Küche heraus und bedeutet Sven, ihr zu folgen. Der rafft erst mal nichts und richtet sich doch tatsächlich auf! Er kann immer noch nichts hören, sonst wäre er nicht so doof …

»Hallo?«, ertönt die Stimme der Polizistin.

»Das sollten wir jetzt nicht machen. Es ist nicht mal Gefahr im Verzug.«

»Unser Auftrag lautet sicherzustellen, dass niemand hier ist. Und sonst hätte er uns ja nicht verraten, dass der Schlüssel unter der Fußmatte klebt.«

Henry verdreht die Augen. Wie blöd sind sie gewesen? Dass sie den Schlüssel nicht gefunden haben! Aber es stellt sich jetzt als ihr Glück heraus, denn sonst hätten sich die Polizisten gewundert, wieso der Schlüssel nicht an Ort und Stelle ist.

Was sollten sie jetzt machen? Sich unter dem Gästebett verstecken? Mit zwei schnellen Handgriffen legt sie Svens Wolldecke, unter der er geschlafen hat, grob zusammen und schüttelt das Kissen auf. Sven drückt sie in den Flur, und sie sieht im letzten Augenblick, dass der Beamte in ihre Sichtachse tritt. Wenn jetzt die Frau durch die Verbindungstür kommt, die direkt in den Flur führt, sind sie geliefert. Panik steigt in Henry auf, und sie will Richtung Gästezimmer schleichen, da öffnet die Polizistin tatsächlich besagte Tür, und das Licht fällt in den Gang wie eine Verheißung. Henry sieht schon den Schatten, da zieht Sven sie in die entgegengesetzte Richtung, weg vom Gästezimmer. Aber wieso? Da ist doch nichts. Bis auf die Eingangstür, aus der er sich durch einen Minimalspalt herausschält, direkt gefolgt von Henry, und die Tür so leise wie möglich zuzieht. Wenn ihnen das Glück hold ist, hat die Polizistin nichts bemerkt. Dennoch nehmen die zwei jetzt ihre Beine in die Hand. Henry will die Auffahrt hinunterrennen, auch um Nadja zu warnen, falls sie bald vom Einkaufen wiederkommt. Aber Sven holt sie ein und zieht sie in die Scheune. Dort angekommen, haben sie endlich Gelegenheit, durchzuatmen. Beide stützen sie sich mit den Händen auf ihren Knien ab und saugen gierig nach Luft. Ein Kiekser lässt Henry aufschauen, und da bemerkt sie, dass Sven nur mühsam ein Lachen unterdrückt. Und auch sie wird geschüttelt von dem Adrenalin im Blut, posthysterische Aufgeregtheit ringt mit Wahn, die ganze Energie macht sich durch einen Lachimpuls Platz. Und gleichzeitig fühlt sie sich Sven so nah.

Durch einen Spalt zwischen den Brettern beobachten sie, wie die Polizisten ins Freie treten. Der männliche geht zum Auto und will sich schon reinsetzen, da blickt die weibliche auf die Scheune.

»Schei…«, entfährt es Sven. Sie schauen wie gebannt durch den Schlitz, und müssen sehen, wie die eine was zum anderen sagt, dieser dann nicht einsteigt, sondern stattdessen die Autotür wieder schließt und sie gemeinsam Richtung Scheune gehen. Haben sie sie bemerkt? Können sie sie sehen? Beide haben offenbar gleichzeitig diesen Gedanken, denn sie treten schlagartig von der Scheunenwand weg. Sie schauen sich um. Wo verstecken? Und schon klettert Sven behände und so geschmeidig, dass er nicht ein einziges Geräusch verursacht, die Leiter hoch zum Heuboden. Henry tut es ihm nach, und als sie oben ist, zieht Sven leise die Leiter rauf. An der Scheunentür wird gerüttelt und dann geschoben. Und diesen Moment nutzen die zwei, sich tiefer in den Heuboden zu bewegen, wobei sie darauf achten, nur auf die dicken Stützbalken zu treten. Sven geht mit großen Schritten auf die Luke zu, die noch offen steht, und während sich die Polizisten vorne an das Halblicht in der Scheune gewöhnen, schließt Sven hinten leise rieselnd die Klappe.

Sven hält den Atem an, als er durch die Spalten in den Planken die Bewegungen der Polizisten ausmacht. Er verflucht sich, dass er immer noch Gehörgänge aus Watte hat. Die Polizisten schreiten durch die untere Ebene, und weder er noch Henry bewegen sich auch nur einen Millimeter. Beide stehen sie da wie zu Salzsäulen erstarrt, schauen sich an. Sven deutet mit einer Geste auf seine Ohren an, dass er immer noch nichts hören kann. Henry macht eine Geste à la ›entspann dich, abwarten‹. Und da sieht er an dem sich verringernden Licht, dass das Scheunentor zugeschoben wird. Er blickt Henry fragend an, und diese nickt und zeigt mit dem Daumen nach oben. Noch einen kleinen Moment stehen sie so da, bis sie sich endlich der Erleichterung erlauben, ihre Glieder aus der Starre zu lösen. Sie schleichen zu einem kleinen, schmutzigen, beinahe milchigen Fenster und sehen gerade noch, wie das Polizeiauto davonfährt. Henry jauchzt auf, sie klatschen sich ab, und Henry fällt Sven um den Hals. Sie drücken sich, doch jetzt nimmt Henry erst wahr, wie es hier oben aussieht. Sie löst sich von Sven.

»Wow«, entfährt es ihr voller Überraschung.

»Warst du noch nie hier oben?« Sven spricht noch immer deutlich lauter als normal. Henry schüttelt nur den Kopf. Die obere Ebene ist mit uralten Möbeln eingerichtet wie ein kleines, gemütliches Oma-Wohnzimmer. Eine alte, aber gut erhaltene Ledercouch neben einem Bücherregal. Die Buchrücken sind in dunklen Tönen, beinahe wie angegraut, und wirken sehr alt. Henry macht einen Schritt darauf zu und liest Titel von Oskar Maria Graf – *Der Abgrund* und *Anton Sittinger*; *Der Wehrwolf* von Hermann Löns, der *Taugenichts* und Novellen und Gedichte von Eichendorff, Novellen und Märchen von Mörike, Novellen von Theodor Storm, *Soll und Haben* von Freytag, ein angegilbter Bildband namens *Dürer und seine Zeit*, eine Sammelreihe mit dem Titel *Erbgut des Mittelalters*, außerdem das Wilhelm-Busch-Buch, *Brehms Tierleben*, *Der kleine Brockhaus*. Es fehlen auch nicht die *Buddenbrooks*.

»Hier gibt es Bücher, Digga«, meint Sven, während er ›Bücher‹ überdeutlich spricht und nimmt sich eins heraus mit dem Titel *Deutsche Bildhauer der Gegenwart* von Hentzen, stellt es wieder zurück. »Ich kann die Schrift nicht mal lesen. Hier, das hier ...«, zieht eines raus, »zoti ... was ist das für 'ne Sprache? Aus welchem Land kommt das?«

»Das ist Sütterlin«, erkennt Henry.

»Nie gehört.«

»Das ist die altdeutsche Schrift.«

»Und was steht da? Kannst du das lesen?«

Henry guckt sich die Buchstaben an und erinnert sich, dass sie Sütterlin vor zwei Jahren im Kunstunterricht durchgenommen haben und sie daraufhin mit ihrer Oma zwei, drei Briefe gewechselt und sich gefreut hatte, dass ihre Mutter die nicht entschlüsseln konnte. »*Botanisches Handwörterbuch* steht da.«

»Die sind richtig alt. Wem gehören die?«

Henry hat nicht die geringste Ahnung. Sven fragt weiter:

»Gehören die deinem Vater?«

»Ich habe diese Bücher noch nie gesehen.« Sie schaut sich nun aufmerksam in der kleinen Gaube um. »Ich habe diese ganzen Teile hier noch nicht gesehen«, und deutet auf einen Puff, der an der Couch steht und offenbar dafür gedacht ist, die Beine darauf abzulegen. Er ist aus beigem und rotem Leder zusammengenäht und hat auf der Oberseite ein Pferdemotiv eingestickt. Daneben steht eine großbauchige Lampe mit einem ausladenden Lampenschirm auf einem goldfarbenen, runden Kupfertisch. Die Tischplatte ist mit etlichen Ornamenten versehen. Daneben steht aus ebenso glänzendem Kupfer eine alte Teekanne, wie sie Henry in der Türkei gesehen hat.

»Hier habe ich das Gewehr gefunden«, und Sven zeigt auf ein Regalbrett, das jetzt bis auf ein paar Fotos in Aufstellrahmen leer ist. Sie schaut sich die Fotos an. Auf einem ist in angegilbtem Schwarz-Weiß eine Schulklasse abgebildet. Eines zeigt einen Mann an einem Münzfernsprecher, er hat den Hörer am Ohr und lächelt verliebt. Er trägt eine Wehrmachtsuniform. Darunter steht in alter Handschrift: »Teddy spricht mit Dorle«. Die beiden anderen zeigen drei Jungs und ihre Mutter in Schwarz-Weiß. Auf einem sind sie jünger, auf dem anderen schon in Henrys Alter. Sie tragen Lederhosen mit Hosenträgern, karierte Hemden. Die Mutter eine dunkle Bluse und ein Seidentuch zum Schal gebunden. Alle drei schmiegen sie sich an ihre Mutter, und diese hält ihrerseits die drei Jungs im Arm. Das Bild übermittelt Henry ein Gefühl von Liebe und Geborgenheit.

Auf der anderen Seite des Regals lehnt eine Farbfotografie, ein Abzug ohne Fotorahmen, an der Wand. Sven nimmt sie sich.

»Wer ist das?«

Henry schaut zu ihm rüber. »Das ist mein Vater!«, sagt sie verwundert, »und den anderen Typen …«

»Ist das dein Opa?«

»Nein, den kenne ich nicht. Keine Ahnung.« Henry schaut sich das Foto genauer an. »Das ist hier auf dem Hof! Ich glaube, das ist der Vorbesitzer. Mein Vater hat sich mit dem angefreundet.«

»Wo ist der jetzt?«

»Tot. Wir durften den Hof erst übernehmen, als der gestorben ist.«

»Ist aber etwas krass, Digga«, urteilt Sven. Henry geht nicht drauf ein, sondern lässt den Raum auf sich wirken.

»Ist richtig gemütlich, was er hier draus gemacht hat.«

»Und du wusstest gar nichts hiervon, ja?«

Henry schüttelt den Kopf. »Nichts. Wahrscheinlich sind das die ganzen Sachen von dem Opa, der hier gelebt hat. Irgendwie komisch, dass mein Vater die Sachen nicht weggeschmissen hat.« Sie schaut sich kleine Figürchen an, manche aus Ton, andere aus Porzellan, keine größer als zehn Zentimeter. Ein Seemann mit Bart, Pfeife und einer blauen Mütze; eine kleine Maus mit Besenborsten als Nasenhaare, die auf ein 2-Mark-Stück geklebt ist; ein gläsernes Pferd, das sich aufbäumt und auf seinen Hinterbeinen und seinem Schweif steht, darunter ein Aufkleber, auf dem steht: *Böhmische Glasmanufaktur.*

»Hierhin hat er sich zurückgezogen.« Ein Buch liegt auf einem nierenförmigen, hölzernen Beistelltisch mit drei Beinen und Kupferbeschlägen daran. »Hier sitzt er und liest.«

»Hier hat man ja auch seine Ruhe.«

»Ja, zum Beispiel vor seinen Frauen, die sich dauernd streiten.«

»Frau*en*?«

»Na ja, meine Mutter und ich.«

»Ach so. Streitet ihr viel?«

»Kann man sagen.«

»Und laut?«

»Keine Ahnung. Ja. Mein Vater …«, Henry setzt sich in einen übergroßen Ledersessel, der aussieht wie ein sehr dicker Mann, »… er ist doch eher ein ruhiger Typ. Redet nicht sooo viel. Und wenn sich meine Ma wieder über irgendwas aufregt, bleibt er immer ganz gelassen. Und meistens macht sie das nur noch viiieel …« Ein Geräusch lässt Henry aufhorchen. Ein Automotor. »Scheiße, ist das wieder die Polizei, oder ist das …«

»Nein, ich erkenne den Sound. Das ist ein BMW.«

Beide hasten sie jetzt zu dem kleinen milchigen Fenster, um rauszuschauen, stoßen aber mit den Köpfen aneinander. Sie müssen lachen, während sie sich die Köpfe reiben. Da sehen sie das Auto und hinter dem Steuer Nadja.

Sven lässt die Leiter herab, ist mit zwei Sätzen auf dem Boden, dreht sich um, um Henry zu helfen, die aber seine hingehaltene Hand ignoriert. Dann stürmen sie beide aus der Scheune auf Nadja zu. Und als diese aussteigt, weiß sie nicht, wie ihr geschieht. Beide umarmen sie stürmisch.

# 47

Zwei Monde am Himmel, einer hell und vertraut, der andere kleiner, grün, aber in maßloser Selbstverständlichkeit am Firmament. Thomas steht in der nächtlichen Bamberger Straße, es ist bald Winter, doch ist ihm nicht kalt, den Kopf im Nacken und den Blick auf die zwei Monde. Und ihm schießt durch den Kopf: Henry hat recht. Er sollte ihr mal mehr zutrauen.

An diesem Morgen, direkt nach der nächtlichen Sichtung der zwei Monde, wacht Thomas auf, und die Welt hat schlagartig ihre Gravitationskraft verdoppelt. Mit einiger Anstrengung schleppt er sich ins Badezimmer, und dort blickt ihm aus dem Spiegel eine Gestalt entgegen, die vertraut, ihm aber heute Morgen doch ganz und gar unbekannt ist. Die Schläfen längst grau, das Gesicht mager. Die Falten, denen er nie mehr als gleichgültige Missachtung geschenkt hat, lenken jetzt den Blick von seinem Gesicht weg, statt es einzurahmen und ihm Charakter zu verleihen. Der Griff zur Zahnbürste wird zur Hürde. Er fühlt sich wie ein Leser, der tagsüber den Erzählkosmos des guten Buches vermisst, das er beim Einschlafen liest. Ihm fehlt etwas. Mit dem Blick in den Spiegel schaut er in sich hinein, stöbert umher, stapft durch die unwirtlichen Tundren männlicher Emotionen und kommt letztlich zu dem Gefühl des Vermissens, das sich wie ein Bergmassiv vor ihm erhebt. Er sehnt sich schmerzlich danach, seine beiden Frauen um sich zu haben.

Der Verlust von Jürgen, dem Vorbesitzer des Bauernhofs, hat ihn verändert. In Jürgen hatte er einen Freund gefunden, der ihm in kurzer Zeit ans Herz und in die Seele gewachsen war. Als habe er sein Leben lang nur darauf gewartet, Jürgen zu begegnen und ihn letztlich zu beerdigen; und sein Tod war kein Verlust, sondern eine Befreiung. Der Abschied war heilsam und kittete etwas in Thomas, das nie zusammengewachsen war. Jürgen war Thomas, der selbst ohne Vater aufgewachsen war, nicht nur ein Freund, auch ein Mentor. Und dem Küchenpsychologen in ihm war klar: ein Vaterersatz. Ganz dem Wunsch von Jürgen entsprechend, fand die Beerdigung unauffällig statt, nur der Pfarrer und Thomas. Er wurde eingeäschert und anonym in dem Wurzelwerk eines Urnenbaums auf dem städtischen Friedhof vergraben. In unmittelbarer Nachbarschaft seiner Brüder und seiner Mutter, die die Familie durch Schwerstarbeit im Torf durch die Nachkriegszeit gebracht hat. Das hatte sie zäh und beinahe hundert werden lassen. Thomas weinte Jürgen am Tag seiner Beisetzung nach, er weinte um ein Leben, das so lang war und doch so klanglos zu Ende ging, er weinte um den Freund, dem er versprochen hatte, das Leben auf dem Bauernhof weiterzuführen. Und er weinte auch um sein eigenes Schicksal, weinte vor Angst und Scham, dass auch er irgendwann so klanglos von der Welt gehen würde. Er richtete sich den Boden der Scheune ein, den er für sich nur »die Kammer« nannte. Und in diese zog er sich fortan zurück, wann immer er den zankenden Frauen entkommen oder sich näher sein wollte. Eine gesunde Form des Egoismus, auch wenn es anderen wie eine Flucht vorkommen mochte.

Und in diesem Moment und ohne dass er weiß, wie ihm geschieht, wird er von einem Gefühl von Liebe gebeutelt, das so überbordend ist und das er nicht zu kanalisieren weiß, Liebe für seine Frau und seine Tochter – Thomas' Gedanken wandern zu dem seltsam realistischen Traum mit den zwei Monden – sodass er einen tiefen und unendlich ehrlichen Seufzer abgibt. Er putzt die Zähne, rasiert sich und startet in den Tag.

# 48

Zunächst dünstet Nadja in Olivenöl und auf geringster Flamme drei kleine, rote, in Würfel geschnittene Zwiebeln und zwei gehackte Knoblauchzehen. Dabei rührt sie die Gemüsebrühe an, indem sie in kochendem Wasser drei Instantbrühwürfel auflöst, dann schneidet sie das Kürbisfleisch in kleine Quadrate und gibt es zu den Zwiebeln. Sie dreht das Gas etwas höher, und das Brutzeln nimmt sogleich zu. Regelmäßig schichtet sie das Innere des Topfes um. Die Küche wird von einem angenehm weichen, beinahe sahnigen und doch fruchtigen Duft erfüllt, der von dem Kürbis kommt und den Zwiebelgeruch nach und nach überdeckt. Henry ist entzückt. Sie schaut Nadja, die wie eine Magierin durch die Küche wirbelt, mit großen Augen zu. Sie denkt an Marion, die nicht wirklich kochen kann, und wenn sie es tut, ist es unspektakulär und wirkt immer wie eine lästige Pflicht.

Während der Kürbis vor sich hin brutzelt, erhitzt Nadja eine Pfanne, in der sie erst Pinienkerne anröstet, dann dünne Scheiben rohen Schinken krustig anbrät. Zu dem Kürbis gibt Nadja möglichst schnell die in kleine Stücke geschnittene Mango und lässt sie andünsten. Wenn das Kürbisfleisch gut durchgebraten ist – es darf ruhig etwas braun werden, dann gibt es eine rauchige Note, erklärt sie Henry –, löscht sie das

Ganze mit der Gemüsebrühe ab, wahlweise auch schon mit einem Schluck Weißwein, und gießt dann die gesamte Menge Flüssigkeit hinzu. So köchelt es noch eine Weile vor sich hin, und Nadja vergisst nicht, es anständig zu würzen: Salz und Pfeffer, versteht sich. Muskat, Thymian und die Prise Zucker darf Henry dazugeben. Außerdem kann Nadja, wenn sie denn mal kocht, nie auf Crème fraîche verzichten. Schon ihre Oma, bei der sie aufgewachsen ist, verrät sie Henry, hatte stets mehrere Packungen im Kühlschrank.

Einmal hat Nadja ihren Opa, der dazu »Creme frisch« sagt, dabei ertappt, wie er nachts an den Kühlschrank gegangen ist und mit bloßem Finger eine ganze Packung ausgelöffelt hat. Sie stand in dem Moment rauchend auf dem kleinen Balkon, neben ihr ein Typ, den sie nach einer Party mit nach Hause genommen hat. Ihr Opa wähnte sich alleine und unbeobachtet. Und wie sie so die neugierigen Hände ihres Begleiters abwehrte, sah sie ihren Opa vor dem Kühlschrank stehen und empfand ein Gefühl, das sie überraschte. Es war, neben all der großen Liebe und Dankbarkeit, etwas, das sonst Eltern ihren kleinen Kindern entgegenbringen, wenn sie sie heranwachsen sehen: Stolz.

In den folgenden Jahren sollte dieser Stolz weiter wachsen. Nadja wurde in liebevoller Weise bewusst, dass sich die Beziehung zwischen Kind und Eltern oder Großeltern umkehrt, wenn sie alt werden. Und man ihnen mit einem melancholischen Stolz beim Älterwerden zuschaut.

Nadja stellt verwundert fest, dass sie, wie sie so Henry zuschaut, die ihr in der Küche zur Hand geht und mit Frisur, Fingernägeln und Outfit so aussieht wie sie selbst, auf Henry stolz ist. Und da bemerkt sie schmerzlich, wie sehr es ihr im Leben fehlt, auf ein Kind, *ihr* Kind, stolz zu sein. Sie ist so überfahren von dem Gedanken, dass sie ihn beiseitewischt.

Während die Spaghetti vor sich hin kochen, püriert Nadja die Masse. Wenn keine Mango drin ist, nimmt sie Parmesan zum Binden. Aber sie findet, Mango verträgt sich nicht mit dem Hartkäse. Wenn sie jetzt alles richtig gemacht hat, ist die Soße nach dem erneuten Aufkochen etwas zu fest. Sie nimmt den Topf von der Flamme und lässt die Masse kurz ruhen. Dann gibt sie ein bis zwei Gläser von dem Weißwein hinzu. So nämlich verkocht der Alkohol nicht, zwinkert sie Henry zu, und fügt der Soße neben ihrer von Kürbis und Crème fraîche verliehenen Sahnigkeit und der Süße von der Mango noch eine säuerliche Strenge hinzu.

In die tiefen Pastateller mit breitem Rand kommt ein kleiner Haufen Spaghetti, darüber eine ordentliche Kelle von der Kürbissoße. Darauf legt sie drei, vier Scheiben des krossen Schinkens und streut zum Abschluss die angebratenen Pinienkerne darüber.

Es stellt sich heraus, dass man die Spaghetti nur essen kann, wenn man auf Manieren verzichtet, oder gar nicht. Die zweite Option kommt nicht infrage, und so schlotzen die drei die Spaghetti nur so herunter. Sie fressen regelrecht. Henry hat das Gefühl, dass sie noch nie so leckere Pasta gegessen hat. Das liegt sicherlich an Nadjas Rezept und überhaupt daran, dass die Soße nicht rot, sondern gelb ist. Andererseits liegt es gewiss an der Art, *wie* sie isst. Und mit *wem*.

Diese Manieren hätte sie Sven vielleicht zugetraut, nicht aber Nadja. Anfangs ist sie pikiert darüber, dass beide den Kopf dicht über den Teller beugen und die Pasta in sich hineinsaugen.

»Knigge ist keine Stadt in Belgien«, zitiert Henry ihre Mutter.

»Vergiss, was du über Knigge weißt, wenn du Spaghetti isst«, kommentiert Nadja vergnügt.

»Du redest immer so erwachsen«, wirft Sven Henry vor.

»Wie bitte?«

»Du bist zwölf benimm dich doch mal so. Mit zwölf hatte ich keine Ahnung, was Knigge ist.«

»Wer«, berichtigt Henry.

»Digga, sprich doch mal normal.«

»Hast du mich schon wieder *Digga* genannt?«, fragt Henry belustigt.

»Zockst du was? 'N Zehner, dass du nicht was suchtest.«

»Meinst du Computerspiele?«, fragt Henry.

»Haha, ich meine Brettspiele. Na klar, Computerspiele!«

»Und was für eins meinst du so?«

»Das sollst du mir ja sagen. Zockst du irgendein Ego Shooter?«

»Ein Ballerspiel«, fügt Nadja hinzu, die Henrys Gesichtsausdruck sieht. »Für mich ist das auch nichts.«

»Du meinst, ein ballistikorientiertes Strategiespiel, *Digga*?«, gibt sich Henry nicht geschlagen und bringt sich und Nadja damit zum Lächeln. »Was *zockst* du denn so?«

»CS:GO«

»Und das ist was?«

»Counter-Strike: Global Offensive.« Sven tut so, als müsse er ihr das Alphabet neu erklären.

»Kenn ich nicht.«

»Alta … das ist übel alt, aber auch übel beliebt.«

»Bin ich jetzt Alta oder Digga?«

»Da wimmelt es von E-Sportlern.«

Lachend lässt Nadja die Gabel fallen. »Erste!«, verkündet sie, lehnt sich zurück, und auf ihr Gesicht schleicht sich ein katzenhafter Ausdruck von Behagen.

Sven ist noch in den letzten Zügen und lässt dann auch scheppernd die Gabel fallen. »Ich musste hier noch eine ernste Diskussion führen.«

»Eine meiner schmutzigen Fantasien ist es ...«, wechselt Nadja das Thema und lässt den Cliffhanger stehen, um die Kürbissoße von ihrem Finger zu schlecken, mit dem sie ihren Teller reinigt, »... mal so zu essen und dabei wilden Sex zu haben.«

»Beides gleichzeitig?«, fragt Henry irritiert.

»Ja, beides gleichzeitig. So richtig wild. Beides.«

»Zumindest hört es sich so ähnlich an, wenn du isst«, nickt Sven.

»Hast du schon mal einen Orgasmus vorgetäuscht?«, fragt Henry Nadja. Sven versteckt sein ähnlich großes Interesse an der Antwort hinter geschäftigem Tischabräumen.

»Na klar.«

»Wirklich?«, fragen beide gleichzeitig, wenn auch aus unterschiedlichen Gründen und in unterschiedlicher Intonation.

»Jede sexuell aktive Frau, und ich meine nicht eine, die nur ab und zu mal Sex hat, muss das manchmal machen.« Pause. Nadja sieht, wie es sowohl in Henry als auch in Sven arbeitet, fühlt sich bemüßigt, ihre Aussage zu präzisieren: »Weißt du, als Frau ist man beim Sex verantwortlich für den Mann.«

Henry nickt wissend. Und verwirrt. Nadja führt aus:

»Du weißt, dass ich schon total emanzipatorisch unterwegs bin. Es hört sich paradox an. Aber wenn die Frau will, dass ihr Mann beim Sex richtig gut ist, muss sie sich darum kümmern, dass er sich wohlfühlt. Und er wird immer besser, wenn er glaubt, er bringt dich zu Orgasmus.«

»Kann er das denn nicht?« Diesmal kommt die Frage von Sven, dessen leicht zittrige Stimme nicht verhehlen kann, dass gerade gewisse Selbstzweifel in ihm aufkommen.

»Ach, der Orgasmus wird von euch Männern immer so hoch gehandelt. Orgasmus hier, Orgasmus da. Meine Güte, so wichtig ist uns das nicht. Und ich rede hier ja nur theoretisch«, besänftigt sie und merkt, dass sie sich sowohl verhaspelt als auch zu weit aus dem Fenster lehnt. »Natürlich kann *er* es meistens. Aber es gibt Tage, an denen *sie* so viel im Kopf hat, dass sie halt nicht so bei der Sache ist. Sex ist für uns viel mehr Psychologie, während es für den Mann nur um die konstante Reibung geht.« Sie schlittert weit hinaus aufs dünne Eis. »Also, was ich sagen will: Wenn man als Frau dem Mann Selbstvertrauen schenkt, wird er besser und besser. Weil er mehr wagt. Wenn ein Mann zu viel auf dich achtet, wird er verweichlicht. Wenn er einen auf sensibel macht, dann bleibt es nur beim Blümchensex, verstehst du?«

Henry schüttelt langsam den Kopf. Nadja schließt ab:

»Jede Frau muss ihre Erfahrungen machen. Und du hast noch dein ganzes Leben Zeit.«

»Heißt das«, lässt Sven nicht locker, »dass, wenn ein Mann richtig egoistisch ist, es gut wird?«

Nadja legt den Kopf schief und schaut ihn an wie ein Raptor vor dem Sprung. »Der Trick ist: ein Macho im Bett, ein Gentleman außerhalb. Das ist alles. Aber bloß nicht umgekehrt.«

»Und deswegen«, versucht Henry, den Bogen zu schlagen, »täuschst du einen Orgasmus vor?«

»Wenn er merkt, dass du nicht gekommen bist, wird er das nächste Mal vorsichtiger, umsichtiger. Und wenn ein Mann erst mal umsichtig wird, ist das eine Abwärtsspirale. Ein Mann sollte im Bett mehr an seinen Schwanz denken als an dich. Ist meine Meinung. Wahrscheinlich würde ich dafür gesteinigt werden vom Poweremanzen-Verein.«

»Den gibt es?«, fragt Henry ein wenig hoffnungsvoll.

»Bestimmt«, antwortet Nadja, »außerdem, wenn du so tust, als hättest du einen Orgasmus, kommt der Mann schneller. Weil ihn dann nichts mehr aufhält.«

»Und das ist gut?«

»Ja, das ist manchmal ganz gut. So, was essen wir zum Nachtisch?«

Sven ist noch immer ganz in Gedanken. »Den gibt es wirklich.«

»Was?«

»Den Poweremanzen-Verein.« schließt er.

# 49

Die Wolken rasen über den Himmel. Doch hier und da behauptet sich die Sonne und schiebt große lichte Flecken über die Stadt. Marion sitzt in der U1, der U-Bahn-Linie, die den bourgeoisen Westen, Wilmersdorf und Schöneberg, mit dem tiefen Osten und somit ihrer studentischen Vergangenheit verbindet. Marion ist aufs Neue erstaunt, dass nur zwanzig Minuten die komplett unterschiedlichen Seiten der Stadt und ihre beiden Leben trennen. Wie lange ist es her, dass sie zuletzt mit den Öffentlichen gefahren ist? Sie überkommt schiere Abenteuerlust, wie sie aus einem der Fenster schaut. Gegen Vandalismus sind diese mit einer Folie beklebt, die mit kleinen Brandenburger Toren bedruckt ist. Die U-Bahn nimmt die Fahrt an der Uhlandstraße auf, führt, vorbei am Ku'damm, dem Wittenbergplatz mit seinem Kaufhaus des Westens, über den Nollendorfplatz, der nördlich an das schwule Zentrum der Stadt grenzt, die Motzstraße. Hier ist noch die Welt, die Marion kennt. Dann brettert die Bahn auf der Hochtrasse über den neuen, sterilen Gleisdreieck-Park, lässt den Bülowbogen hinter sich, und bald ändert sich der urbane Phänotyp. An der Prinzenstraße mit ihrem Prinzenbad, wo die Klientel alles andere als königlich ist. Spätestens am Kottbusser Tor ist der Westen vergessen. Manche nennen den Kiez um den massiven Häuserblock, unter dem drei Straßen durchführen

»Klein-Istanbul«. Die Abkürzung Kotti ist so geläufig, dass viele Karten-Apps das Kottbusser Tor damit lokalisieren. Hier wurde, der Legende nach, der Döner erfunden. Und wenn sich Marion an ihre Studientage erinnert, lang, lang sind sie her, dann gibt es hier tatsächlich den besten Döner. Wie oft hat sie während des Studiums hier am Kotti haltgemacht und sich in einem der orientalisch kühlen und im Leuchtstoffröhrenlicht dennoch urgemütlichen Kebabläden ausgeruht und einen dieser starken schwarzen Tees getrunken. Manchmal eine Falafel im Dürüm gegessen oder ein Lahmacun mit Salat. Und von den orientalischen Gewürzen getragen, träumte sie sich weit weg von Berlin – ans Schwarze oder Kaspische Meer, je weiter weg, desto besser. In ihren Träumen ist auch China nicht weit, wenn sie erst mal Kasachstan durchquert, einen Abstecher in die Mongolei gemacht haben, bis nach Korea und weiter gen Japan fliegen. Und dann den Sprung machen nach Südamerika.

Marion tritt aus dem Gebäude des U-Bahnhofs und staunt nicht schlecht, was sich hier getan hat! Der angrenzende S-Bahnhof ist komplett neu aufgebaut, die alten, legendären Kioske auf der Warschauer Brücke sind einem kalt-gläsernen Stahlkonstrukt gewichen. Wann immer man sich damals verabredet hat, war es auf der Brücke »zwischen den Spätis«. Und auf der anderen Seite der Brücke thront nun eine hässliche Mall neben den S-Bahn- und Ferngleisen, die in der einen Richtung zum Ostbahnhof und weiter zum Alex und Hauptbahnhof führen und in der anderen nach Warschau und sogar Moskau. Und wie sie sich so umschaut und der Kiez ihrer Studentinnenzeit einer modernen Gesichtslosigkeit gewichen ist, überkommen sie Zweifel, dass ihr heutiges Vorhaben von Erfolg gekrönt sein wird ... Diese

Reise kostet sie schon genug Überwindung. Vielleicht hätte sie lieber zur Hasenheide fahren sollen. Aber dies ist nun mal der Ort, an dem sie damals stets die kleinen Tütchen erworben hat.

Den 20-Euro-Schein hat sie in ihrer Manteltasche schon nervös zusammengerollt. Keine Ahnung, wie man heutzutage an den Stoff kommt! Früher war das ganz einfach. Anfangs ging man zu einem dieser Männer, die hier auf der Brücke standen und durch ein kurzes Zunicken signalisierten: Bei mir kriegst du, was du brauchst. Man hatte 10-Euro-Schein gegen ein solches Tütchen mit grünen Blüten getauscht.

Später dann hatte Marion von dem Freund einer Freundin die Nummer für eins dieser Weed-Taxis bekommen. Da rief sie an, und zehn Minuten später stieg sie in einen tiefergelegten Honda oder Toyota und hat das Geschäft geregelt. Als sie sich länger kannten, kam der Dealer auch persönlich rauf in die Wohnung, klatschte sie ab, nannte Marion »Bro« und hat sich nach der Übergabe in Luft aufgelöst.

An diesem Morgen steht zu Hause das Telefon nicht still. Wenngleich Marion in der Presse nicht mit vollem Namen genannt wird, weiß doch jeder, der die Familie kennt, dass es sich um sie handelt. Henriette, die auf den Rufnamen Henry hört … davon gibt es in Wilmersdorf kein zweites Mädchen, das eine Rabenmutter zur Mutter hat. Etliche angebliche Freunde und Bekannte meinen, Mitleid heucheln zu müssen, und schaffen es nicht, hinter einem scheinheiligen Hilfsangebot ihre Neugierde zu verstecken. Neugierde, die ihrerseits vor perfider Sensationslust strotzt und gefährlich nahe an Schadenfreude gebaut ist. Da rufen Menschen an, die Marion seit Jahren weder gehört noch gesehen hat. Und auf einmal bieten sie ihre Hilfe an? Und als sich dann auch noch ihre Mutter Kerstin meldet und das Telefonat zur reinsten Schikane wird, hat Marion den Telekomstecker gezogen. Anstatt ihr Vorwürfe zu machen, hat ihre Mutter angeboten, bei ihnen ein paar Tage einzuziehen. Marion zur Hand zu gehen, den Haushalt zu machen. Gar ihr »den Rücken zu stärken«. Noch nie hat ihre Mutter ihr angeboten, ihr den Rücken zu stärken. Und da Marion davon überzeugt ist, dass die Anwesenheit ihrer Mutter, so gut auch die Absichten sein mögen, mehr eine Belastung als Erleichterung darstellen würde, hat sie ihr abgesagt. »Das ist nicht nötig, Mama« – dabei wäre es sehr wohl nötig. Aber sie hat zu viel Angst davor, alles, was ihre Mutter tun würde, als eine Reihe stiller Vorwürfe zu werten. Denn ihre Mutter versteht es einfach perfekt, sich fortwährend passiv aggressiv anzuhören. Sogar ihr Atmen! Ihre Mutter, die den Tisch deckt, die – »lass mal, ich mach das« – als Erste aufspringt, um den Tisch abzuräumen. Die Spülmaschine ein- und vorwurfsvoll scheppernd wieder ausräumt. Ihre Mutter, die sich flüsternd im Hausflur, während sie die Wäsche in den Trockenkeller trägt, mit Frau Reiser unterhält. Und nach einem halben Tag ist die Wohnung die saubere, ordentliche, nach Reinigungsmittel riechende Version dessen, was Marion und Thomas als gemütliches Durcheinander mögen, und ihre Mutter sitzt auf der Couch, natürlich ohne eines der säuberlichen Kissen am Rand zu berühren, und blättert in einer Zeitschrift. Nur um dann aufzublicken und die Ordnung, die sie veranstaltet hat, *nicht* zu erwähnen.

Könnte ihr das nicht egal sein?, denkt Marion manchmal. Es ist schließlich ihre Mutter. Aber sie gehört für Marion einfach nicht mehr zum inneren Kreis. Zu »ihren Leuten«. Und das Furchtbarste daran ist: Es beruht auf Einseitigkeit. Ob ihre Mutter wohl darunter leidet? Darunter, dass Marion ihr nicht mehr Liebe entgegenbringen kann als einem Gast, der sich für zwei Nächte einquartiert? Ganz nach dem lakonischen Motto, das Kerstin bemüht, wenn sie Gäste verabschiedet: »Wie schade, dass ihr geht! Es war so schön, bevor ihr gekommen seid.«

Marion erfasst eine Unruhe. Sie ist selbst Mutter und auf dem besten Weg, nicht mehr zu Henrys Leuten zu gehören. Schon jetzt bricht Henry aus; wie soll es erst werden, wenn sie älter und erwachsen ist? Was ist, wenn ihre Tochter nur noch zwangsweise mit ihr Zeit verbringt – die Feiertage vielleicht – und Marion dann dasteht mit den vielen losen Enden ihres Lebens? Ist sie eine Versagerin, weil sie keines dieser Leben wirklich gelebt und in Liebe zu Ende gebracht hat? Sie hat eine Karriere, die nicht ihre ist, und sie ist eine Mutter, die keine mehr ist.

Marion steht auf der Warschauer Brücke und fühlt sich verloren. Es ist Nachmittag, und doch fühlt es sich an wie Abend – der Winter kündigt sich an, wie hasst sie das! Dies hier war mal ihr Kiez, ihre Heimat! Sie schaut sich um. Eine LED-Werbetafel, die acht Meter breit und fünf Meter hoch über ihrem Kopf schwebt und die Brücke gespenstisch in flackerndes, buntes Blitzlicht taucht. Die nächsten Großevents in der neuen Multifunktional-Arena. Die Mall, die auf der gegenüberliegenden Seite aus dem Boden weit über das Niveau der Brücke hinauswächst, reiht sich in die neue Hässlichkeit der gesamten Ecke ein. Vor nicht allzu langer Zeit saßen doch Marion und ihre Kommilitonen, irgendwann dann auch mit Thomas, hier auf der Brücke, haben ein Bier aus einem der beiden Baracken an Spätis getrunken, haben von Straßenmusikanten beschallt in den Sonnenuntergang geträumt. Und nun steht sie hier, die Wilmersdorfer Unternehmergattin, und wälzt mit ihren feuchten Fingern den 20-Euro-Schein in der Tasche ihres Moschino-Übergangsmantels.

Was ist in der Zeit passiert? Das ist keine zwölf Jahre her, doch Marion kommt es vor wie eine komplett andere Stadt. Und wie ein komplett anderes Leben.

Marion nimmt Blickkontakt mit einem der – mutmaßlich – Senegalesen auf, der am Brückengeländer lehnt. Manche Dinge scheinen sich nicht zu ändern. Doch dieser scheint durch sie hindurchzusehen. Die Szene, wie sie da am Geländer steht und ihm so unauffällig und konspirativ wie nur möglich zu signalisieren versucht, dass sie was kaufen will, kann es in Sachen Offensichtlichkeit mit der großen, blinkenden Werbetafel aufnehmen. Wieso zieht sie sich nicht gleich bis auf die Unterwäsche aus, tanzt vor den in regelmäßigen Abständen stehenden Streifenwagen herum und ruft: »Ich will etwas Illegales machen! Ich will etwas Illegales machen!« Wobei – das ist Friedrichshain. Wenn sie das täte, würde der durchschnittliche Berliner Polizeibeamte nicht mal die Mütze aufsetzen und aus dem Wagen steigen.

Jemand wie Marion in ihrem Westberlin-Look – der in Sachen Beliebtheit nicht mal den Touristen in Allwetter-Funktionskleidung den Rang abläuft – fällt bei diesem Dealer so durchs Raster, dass er ihr Gebaren nicht nur nicht bemerkt, sie ist für ihn sogar dann noch unsichtbar, als sie direkt vor ihm steht. Auch als sie den Zwanni aus der Tasche holt, schaut er geflissentlich an ihr vorbei, als stünde er aus keinem bestimmten Grund auf der Brücke und blickte aus reiner Langeweile durch sie hindurch. Mit einer Zielsicherheit, die ein hungriger Greifvogel an den Tag legt, nachdem das erste Nagetier aus dem Winterschlaf erwacht ist und den ersten tapsigen Ausflug durch das Unterholz unternimmt, greift er nach dem Geldschein und steckt ihn weg.

»*What*«, richtet er die Frage ohne fragende Intonation an die Großstadt-Skyline, die sich hinter der Warschauer Brücke erstreckt.

»Äh«, Marions Gedanken überschlagen sich, hat er mehr im Angebot als Marihuana? Und wie nennt man das heutzutage? »Shit?«

»Hmm?« Jetzt schaut er sie an und runzelt seine Stirn. Marion sieht jetzt erst, dass seine Augen in der abendlichen Sonne wunderschön dunkelbraun glitzern, sein Gesicht breit, markant und männlich ist. Seine Haare kräuseln unter der Kapuze hervor. Marion fallen seine breite Statur auf und die Muskeln, die sich dezent unter der Kleidung abzeichnen. So wie er sie gerade anschaut, cool, fordernd und – sexy! –, kriegt sie kein Wort mehr raus. Seine Gesichtshaut ist tief dunkel und ziemlich unrein, er ist keine 25 Jahre alt! Aber in ihr erwacht ein Ziehen in der Leistengegend. Das sich jetzt noch steigert, als er lächelt. Wieso lächelt er, lacht er über sie? Er mustert sie und ist offenbar zu der Erkenntnis gelangt, dass sie auf keinen Fall eine verdeckte Ermittlerin des Drogendezernats sein kann – so blöd, wie sie sich anstellt. Er zeigt eine Reihe unglaublich weißer Zähne. Seine Lippen sind so sinnlich, so was hat Marion noch nicht gesehen! »Cannabis«, bringt sie heraus. Er hält ihr die Hand hin – soll sie sie schütteln? Sie ergreift sie und spürt, dass in seiner Handfläche das knistert, weshalb sie diese Reise gemacht hat – die Fahrkarte in ihre Vergangenheit. Sie will sie sich nehmen, da hält er sie am Handgelenk fest. Sie schaut ihn an, und ihre Blicke treffen sich. Verschmitzt lächelt er und lässt Marions Knie weich werden. Dann wird er ernst, und mit einer kräftigen Stimme und ohne den geringsten Akzent sagt er:

»Ich nehme Sie nach Paragraf 127 StPO wegen Erwerbs von illegalen Substanzen vorläufig fest.«

# 50

Henry sitzt nicht gerade gemütlich. Sie haben zwei Aktenordner übereinandergeschichtet und sie auf den Fahrersitz des BMW gelegt, damit Henry problemlos über das Steuer schauen kann. Gleichzeitig haben sie den Sitz in die vorderste Position gebracht, damit Henrys Beine an Gas- und Bremspedal reichen. Da es sich um ein Automatikgetriebe handelt, ist es kinderleicht zu fahren. Zumindest hat das Sven verkündet, als er die Idee beim Nachtisch äußerte. Nadja hat ihm Übermütigkeit bescheinigt und war entschieden dagegen, doch Sven war von der Idee nicht mehr abzubringen. Als Henry anmerkte, dass sie auch noch ein Wörtchen mitzureden hätte, sagte Sven, Autofahren gehöre zum Erwachsenwerden dazu, und damit war Henry auch schon überzeugt. Er sei auch das erste Mal mit zwölf Auto gefahren, meinte Sven, und zwar ohne Automatik. Das Leuchten in seinen Augen, der kindliche Eifer und sein Aktionismus überzeugten schließlich auch Nadja. Und nun sitzt Nadja auf der Rückbank und Sven auf dem Beifahrersitz.

»Gib mal 'n bisschen Saft!«, ruft Nadja, und Henry tippt, so sanft sie nur kann, das Ding an, das sie für das Gaspedal hält. Und sofort macht der Wagen einen Sprung nach vorne, was Henry einen Schrei entfahren lässt. Sven hält wacker das Lenkrad auf Spur, und Henry versucht es erneut. Was für ein Gefühl von Macht und Erhabenheit da durch ihre Nerven wandert, wie unbesiegbar sie sich vorkommt. So müssen sich die Kampfpiloten vorkommen, die in der Zukunft die großen Trumme von Kriegsrobotern steuern, die so hoch sind wie mehrstöckige Häuser und nur über einen Nervenapplikator mit dem Gehirn verbunden sind. Allmählich baut sie Vertrauen zu sich und der Technik auf, und wie sie so konstant mehr Gas gibt, fängt Nadja an zu applaudieren. Das Auto gehorcht so geschmeidig wie eine Raubkatze einem Dompteur und nimmt an Tempo auf.

»Kürbisse!«, ruft Nadja in einem Aufschrei, wie manche siebenjährige Mädchen »Pferde!« und ebenso alte Jungen »Feuerwehrauto!« rufen, wenn sie welche sehen. Das Kürbisfeld wischt an ihnen vorbei wie eine zu lang belichtete Momentaufnahme. Da nähert sich schon ein Waldstück, und wieder drosselt Henry behände die Geschwindigkeit, um sie gleich nach der Biegung noch weiter zu erhöhen. Die Glückshormone, die sie produziert, kommen aus dem Rausch der Geschwindigkeit und von Svens Nähe und Begeisterung. Und da passiert es. Auf dem Höhepunkt der gemeinsamen Glückseligkeit. Nadja schreit etwas Warnendes, das Henry nicht versteht und erst rekonstruiert, als es zu spät ist:

»Rehe!«

Und wie das erste dieser Tiere vor dem Auto vorbeispringt und gerade so mit dem Leben davonkommt, denkt Henry doch tatsächlich darüber nach, wie in der Jägersprache eine Gruppe von Rehen heißt. Ein *Rudel* ist es bei Wölfen, eine *Rotte* bei Wildschweinen, eine *Kette* bei Rebhühnern. Und in dem Augenblick, wo sich das zweite Reh in dem 60 km/h schnellen Kühlergrill verfängt und mit unsagbarer Wucht auf die Windschutzscheibe geschleudert wird und dort einen Abdruck sternförmig auseinanderfliehender, blutgefärbter Risse hinterlässt, um dann polternd über das Auto zu kugeln und dahinter auf dem Feldweg zum Liegen zu kommen, erinnert sie sich: Einen *Sprung* nennt man es bei Rehen. Die verbleibenden Mitglieder des Sprungs hasten in den Schutz des Waldes, und keiner weiß, wie und ob sie den Verlust ihres Kameraden betrauern werden. Henry, längst den Fuß vom Gas, merkt erst, dass der Wagen zum Stehen gekommen ist, als Sven die Hand von der Handbremse löst.

»Wir haben einen Unfall festgestellt«, unterrichtet sie eine weiche Frauenstimme aus den Lautsprechern, »Polizei und Notarzt werden automatisch alarmiert in 6, 5, 4 …«

Sven, als einziger der Insassen geistesgegenwärtig, beugt sich unter das Steuer, legt seinen Kopf auf Henry Schoß und zieht alle Sicherungen aus ihren Steckverbindungen. Falls Nadja das registriert hat, dann kommen in ihren Hirnwindungen die Warnsignale nicht mit den richtigen Schlüsseln zusammen. Jetzt drehen sich alle drei um und schauen durch das Heckfenster. Nicht ganz sechzig Meter hinter ihnen liegt ein braunes Fellknäuel auf der Straße.

Nadja ist die Erste, die aussteigt, gefolgt von Sven. Für Henry läuft die Zeit langsamer, eine Sekunde dehnt sich zu einem Dezennium, sie lässt sich von den Aktenordnern rutschen. Sie sieht, wie sich Nadja und Sven zu dem Reh hinunterknien und sich Sven sofort wieder erhebt, wortlos an Henry vorbei zum Auto geht. Henry ist es, als schwebe sie dem Reh entgegen oder als drehe sich die Erde um sechzig Meter in ihre Richtung. Als Henry vor dem Fellknäuel steht, registriert sie zwei Dinge: Das Tier lebt noch, atmet gurgelnd wie verdrießlich, und Nadja hat Tränen in den Augen. Henry kniet sich hin und legt dem Reh eine Hand auf den warmen Kopf. Das kurze Fell ist weich, und darunter fühlt sie den Schädelknochen. Die Wärme, die er ausstrahlt, lässt sie bewusst werden, dass sie ein lebendiges Wesen getötet hat. Und wie sie das Reh aus großen Augen anschaut, ganz ohne einen Ausdruck von Angst oder Vorwurf, doch vielmehr Zutrauen, Verständnis und Vergebung, füllt sich auch Henrys Blick mit einem Tränenschleier. Da schiebt sich die Flinte in ihr Sichtfeld, die Sven aus dem Auto geholt hat. Sie unterdrückt den Impuls der Rebellion, die das kleine Mädchen in ihr anzustacheln sucht. Die junge Frau, die sie nun mal wird, ob sich ihre Mutter dagegen wehrt oder nicht, erhebt sich, greift nach der Flinte, nachdem Sven sie entsichert hat, richtet sie auf den warmen Schädel, den sie eben noch gestreichelt hat, überlegt nicht lange, sondern drückt ab.

Zwei Sekunden später findet sie sich selbst in Rückenlage auf dem Feldweg wieder. Die Schulter schmerzt unsagbar, aber den Moment des Knalls und des Rückstoßes, der sie hat stürzen und auf dem harten Untergrund aufkommen lassen, hat ihr Gehirn ausgeblendet. Sie lässt das schwere Gewehr seitlich sinken, fühlt in die vertrauensvolle Kälte des Untergrunds hinein, schaut in die unbeteiligten Baumwipfel, und eine Träne läuft ihr die Wange herunter, tropft auf die Erde und verschwindet.

Die Grube ist tief, gemessen an den Verhältnissen, unter denen sie ausgehoben werden musste. Sie haben nur eine Handschaufel gefunden – wo, bitte, bewahrt Thomas die Gartengeräte auf? –, und der Untergrund ist so hart, dass die achtzig Zentimeter schon eine Leistung sind. Das Reh ist schwer. Sie alle drei müssen mit anpacken und den Anblick des von dem Nazigewehr zerfetzten Schädels ertragen, als sie den Kadaver aus dem Kofferraum laden. Das ganze Auto riecht abscheulich nach Wild. Die kratzige, schwarz-weiße Wolldecke von Henrys Urgroßmutter dient als Leichen- und Tragetuch. Die raue Wolle hat sich schon mit Blut und Hirnmasse vollgesogen und hinterlässt auf dem Weg vom Kofferraum zum Grab eine gelblich rote Spur aus Tropfen. Die Decke klappt nach kurzer Zeit auf und entblößt den Kadaver. Dem Reh hängt die Zunge träge aus dem Mund, als müsste es nach der Anstrengung des Sterbens erst mal ordentlich durchatmen, aber in den Augen nicht mehr die treuselige Wachheit, mit der es Henry vor dem Schuss erfasst hat. Das Wesen hat seine archetypische Symbolik verloren und ist nicht mehr als eine Biomasse, ein loser Zusammenschluss chemischer Verbindungen.

Nadja, Henry und Sven lassen den toten Körper in die Grube gleiten und decken ihn mit der Decke zu. Schweigend und mit gefalteten Händen schauen sie auf das wollene, rot-schwarz-weiße Bündel, und ob des Augenblicks, der zu gleichen Teilen albern und ergreifend ist, wissen sie nicht, was sie sagen sollen. Letztlich findet Sven zuerst die Sprache wieder:

»Du hast Bambi getötet.«

Henry will nicht, lacht aber trotzdem. Nadja knufft Sven in den Oberarm.

»Es tut mir leid«, erklärt Henry, »und ich glaube, mit Bambi ist noch etwas gestorben«. Henry macht eine Pause, und Sven und Nadja legen ihren Arm um sie.

»Danke, Bambi«, sagt Henry und schaufelt eine Schippe Erde auf den Kadaver. Das war der ehrlichste Nachruf auf ein totes Reh, seit es Wildunfälle gibt.

# 51

Marion kann nicht aufhören, in sich hineinzugrinsen. Das Tütchen mit dem Gras hält sie fest umschlossen in ihrer Manteltasche. Der – mutmaßliche – Senegalese hat ihr einen mächtigen Schrecken eingejagt. Sie hat sich in Gedanken schon von einer Polizeiwache aus Thomas anrufen sehen. »Ich bin verhaftet worden«, hätte sie gesagt und auf seine Nachfrage: »Das erkläre ich dir besser später.« Und wenn er sie abgeholt hätte, hätte sie ihm die Wahrheit gestehen müssen. Für die Journalisten, die ihr schon per se nicht wohlgesonnen sind, wäre das ein gefundenes Fressen! Rabenmutter von Wilmersdorf beim Erwerb von Drogen verhaftet worden! Der *Unique Selling Point* liegt nicht darin, dass sie eine Rabenmutter ist oder gar Drogen – nur Marihuana! – erwirbt, sondern dass sie aus Wilmersdorf kommt. Dass es mal eine aus dem reichen Westen trifft! Thomas hätte sich vielleicht noch weiter von ihr entfremdet – tut er das gerade? Sein Rückhalt ist nicht unendlich, oder? Überspannt sie den Bogen, in dem Versuch, wieder sie selbst zu werden? Entschuldigung, können Sie mir sagen, wo denn der verfickte Weg zu mir selbst ist?

Der Dealer hat so herzlich gelacht, als er ihren Gesichtsausdruck gesehen hat. Er hörte gar nicht mehr auf und krümmte sich, hielt Marion noch immer mit seinen langen, dunklen

Fingern am Handgelenk fest. Diese drehte ihre Hand und sah darin das, was so knisterte. Ein Tütchen voll mit Gras. Und da machte sich Erleichterung breit, und sie stimmte in das Lachen ein. Da richtete sich der Mann auf, zog sie an sich heran und küsste sie mit seinen sinnlich vollen Lippen auf den Mund. Sie wusste nicht, wieso sie sich nicht wehrte, war er doch der erste Mann seit vierzehn Jahren neben Thomas, der sie küsste. Er roch unbekannt nach einer Mischung aus Odol-Mundspray, Curry und alter Wachsjacke – oder war das Schuhcreme? Der Kuss fühlte sich an wie mit einem Luftkissenboot, prall, weich, stark, *immens*. Er löste seinen Griff, und eindruckstrunken taumelte Marion rückwärts, um sich dann Richtung U-Bahn umzuwenden. Mit einem breiten Grinsen auf dem Gesicht, erhobenen Hauptes und irgendwie gestärkt, ja, stark!, lief sie zur U1, die sie polternd zurück in ihren Kiez bringen sollte.

# 52

Erst nachdem Sven das Wohnzimmer vollgerußt hat, kommt Henry darauf, dass, wer ein Feuer im Kamin anzünden will, vorher die Klappe zum Abzug öffnen sollte. Fortan erfüllen den Raum nach dem beißenden Geruch ein wohliges Knistern, eine lauschige Wärme und eine Geborgenheit spendende Gemütlichkeit. Nadja hat alle drei mit von Oma Kerstin selbst gestrickten Socken versorgt, und so sitzen sie aneinandergekuschelt, über- und ineinander verknotet auf dem Sofa, das nachts Svens Schlafstätte ist, und schauen in die Flammen. Henry findet, dass es keinen schöneren Augenblick im Leben geben kann als diesen. Gleich gefolgt vom Kürbisschießen heute Mittag. Henry sieht die Dinge viel klarer. Und fühlt sich erwachsen. Ja, sie hat sich wohl verknallt. Aber gleichzeitig fühlt sie sich auch abgebrüht, denn sie hat so viel gelesen, dass sie weiß, dass einem Gefühle nicht wehtun können, wenn man alles nur gut genug durchdenkt und damit alles unter Kontrolle hat. Sie macht sich nichts vor. Nadja ist in jeder Hinsicht mega. Henry wünscht Sven und ihr sogar, dass sie wieder zusammenkommen. Und sie ist ja nicht blind, beide wünschen sich das auch. Sven gibt es ja auch zu, nur etwas zu tumb, und Nadja unterdrückt es, nur etwas zu auffällig.

»Henry?« Nadjas Gesicht ist ernst.

»Hmm?«

»Ich wollte nur sagen«, versucht sich Nadja an einem Ein-geständnis, »ich bin wirklich froh, dass deine Mama Krampf-adern bekommen hat.«

Henry ist gerührt. »Ja, ich auch. Das ist das Beste, was mir passieren konnte.«

»Was wollen wir machen?«, fragt Sven enthusiastisch.

»Ich könnte euch was vorlesen?«, schlägt Henry vor, und beide stimmen zu, weil es vielleicht zu dem Kamin-Ambiente passt. Henry schält sich aus den kuschelnden Körpern und geht in ihr Zimmer. Im blauen Halblicht kann sie die Buchrü-cken kaum lesen, und so zieht sie wahllos ein Buch heraus und kehrt damit zurück in die warme Stube.

*Zu Fuß durch einen einsamen Kontinent* präsentiert sie Nadja und Sven. Auf dem Cover ist eine weite, begrünte Bergland-schaft zu sehen, aus deren Tälern sich träger Nebel erhebt.

»Was sind das eigentlich für Bücher? Wer liest die?«, fragt Nadja.

»Das sind welche von meiner Mama.«

»War die da mal?« Nadja liest vor, welche Länder der Autor durchlaufen hat: Kolumbien, Ecuador, Peru, Bolivien und Chile.

»Nein, dort nicht. Mein Vater und sie waren einmal in Mexiko. Meine Mama hat mir, glaube ich, tausend Mal davon erzählt. Ich kann die Geschichten nicht mehr hören. Sie sind durch Mexiko gelaufen, und meine Mama hat Flamenco gelernt. Sie sagt immer, das war die schönste Zeit in ihrem Leben.«

»Das ist ja schon irgendwie traurig, oder?«

Henry überlegt. »Ich glaube, Bücher ersetzen Erfahrungen, die man selber nicht macht. Und Träume, die man sich nicht mehr erfüllen kann.«

»Wo hast du das denn her?«, fragt Nadja leicht belustigt.

»Das sagt meine Mama immer«, antwortet Henry mit einem Hauch von Trotz in der Stimme, der sie überrascht. Dann schlägt sie eine beliebige Seite auf und fängt an zu lesen.

*In der Rechten halte ich die Karte, mit der Linken die Taschenlampe und suche vergeblich den Weg in Richtung »Valle de la Luna«. Es ist hier so ruhig, dass man nur noch seine eigenen Geräusche hört. Hinter San Pedro de Atacama gibt es nichts mehr außer Himmel, Erde und mich dazwischen. Oben die Sterne in der kalten Nacht, unten kein künstliches Licht mehr – bis auf meine anheimelnde Taschenlampe. Wieder überkommt mich das zerreißend hinreißende Gefühl, am Leben zu sein.*

*Nach keinen 15 Kilometern bergauf komme ich an. Dort steht eine verschlossene Baracke, an der Touristen tagsüber Eintritt zahlen, eingekesselt von phosphoreszierenden Felsen, die Millionen von Jahre alten, verwitterten, schroffen und weisen wie gruseligen Wächter. Ich strecke mich, lege meinen Rucksack ab. Und als ich die Taschenlampe ausschalte, bemerke ich, dass die beiden Monde genügend Licht spenden. Ich schaue zu meinen beiden Begleiterinnen, die jetzt aufschließen. Sie suchen eine versteckte Stelle, kriechen in ihre Schlafsäcke und gaffen den Himmel an. Nur Stille, nur das knisternde Streichholz, um ein Zigarillo anzuzünden. Sind es nicht die Begegnungen mit der Natur, die unsere Reise ausmachen? Begegnungen mit uns selber, wir haben sie immer mit dabei, unsere Ichs und Über-Ichs, nicht wahr? Hier dürfen wir rebellieren gegen das, was wir glaubten zu sein. Was man uns zu Hause beigebracht hat zu sein.*

*So liegen wir drei Frauen da, aneinandergekuschelt und dem warmen Himmel zugewandt.*

Sven hat noch nie jemandem dabei zugesehen, wie er beim Vorlesen einschläft. Die Worte, die aus Henrys Mund kommen, scheinen auf einmal ein physisches Gewicht zu bekommen. Sie spricht immer langsamer, stockt, ohne es selbst zu merken, nickt kurz weg, nur um wenige Sekunden später nahtlos dort weiterzulesen, wo sie aufgehört hat. Sven und Nadja wechseln amüsierte Blicke und eine stillschweigende Vereinbarung, Henry ihrem schläfrigen Kampf zu überlassen. Und kurz darauf verliert sie ihn. Das Buch lässt sie in Zeitlupe sinken, sie wispert nur noch vor sich hin, spinnt mit geschlossenen Augen die Erzählung weiter, als wäre sie selbst dabei gewesen, und Sven und Nadja unterdrücken ein vergnügtes Lachen. So sitzt Sven nun da, auf der einen Seite Henry an seiner Schulter und auf der anderen Nadja, um die er den Arm gelegt hat und die sich ihrerseits an seine Seite schmiegt. Ihr Haar duftet und kitzelt ihn in der Nase. Ihm ist, als schmiege sich Nadja noch näher an ihn heran, als ließe sie ihre Nase an ihm entlangfahren, als inhaliere sie seinen Geruch. Ganz langsam richtet sie sich auf und löst sich aus seiner Umarmung. Die Haare ungeordnet in alle Richtungen, verharrt sie in einer Pose, aus der sie ihn aus verschlafenen Augen anschaut, und in ihrem Ausdruck liegt etwas wie morgens direkt nach dem Aufwachen, bevor sie in die Rolle der Nadja schlüpft, die meint, alles im Griff haben zu müssen. Der kurze Moment, in dem sie einfach ein Mädchen ist, das lieb gehabt und festgehalten werden will. Ist es nicht das, was eine gute Beziehung ausmacht, dass jeder darin wieder das innere, schutz- und liebebedürftige Kind sein darf?

Nadja steht auf, ohne Sven aus den Augen zu lassen. Steht noch einige Herzschläge lang vor ihm, bevor sie ihm die Hand reicht. Er nimmt sie und richtet sich sachte auf, ohne Henry zu wecken, er lässt ihren Kopf vorsichtig auf die Sitzfläche sinken. Henry schläft tief und konstant murmelnd. Noch im Schlaf ist sie damit beschäftigt, ihnen vorzulesen – es geht um eine Wanderung dreier Frauen durch einen unbekannten Kontinent.

Mit der einen Hand noch immer Nadjas Hand haltend, deckt Sven Henry mit der anderen zu. Dann dreht er sich zu seiner Freundin, die ihn anschaut, wie sie ihn schon lange nicht mehr angeschaut hat, sich die Lippen mit der Zunge anfeuchtet und sich dann umwendet. Sven kennt diesen Blick. Sven liebt diesen Blick. Er entmachtet ihn vollends. Das ist ein Blick aus einer Schublade, die Nadja schon lange nicht mehr geöffnet hat. In ihm macht sich eine Spannung breit, die im Bauch kribbelt und pulsierend in alle – fünf – Gliedmaßen zieht. Er lässt sich von ihr zur Treppe und dann nach oben leiten. Er schaut sich ihren Apfelhintern an. Auf halber Strecke wirft sie ihm einen lächelnden Blick zu, als habe sie seine Gedanken erraten. Sie gehen weiter in das Schlafzimmer, setzen sich auf die Bettkante. Sie nimmt seine Wangen in ihre Hände und streicht mit ihrer Nasenspitze über seine. Berührt seine Wange mit ihrer und kitzelt seine Wimpern mit ihren. Die Spannung in Svens Körper ist beinahe schmerzhaft und hat Auswirkungen auf seinen Schwanz, der, in der Hose eingeengt, hart und schmierend seitlich an seine Bauchdecke drückt. Jetzt endlich, nach einer gefühlten Ewigkeit, küsst Nadja ihn auf den Mund, und er weiß nicht, ob er im- oder explodieren soll. Es kommt ihm so vor, als sei es der erste Kuss, den er je wirklich spürt, ein Kuss wie eine Seelenverbindung, seine Beine beginnen zu zittern – gut, dass er sitzt –, und sein Atem geht unkontrolliert stoßhaft. Er ist ihr ausgeliefert und gibt sich dem schutzlos hin. Wenn er seine Augen jetzt schließt, verlieren Raum und Zeit die Kausalität, die Dimensionen drehen sich um ihn, und sein Körper weitet sich aus, über das ganze Schlafzimmer hinaus, die alten Mauern des Bauernhauses, weiter als die Scheune, das tote Reh, die Wiese mit dem Baumstamm, das Kürbisfeld, das Waldstück. Nadja löst ihre Lippen wieder von seinen, er öffnet die Augen, und die Wahrnehmung zieht sich in seinen Körper zurück. Er steht auf in einem letzten Versuch, die Kontrolle zurückzuerlangen.

»Was ist?«, flüstert Nadja.

»Man soll aufhören, wenn's am schönsten ist.«

»Dann bleib noch etwas.«

Er schaut sie an, sie lächelt vieldeutig, dann öffnet sie den ersten Knopf seiner Hose, während sie mit ihrem rechten Handballen auf seinen Ständer drückt.


Trotz der Decke friert Henry, und davon wacht sie letztlich auf, und erst dabei registriert sie, dass sie geschlafen hat. Aber da waren eben doch noch Nadja und Sven bei ihr, sie waren zu dritt, sie waren die perfekte Gang. Beinahe eine – Henry richtet sich auf, und die Kälte in ihren Gliedern macht sie einsam –, beinahe eine Familie. Sie hat einen schalen Geschmack im Mund, und sie denkt an ihren Traum, sie denkt an Gordie, der mit seinen Kumpels aufgebrochen ist, um eine Leiche zu finden – ihr letzter gemeinsamer Ausflug, bevor sie alle ihre Leben starteten und ihrer Wege gingen.

Henry schaut in die leere Küche, dann in ihrem Zimmer nach. Dann richtet sich ihr Blick gen Decke, und eine Vermutung überkommt sie wie ein Eiswasserbad während eines Fieberschubs. Und auf dem Weg zurück ins Wohnzimmer, hin zu der Treppe und diese hinauf, zittern ihre Glieder vor Kälte, es wächst die stechende Vermutung mit jeder Stufe zu einer Gewissheit. Bevor sie die Tür zu dem Schlafzimmer erreicht, redet sie sich ein, was sie heute auf der Couch gedacht hat:

Das ist der beinahe literarisch vorausgedachte Lauf des Lebens. Und nun steckt sie selbst in der Lage, nicht nur zu durchdenken, sondern zu *fühlen*, und je näher sie dem Türspalt kommt, aus dem leises Licht und weiche Geräusche dringen, passiert etwas, von dem sie zwar gelesen, es aber nicht für möglich gehalten hat. Die Gefühle übernehmen den Körper, die Gedanken verlieren an Zusammenhang. Da fällt der Lichtspalt auf ihre Hand, und sie beobachtet, wie er mit ihrer Bewegung langsam ihren Arm emporwandert, bis sie der Schein der Nachttischlampe direkt im Auge blendet. Sie schiebt sich etwas weiter nach vorne, und so kommt das Bett in ihr Sichtfeld. Und das, was sie darauf sieht, wird sie ihr ganzes Leben begleiten. Es wird keine negative Erinnerung sein, keine schmerzhafte oder gar traumatische. Es ist das allererste Mal, dass sie Geschlechtsverkehr in all seinem physischen Vollzug sieht. Nie vorher hat sie sich Pornos angeschaut. Sie kennt alle Theorie dazu, klar, aber der Anblick dessen ist noch mal etwas ganz anderes, etwas sehr plastisches, sehr Realistisches, etwas gleichermaßen Intimes wie Brachiales. Es wird ihr im Gedächtnis bleiben als ein Idealbild von Sex. Das, was er in seltenen Momenten im Leben von zwei glücklichen Menschen ist: eine Verschmelzung. Zuerst sieht sie das nackte rechte Bein von Nadja, das sich um Svens linkes Bein schlingt. Dieser liegt auf ihr drauf, die Knie angewinkelt auf der Matratze, in ihr drin, seine Ellenbogen neben ihrem Gesicht und küsst sie. Nadja hält sich erst an seinem Bizeps fest und lässt dann ihre Hände an seinem Rücken herunterwandern. Ihre lackierten Fingernägel – wann waren sie noch in diesem Nagelsalon? Heute? Gestern? Sie gemeinsam! Zu dritt! – kratzen über seinen Rücken und hinterlassen eine dünne, trockene Spur. Henry schaut sich kurz ihre eigenen Fingernägel an. Sie sehen genauso aus. Es könnten ihre sein, dort auf

Svens Haut. Eine Hand von Nadja setzt die Wanderung fort hin zu seinem Hintern, die andere fährt ihm durch sein Haar. Und Sven seinerseits vollführt langsame, sachte und oval kreisende Bewegungen mit der Hüfte, küsst dabei Nadja den Hals herab zu ihrem Schlüsselbein, und ihr Blick wandert über die Zimmerdecke, macht aber dabei den Anschein, durch sie hindurchzuschauen. Dann, mit einem Mal, fällt ihr Blick auf Henry. Diese steht wie angewurzelt da, kann sich nicht bewegen – kommt gar nicht auf den Gedanken, da abzuhauen. Nadja schaut sie an, nimmt sie wahr und wiederum auch nicht. Sie verzieht ihr Gesicht in eine lustvolle Grimasse, löst den Blick aber nicht von Henry. Sie lächelt, lächelt sie? Und da kommt es Henry so vor, als wäre sie ein Teil dieses Akts. Die Einheit zwischen den Frauen ist so intensiv, dass sie auf einmal auch Sven bewusst wird. Er blickt sich um und entdeckt Henry. Er lächelt, murmelt ein »Scheiße«, zieht sich aus Nadja zurück, richtet sich auf, sodass Henry seine Nacktheit und seinen steifen Penis sehen kann. Sven lehnt sich vor zur Tür und sagt den Satz, der Henry mehr verletzt als der Umstand an sich. »Lass die Erwachsenen mal alleine«, sagt er gutmütig und stößt die Tür von innen zu.

# 53

Henry kann nicht aufhören zu weinen. Sie friert, es ist dunkel, und sie weiß nicht, wo sie ist. Die Äste der Büsche peitschen ihr ins Gesicht, und zu allem Überfluss hat es angefangen zu regnen. Sie stand noch eine ganze Weile vor der geschlossenen Zimmertür. Sie hörte Nadja und Sven drinnen tuscheln, sogar unterdrückt lachen. Die Düsternis umhüllte sie wieder, noch immer war ihr kalt. Nur wenn sie an sich herabschaute, sah sie einen Streifen Licht unter dem Türschlitz auf ihre Füße fallen. Dieser und die Ausgeschlossenheit waren alles, was ihr von der anderen Seite geblieben war. Die Einsamkeit umschloss sie lautlos und eisern.

Sie ging wie paralysiert die Treppe hinunter und in ihr Zimmer, holte den Rucksack hervor, stopfte unkoordiniert Sachen hinein, zog sich ordentlich, aber geistesabwesend Jacke, Mütze und Schal über und verließ das Bauernhaus über die Terrasse.

Die Tränen kommen Henry erst nach zwanzig Minuten, als sich langsam die gläserne Glocke von ihr hebt, die alle Emotionen ausgesperrt hat. Jetzt lässt sie ihren Gefühlen freien Lauf und weint, nein, sie heult bitterlich, unfähig zu erfassen, was das alles ist, was sie da beutelt. Ein Wirrwarr aus Verlust, Endlichkeit und Zurückgelassensein. Der Regen durchnässt sie allmählich, die Dunkelheit macht die Welt zu einer schwarzen Wand. Und bald finden ihre Füße in den durchnässten Schuhen den Weg zu den Zuggleisen, folgen ihnen bis zu dem kleinen pittoresken Bahnhof, an dessen Steigen die Lampen gelbe Kegel in den strömenden Regen werfen.

Eine Leuchtanzeige über dem Bahnsteig verkündet den Betriebsschluss. Also kein Zug mehr vor morgen früh. Henry zieht verdrossen die klare, kühle Luft ein und will sich im kleinen Wartehäuschen unterstellen, da entdeckt sie darin eine Katze. Sie sitzt regungslos und mustert Henry mit großen gelben Augen, die sich deutlich von dem grauen Fell und der Dunkelheit absetzen. Unschlüssig, was sie tun soll, steht Henry einen Moment da – das Tier umgibt eine paradoxe Aura von Bedrohung und Zutrauen –, als sie eine Bewegung aus dem Augenwinkel ausmacht. Die Leuchtanzeige blinkt und kündigt doch noch einen Zug an, und Henry macht in der Ferne zwei nahende Scheinwerferlichter aus. Als sie zurückschaut, ist die Katze verschwunden.

Ihr Höhepunkt verebbt gerade, und Marion hält sich die Hand ermattet an die Schläfe. Das Tetrahydrocannabinol in ihrem Blut lässt sie die Empfindungen intensivieren, die Gefühle verstärken und ihr vor Freude die Augen glasig werden. Anfangs war Thomas skeptisch, als sie ihm ihre Errungenschaft in die Hand drückte. Wie früher kam ihm die Aufgabe zu, den Joint zu rollen. Denn wenn sie das selber machte, zerkrümelte er schon beim Anzünden. Thomas zerlegt eine der Marlboros, die Marion im Späti gekauft hat, nimmt den Tabak, legt ihn auf ein Blättchen und streuselt das Gras darüber. Als Thomas vom ersten Zug keuchend hustet, amüsiert sich Marion noch. Doch dann ergeht es ihr genauso. Nachdem beide abgehustet haben, kommt der erste Schwindel vom Nikotin. Beide haben ihre letzte Zigarette vor Jahren auf irgendeiner Party geraucht.

Marion hört Thomas lachen, wie jedes Mal, wenn er wie ein Pferd, oder den Geräuschen nach wie ein Walross, gekommen ist. Es ist so herrlich, wenn er lacht. Und es ist herrlich, dass er jetzt lacht. Marion stimmt mit ein und drückt ihn noch fester an sich heran und mit dem Becken tiefer in sich hinein. Und wieder lacht Thomas auf ihr Schlüsselbein und umfasst mit beiden Händen ihre Brüste, liebkost sie mit vollem Gesichtseinsatz, und sie stemmt sich in einem neuerlichen Anflug von Geilheit mit ihrem Becken gegen seines. Erschöpft lässt er seinen Kopf auf ihrer Brust liegen, und sie streichelt ihm über den Rücken. Vor Gänsehaut schüttelt er sich wohlig.

Marions Gedanken schweifen ab. Zu all dem, was die Tage passiert ist. Und es fühlt sich zwar präsent an, aber nicht bedrohlich. Eher wie eine Aufgabe, die sie gemeinsam zu meistern im Begriff sind. Es ist alles ein riesiges Chaos, aber irgendwie ist auch alles gut. Er zieht sich aus ihr zurück, und schon vermisst sie ihn in sich drin. Wie konnte sie so lange ohne?

»Woran denkst du?«, will er von ihr wissen.

*An nichts*, will sie sagen. »Ich will das bald noch mal«, antwortet sie stattdessen.


Da klingelt das Telefon. Das elektronische Geräusch passt so gar nicht mehr in ihre Realität. Marion schiebt Thomas liebevoll von sich, der so liegen bleibt, wie er von ihr herunterrutscht, und sie geht im Dunkel der Wohnung zum Telefon und hebt ab.

»Hallo?« Das Sperma ihres Mannes fließt an der Innenseite ihres Schenkels herab.

»Guten Abend, spreche ich mit Frau Angermeier?«

»Das tun Sie.«

»Sie können Ihre Tochter jetzt abholen.«

»Wie bitte? Wer ist denn da?«

»Mein Name ist Schulz vom DB Service. Sie können Ihre Tochter jetzt abholen. Ich muss Ihnen leider mitteilen, Frau Angermeier, dass Ihre Tochter ohne Ticket mit der Regionalbahn gefahren ist und von einem unserer Zugbegleiter erwischt wurde.«

Marion lacht auf: »Danke, das ist ja ganz wunderbar!«

# 54

Der Mensch, erst recht der Deutsche, glaubt, ohne Statisti-
ken nicht überleben zu können. Alles und jeden liebt er,
unter eben statistischen, soziologischen oder demografischen
Gesichtspunkten in Kohorten zusammenzufassen. Die Alters-
und Geburtenkohorten nennt er »Generationen«, und als wäre
das nicht schon genug, ordnet er ihnen auch noch gewisse
Charaktereigenschaften zu und versieht sie mit einem Etikett.
Einig ist man sich darüber, dass eine Generation – Pi mal
Daumen – 15-25 Jahre beträgt, und so kommt man seit Anfang
des Zweiten Weltkriegs auf 5 bis 6 davon. Menschen, die 1928
bis 1945 geboren wurden, sind die Kriegskinder, die soge-
nannte stille Generation, die geprägt wurde durch den Welt-
krieg, den Wiederaufbau, Entbehrungen und harte Arbeit;
gefolgt von den Babyboomern bis 1964, die mit dem Kalten
Krieg, dem Wirtschaftswunder, der Frauenbewegung und der
68er-Revolution aufgewachsen sind. Die Etiketten danach
sind weniger einfallsreich, so folgen nämlich die Generationen X bis 1980 – Fall der Mauer, Ende des Kalten Krieges –, Y
bis 1996 – weltweiter Terror, digitale Revolution – und Z
bis 2012 – Globalisierung, Veränderung des Klimas, globale
Migration und so weiter und so fort. Womit die Demografen
nicht gerechnet haben, ist, dass die Menschheit das Ende
des Maya-Kalenders überlebt, denn jetzt ist das Alphabet zu

Ende – aber was wir besonders gut können, ist, wieder von vorne anfangen. Die Generation A für Alpha, die mit dem Handy in der Hand aufwächst und mehr mit Gegenständen kann als mit anderen Menschen.

Das Gemeinsame aller Generationen wie das Perfide ist, dass die eigene eine Zeit lang *state of the art* ist, nur um irgendwann bald, sehr bald, von der nächsten abgelöst und aus der allgemeinen und der eigenen Aufmerksamkeit getilgt zu werden. Fühlte man sich vorher noch als Weltveränderer, ist man schneller ein altes Eisen, als man »Revolution!« rufen kann. Man will sein Leben der globalen Tugend widmen, doch gute Taten gelten daher als tugendhaft, weil sie der menschlichen Natur zuwiderlaufen.

Die Erkenntnis hat ihr Gutes. Eine Innenschau beginnt, und der Mensch kommt mit einer gewissen Selbstzufriedenheit in der eigenen Mittelmäßigkeit an. Die Mitglieder abgelöster Generationen zeichnen sich dadurch aus, zu wissen, was sie können und was nicht. Um in dem eisernen Griff des Schicksals, der einen mit vollendetem Können am Schlafittchen packt, gleichgültig und *erwachsen* wahlweise mit den Schultern zu zucken oder den Augen zu rollen. Von der wilden Zeit geblieben sind nur noch schale Erinnerungen an die Träume.

Dann, die Jugend ist nicht mehr haltbar, trabt man auf den gnädigen Pfaden der vorangegangenen Generationen. Bald ist man bestrebt, sich den Tag zu verkürzen, indem man nicht mehr an die Welt, sondern an sich selbst denkt. Diejenigen, die das ausgesprochene Glück haben, nicht nur gedankenlos, sondern auch noch etwas dümmlich zu sein, vergessen gar, wovon sie einst träumten. Sie fragen sich nicht mehr, was ist die Welt, und wie wird sie sein, wenn ich mal nicht mehr bin?

Die Welt existierte Jahrmillionen vor mir und auch noch nach der Menschheit, wer glaubst du, *bist* du, dass du denkst, wir hätten daran was geändert? Sie machen sich die Zeit zu ihrer Verbündeten und überlegen, wie sie die kurze Stippvisite hier so angenehm wie möglich gestalten können. Sie fragen sich: Wer bin *ich*? Sie kommen auf die Idee, dass sie nur durch einen anderen Menschen erkennen können, wer sie sind, und so verlieben sie sich und knüpfen Bande. Sich-Verlieben ist das sublime Verlangen nach Identität.

# 55

Gebannt schaut Marion Henry beim Essen zu. Sie sitzt direkt neben ihr und will am liebsten in sie hineinkriechen. Ohne Unterlass streichelt sie ihr über den Kopf, die Schulter oder den Rücken. Es ist inzwischen weit nach Mitternacht. Marion und Thomas haben Henry am Bahnhof abgeholt und überglücklich nach Hause gebracht. Jetzt verschlingt sie die letzte Maultasche von Frau Reiser. Marion mustert ihre Tochter. Sie wirkt anders. Was ist mit ihr passiert? Sie hat sich schon sehr beherrschen müssen, um sie nicht sofort nach dieser furchtbaren neuen Frisur zu fragen. Eine lila Strähne und an einer Seite kurz geschoren? Das sieht nicht nur asymmetrisch aus, sondern auch noch sehr nach Berliner Randbezirk. Aber was weiß sie schon? Marion schmunzelt, als ein Schwall von Liebe und Bewunderung für ihre Tochter sie durchspült. Als sie so alt war wie Henry, hatte sie Haare, die ihr bis zum Poansatz gingen. Ihre Mutter hat sie gepflegt und gehegt. Eines Tages stand Marion eine geschlagene Stunde vor dem Friseursalon, wo ein Foto von Drew Barrymore mit ihrer Bobfrisur hing. Sie musste noch mal eine Stunde mit dem Friseur diskutieren, bis sie sich selbst die Schere nahm und den ersten Schnitt tat. Er bestand darauf, ihr die Haare in einer Tüte mitzugeben. Sie hat sie, stolz auf ihren Bob, auf dem Weg nach Hause entsorgt. Ihre Mutter hatte einen über alle Maßen befriedigenden Wutanfall.

Jetzt fallen Marion Henrys Fingernägel auf. Hat sie da wirklich künstliche Nägel aufgeklebt? Mit einem Farbverlauf von Weiß zu Blau zu Lila? Mit Strasssteinchen?

»Willst du darüber reden, wo du warst?«, fragt Thomas vorsichtig, hält sich an seiner Kaffeetasse fest. Marion schaut ihn streng an. Henry schüttelt den Kopf. Sie hat bisher noch kaum etwas gesagt, und Marion zeigt sich von einer schier unbekannten Seite, indem sie ihre Tochter mit nichts nötigt, das zu ändern. Henry setzt den Teller an den Mund, um die Brühe zu trinken. Dann sagt sie:

»Weißt du, warum die Katzen den Menschen nicht gefunden haben? Und warum nie wieder ein Zug da gehalten hat, wenn er am Bahnsteig stand?«

Thomas schaltet, dann schüttelt er den Kopf. »Weil er unsichtbar geworden ist?«

»*Nope*«, lächelt Henry, »das ist doch total unlogisch. Er ist selber zu einer Katze geworden.«

»Ja, das macht Sinn. Aber du bist keine Katze geworden.«

»Doch. Wieso hat sie uns Maultaschen gemacht?«, fragt Henry und wechselt unvermittelt das Thema.

»Sie wollte uns unterstützen«, meint Thomas, der ihr das durchgehen lässt, »sie hat sich Sorgen gemacht.«

»Du kennst sie doch. Sie hat Anteilnahme geheuchelt, um zu erfahren, wie es um dich steht«, erklärt Marion.

Henry wischt mit dem Finger den Rest der Brühe aus dem Teller, lutscht ihn genüsslich ab. Marion beobachtet das, sieht aber in diesem Moment davon ab, dass das Dinge sind, die man am Tisch nicht macht und die zu vermeiden man einem zwölfjährigen Kind längst beigebracht haben sollte. Aber wer ist schon *man*?

»Vielleicht sollte ich öfter mal verschwinden, wenn sie uns dann bekocht.«

Henry geht in die Küche, holt sich den Topf von Frau Reiser, geht wortlos an ihren Eltern vorbei zur Wohnungstür hinaus. Marion wirft Thomas einen fragenden Blick zu, den er mit einem Schulterzucken beantwortet. Sie gehen ihrer Tochter hinterher und sehen noch, wie sie die Stufen zu Frau Reiser hochsteigt.

Henry klopft und wartet. Klopft und wartet noch mal. Von drinnen hört sie gedämpfte Geräusche, dann öffnen sich diverse Schlösser und Frau Reiser öffnet die Tür. Erst misstrauisch, danach verwundert schaut sie durch den Spalt, dann enthakt sie die Kette, knotet sich die Schnur des Morgenmantels enger um den Körper und streicht sich durch ihre nächtlich exzentrische Frisur. Henry reicht ihr den Topf, den sie noch immer wortlos entgegennimmt.

»Vielen Dank für die Maultaschen«, meint Henry, »sie waren köstlich. Waren Sie heute schon vor der Tür? Es ist außergewöhnlich mild. Ich wünschte, der Regen würde aufhören. Ich bin die ganze Nacht wie eine Verrückte durch die Pampa gerannt. Aber was soll man machen? Na ja, gute Nacht!« Damit wendet sich Henry von ihr ab und geht die Treppe hinunter. Unten warten ihre Eltern, und beide grinsen von einem Ohr zum anderen.

Tageslicht weckt Henry. Ihr Bewusstsein braucht ein paar Sekunden, um sich mit ihrer Umgebung abzugleichen. Sie ist im Wohnzimmer ihrer Eltern. In Berlin. Nicht im Bauernhaus. Sie ist auf der Couch eingeschlafen. Und neben ihr ihre Eltern. Ihr Blick fällt auf ihren Vater, der in ungemütlicher Pose, den Kopf hinten auf die Lehne gekippt, mit regelmäßigen Atemzügen durch einen Traum pflügt. Henry hat mit dem Kopf auf dem Schoß ihrer Mutter geschlafen, und Marion hat sich seitdem nicht bewegt. Henry bemerkt, dass sie schon wach ist, oder noch immer. Marion lächelt sie weich an.

»Guten Morgen«, flüstert Marion. Henry richtet sich auf.

»Auf, auf, sagt der Fuchs zum Hasen«, antwortet Henry.

»… hörst du nicht die Jäger blasen?« Marion lächelt.

»Hast du gar nicht geschlafen?«

Ihre Mutter schüttelt den Kopf. »Oder doch, bestimmt bin ich kurz eingeschlafen. Ich weiß es nicht mehr.«

Henrys Blick fällt aus dem Fenster. Der Kirchgarten gegenüber ist von der Herbstsonne beschienen. »Wieso sind wir nicht ins Bett gegangen?«

»Du hast so süß geschlafen.«

Henrys Erinnerung schiebt die Gaze beiseite, und ihr werden all die letzten Tage bewusst, die vielen Eindrücke, die schönen Momente und mit ihnen die Schmerzen. Ihre Hand wandert zu dem kleinen Anhänger aus Gold, den sie noch immer um ihren Hals trägt. Ein Mond, der nur halb voll ist. Marion streichelt Henry über die neue Frisur.

»Hast du Kummer?«, fragt sie, denn ihr fällt auf, wie sehr sie in Henrys Gesicht lesen kann.

Henry schaut ihre Mutter an, ihre schönen blaugrünen Augen. Henry nickt sanft.

»Hast du dich verliebt?«, fragt ihre Mutter nach.

Henry presst ihre Lippen aufeinander und lässt sich zurück auf Marions Schulter sinken, und diese umschließt ihren Kopf mit ihren Händen. Henry denkt an Sven, der Liegestütze macht; wie er auf den Kürbis schießt und flucht, als das Gewehr nicht losgeht; wie er nicht imstande ist, mit Henrys Lügengeschichten mitzuhalten; seine Liebe zum Mond; seine leuchtenden Augen und die langen Wimpern; sein Geruch. Marion streichelt ihre Haare und küsst ihre Tochter mit mütterlichem Stolz auf den Scheitel. Und Henry fällt auf, dass sie inzwischen aufzählen könnte, was sie mag, wenn sie einen Jungen, der um sie wirbt, am Märchenbrunnen im Volkspark treffen würde: alle Arten von Geschichten, Lesen, auf Kürbisse schießen, Auto fahren, den Mond, die Wiese hinter ihrem Haus und Sven.

»Erzähl mir«, bittet Henry ihre Mutter mit belegter Stimme, »wie du und Papa früher durch Mexiko gelaufen seid und wie ihr Flamenco getanzt habt.«

Und Marion fängt an zu erzählen. Erst leise und schüchtern und bald aufgeregter gestikulierend mit Händen und Füßen, und ihre Augen beginnen zu leuchten.

# 56

Marion ist zwanzig Minuten vor der Zeit. Um 15 Uhr ist der Termin mit Klaukien. Am Telefon hat er sie gebeten, alleine oder nur in Begleitung mit Thomas ins Dezernat zu kommen, und eben, als sie viel zu früh in seinem Büro sitzt, eröffnet er ihr, dass es eine Festnahme gab. Er möchte Marion bitten, in einer Gegenüberstellung unter sechs Kandidaten denjenigen zu erkennen, der das Auto geklaut hat. Ihre Skepsis hat er ihr genommen und sie beruhigt, dass es durch einen Einwegspiegel passiere. Sie also die Kandidaten sehe, diese sie aber nicht.

»Wie im Fernsehen?«

»Wie im Fernsehen.«

»Wenn es der richtige Mann ist, also der Täter, dann wissen Sie es doch, weil er das Auto hat?«, fragt sie nicht ohne Hoffnung in der Stimme. Die ihr sogleich von Klaukien genommen wird.

»Das ist das Problem. Das Auto ist noch nicht wieder aufgetaucht. Es ist wie verschwunden. Wenn Sie den Täter identifizieren, haben wir ein Druckmittel, im Verhör noch expliziter auf das Auto einzugehen.« Die Aufzeichnung aus dem Einkaufszentrum, erläutert Klaukien auf Marions Nachfrage, sei leider zu undeutlich und könne allenfalls als Indiz herhalten; und die Angestellte aus dem Nagelstudio lebe nicht mehr in Deutschland und sei noch nicht ausfindig gemacht worden.

Marion schlendert den kalten Flur der Polizeistation entlang und wartet darauf, dass Klaukien sie abholt. Der Boden ist mit grünem Linoleum ausgelegt, das auf jeden Schritt mit einem Quietschen reagiert, es riecht nach Putzmittel, und an den Wänden hängen Poster vergangener Polizei-Werbe-kampagnen. Sie steuert auf einen Platz auf einer Holz-bank zu.

»Ist hier noch frei?«, fragt Marion eine lesende Frau, die daraufhin ihren Mantel von der Sitzfläche nimmt. »Danke.« Marions Blick fällt auf das Buch, und sie lächelt. »Sie interes-sieren sich für Südamerika?«

Die Frau schaut überrascht zu Marion, guckt dann auf das Cover, als habe sie schon vergessen, was sie da liest. »Ach ja, na ja. Das hab ich mir geborgt von einer Freundin.«

»Das ist ganz gut.«

»Ja? Kennen Sie es?«

»Ja, ich habe es verschlungen.«

»Ich kann auch nicht mehr aufhören zu lesen. Es weckt in mir so ein Fernweh. Ich bin noch nie weit aus Berlin heraus-gekommen.«

Marion lächelt milde. »Und mein Fernweh hat es gestillt. Wenigstens für den Moment.«

»Das sollen Bücher doch können, oder?«

»Was?«

Die Frau versucht sich zu erinnern. »Bücher ersetzen Erfah-rungen, die man selber nicht machen kann.«

Marion mustert die junge Frau. »Das ist gut gesagt.«

»Habe ich von einer Freundin.«

Marion fallen jetzt die künstlichen, bunt lackierten Fingernägel der Frau auf. Ihre Frisur an der Seite kurz rasiert und mit einer lila Strähne.

»Die Freundin, der das Buch gehört, die hat wahrscheinlich auch viel davon geträumt, zu verreisen.«

»Ich glaube, ja …« Die Frau kann den emotionalen Unterton noch nicht ganz einordnen.

»Aber dann hat das Leben doch etwas ganz anderes mit einem vor. Und ehe man es sich versieht, ist man jemand ganz anderes geworden und hat die alten Träume vergessen.«

Die Frauen schauen sich in die Augen. Marion fährt fort:

»Man bekommt eine Tochter und schiebt alle Träume auf, bis es zu spät ist.«

In dieser Sekunde, die lange andauert, sitzen einfach nur zwei Frauen auf einer Bank, und nichts um sie herum existiert.

Marions Gesprächspartnerin braucht länger, bis sie antwortet. »Ich finde ja, das ist falsch. Der Satz mit den Erfahrungen. Man sollte alle Erfahrungen machen, die man machen will. Man muss sich nur dafür entscheiden. Und nicht die Verantwortung für sich selber wegschieben. Zu spät ist es nie, der zu werden, der man ist.«

Marions Augen bekommen ein freundliches Glitzern. Die Frau, deren Hände zittern, schlägt das Buch zu und gibt es Marion zurück. Diese legt ihre Hand auf die der Frau.

»Henry hat Sie sehr lieb gewonnen. Sie beide.«

Die Gelegenheit, eine Träne wegzuwischen, nutzt die junge Frau, um sich Marions Berührung zu entziehen. »Wir sie auch, sehr.« Jetzt schaut die Frau Marion an. »Um ehrlich zu sein, wir vermissen sie furchtbar.«

Marion weiß nicht, wie sie reagieren soll. »Sie … Sie können uns ja mal besuchen kommen.«

Das bringt die Frau zum Lachen. »Das wäre ja was!«

Marion lacht auch. »Ja, das wäre was.«

Die Frau wird wieder ernst. »Es war so furchtbar festzustellen, dass Henry gegangen ist. Aber natürlich hätte das nie gut gehen können. Auf Dauer. Es ist doch besser so, alles.« Nadja atmet tief ein und aus. »Es tut mir alles sehr leid, bitte glauben Sie mir das.«

Marion deutet ein Kopfschütteln an. »Bitte, es ist OK. Henry hat mir alles erzählt. Sie wussten ja nichts davon. Meine Tochter ist sehr gut darin, Geschichten zu erzählen.«

»Ich *wollte* diese Geschichte aber auch glauben.« Und nach einer Pause setzt die Frau hinzu: »Ich wusste Bescheid.«

»Bitte?«

»Ich habe von Anfang an gedacht, dass da was nicht stimmt. Und dann habe ich die Zeitung gesehen mit dem Artikel.« Jetzt kann die Frau die Tränen nicht mehr zurückhalten. »Aber ich habe es für mich behalten. Ich habe die zwei ihre Show abziehen lassen.«

»Aber wieso?«, kann sich Marion nun doch nicht verkneifen zu fragen.

»Henry tat mir so gut. Sie tat uns so gut. Sie hat uns gerettet, irgendwie. Es war die schönste Zeit meines Lebens.«

Marion holt aus ihrer Tasche ein Taschentuch und reicht es der Frau. »Das hat Henry auch gesagt.«

»Sie sind gar keine Rabenmutter.«

Marion lächelt matt und schlägt das Buch auf und überfliegt das Motto am Anfang: Die schwerste Sünde, die ein Mensch begehen kann, liest sie da, sei es, im Leben nicht glücklich zu sein.

Zwei Dutzend Meter weiter tritt KHK Klaukien aus einem Büro und gibt Marion ein Zeichen. Sie nickt ihm zu, verstaut das Buch, nimmt sich Mantel und Tasche, steht auf.

»Auf Wiedersehen.« Sie reicht der Frau die Hand. Diese aber steht auf und drückt Marion. Nach einem zögerlichen Moment erwidert Marion die Umarmung.

In diesem Zimmer ist es so still, dass Marion ihren Puls-schlag in den Ohren hört. Das einzige Licht fällt durch die große Fläche des halbdurchsichtigen Spiegels. Von ihrer Seite kann sie in den Nebenraum blicken, die Menschen aber, auf der anderen Seite, sehen nur ihr eigenes Spiegelbild. Dort geht gerade die Tür auf, und sechs junge Männer betre-ten den Raum und nehmen in einer Reihe Aufstellung. Eine Beamtin verteilt Nummern. Marion erkennt Sven sofort. Ohne Zweifel ist das der Mann, der sich in ihr Auto gesetzt hat. Der sie durch die Scheibe angegrinst und dann ihre Toch-ter gestohlen hat. Und dessen Gesicht sie nie wieder verges-sen wird.

»Lassen Sie sich ruhig Zeit«, bittet Klaukien.

Es hat den Anschein, als schaue Sven sie direkt an, und sie erwidert den Blick. Er sieht gut aus, ja, da hat Henry recht. Sie kann auch verstehen, was sie an ihm attraktiv findet. Aber auf Marion wirkt er …

»Nein«, hört Marion sich sagen, »er ist nicht dabei, tut mir leid.«

»Sind Sie sicher? Nehmen Sie sich noch einen Moment.«

»Nein, danke. Ich bin mir sicher. Der Entführer ist nicht dabei.«

Zurück auf dem Polizeiflur, hält Marion der Frau das Buch hin. »Bitte, behalten Sie es. Es lohnt sich.« Die Frau nimmt es zögerlich an sich.

»Aber vielleicht können Sie uns bei Gelegenheit das Re-zept für die Kürbis-Mango-Pasta zukommen lassen?«, sagt Marion.

Die Frau lächelt und nickt.

»Schön! Danke für alles.« Marion wendet sich ab und geht.

In den folgenden fünf Jahren wird Henry immer wieder an Sven denken, und dann endlich trifft sie ihn das erste und letzte Mal wieder. Henry ist inzwischen siebzehn Jahre alt und hat das Kind, von dem sie sich auf dem Feldweg beim Schuss auf Bambi verabschiedet hat, zurückgelassen und ist in den neuen Zustand, der damals begann, längst hineingewachsen. Henry zieht ihre enge, hellblaue Bluse an, nicht bis ganz oben zugeknöpft, und dazu die enge Jeans. Ihre Haare, die inzwischen über schulterlang sind, lässt sie offen. Dezent trägt sie Make-up auf, einen sanften Lipgloss und dünnen Kajal. Sie will, dass Sven sie als Erwachsene sieht, und vor allem: als Frau.

Sven hat bei dem Treffen nicht viel Zeit, vielleicht vermutet er gar eine Falle, weil das Auto seit damals nicht mehr aufgetaucht ist. Er hat inzwischen seinen Realschulabschluss nachgeholt und hat einen Job in einer Werkstatt, der ihn ausfüllt. Er sieht unbeschreiblich besser aus als damals, findet Henry. Er ist gereifter, männlicher, bereiter. Und auch von dem Strahlen haben seine Augen nichts eingebüßt. Vor dem Treffen sind Henrys Hände feucht, und Schmetterlinge fliegen im Bauch, während des Treffens fehlen ihr die richtigen Worte, und danach – und noch lange danach – verstärkt es die Leere in ihr, mit der zu leben sie sich abgefunden hat.

Noch mal ein paar Jahre später, Henry steht vor ihrem zweiten Staatsexamen, hat sie erneut versucht, Sven ausfindig zu machen, aber diesmal erfolglos. Nadja, findet sie leicht heraus, hat einen Nigerianer geheiratet und ist weit weggezogen. Von Sven aber findet Henry nicht die geringste Spur. Und selbst das Studium der Todesanzeigen bringt ihr keine neue Erkenntnis. Er ist wie vom Erdboden verschluckt. Mit wem verbringt er sein Leben? Und würde er hin und wieder an Henry zurückdenken und an das, was sie gemeinsam erlebt hatten? Das ihnen niemand nehmen kann und das sie auf immer verbindet? Ist ihm bewusst, dass sie, Henry, von irgendwoher auf der Welt den gleichen Mond anschaut und er sie dabei alleine lässt?

Diese oder ganz ähnliche Gedanken kreisen ohne Unterlass in Henrys Kopf. Wahrscheinlich müsste Henry erst in die Welt mit den zwei Monden zurückkehren, um Antworten zu bekommen … Und bis dahin lebt Henry tagein, tagaus ihr Leben, in dem sie stets Sven, oder jemanden, der so ist wie er oder zumindest seinen Platz auszufüllen imstande ist, schmerzlich vermisst. Sie lebt für die Illusion eines kompletteren Lebens. Und jede Nacht wandert ihr Blick hoch in den Himmel.

Die zwei Monde würden nie wieder auftauchen. Die Psychoanalytikerin, die sie sich irgendwann aufzusuchen zwingt, legt ihr nahe, sich glücklich zu schätzen, dass sie wenigstens ein Mal im Leben einen solchen Menschen treffen durfte. Und sie zitiert einen kleinen, weisen Mann: »Nur unerfüllte Liebe kann romantisch sein.« Und Henry lernt irgendwann, ihren Blick in die Gegenwart zu richten und zu schätzen, was sie erlebt hat. Endlich lernt sie, freie Entscheidungen zu treffen und das Leben anzunehmen.

Nur manchmal, in lauen Herbstnächten auf dem Baumstamm in Gransee, wandern ihre Gedanken zu dem Ausflug, den ihre Seele einst unternommen hat.

# EPILOG

Der Rucksack wirkt beinahe so groß wie Louise selbst. Dennoch trägt sie ihn wacker den schmalen Grat entlang, auf dessen einer Seite es ein paar hundert Meter in die Tiefe geht, aber dafür auf der anderen ein paar hundert Meter in die Höhe. Die Sonne ist so kräftig, dass sie trotz der kühlen Temperaturen hier oben schnell einen Sonnenbrand bekommt. Gut, dass Louises Mutter auf dem Hut beharrt hat, auch wenn Louise findet, sie sehen albern aus, alle drei mit den gleichen Hüten, die sie sich unten in Cusco gekauft haben. Geradezu peinlich. Im Rucksack befinden sich neben den Klamotten, die sie beim letzten Stopp mal wieder gewaschen haben, den Regensachen, dem Zelt und dem Schlafsack ihr E-Reader, den ihr Opa letzte Weihnachten geschenkt hat. Vorausgegangen war eine Diskussion, weil Louise darauf bestand, auf den Südamerika-Trip ihre Bücher mitzunehmen. Ihre Mutter hatte sie aber für verrückt erklärt – Kilometer für Kilometer den Zusatzballast mitzuschleppen! Einerseits schade, dass ihr Opa nicht mitgekommen ist. Andererseits aber schön. Louise, ihre Mutter und ihr Opa haben diese Reise ihrer Oma geschenkt. Und es war klar, es wird ein Frauentrip. Drei Generationen der Familie in Peru. Louise lernt seit zwei Jahren in der Schule als zweite Fremdsprache Spanisch – ihre Mutter ist fasziniert, wie flüssig sie es sprechen kann. Schon früh hat Louise das

Fernweh gepackt, und sie hat sich an fremde Orte geträumt. Wenn sie älter ist, will sie weit weg von Berlin, will sich die Welt erobern, viele Sprachen lernen und fremde Kulturen erforschen.

»Kommst du endlich?«, ruft ihr Henry zu.

»Ja, Mama!«, ruft Louise, steckt den goldenen Halbmond-Anhänger an der dünnen Goldkette, den ihre Mutter ihr zum zwölften Geburtstag geschenkt hat, zurück ins Shirt, beschleunigt ihren Schritt und folgt ihrer Mutter und ihrer Großmutter den Berg hinauf.

# Mango-Kürbis-Spaghetti à la Nadja

Zutaten für vier Personen

750 Gramm (Butternut)-Kürbisfleisch (Würfel)
3 kleine Zwiebeln
Muskat
2 Knoblauchzehen
1 Becher Crème fraîche
500 ml Gemüsebrühe
Weißwein
1 reife Mango
3 EL Olivenöl
400 Gramm Pasta
Zucker
Thymian
Roher Schinken zum Anbraten
Pinienkerne

Wer die Mango weglassen möchte, kann stattdessen 25 Gramm geriebenen Parmesan zum Binden nehmen. Aber Mango zusammen mit Parmesan schmeckt nicht allen.

Zubereitung wie beschrieben. Ohne Manieren essen. Guten Appetit.

# Ich danke

Marion Kohler, die wohl etwas in mir gesehen und mich zu Random House geholt hat;

Nadja Kossack, meiner lieben Agentin, Verbündete und Freundin, die Marion Kohler bezirzt hat;

ihrem Mann Lars Schultze-Kossack;

meinem Filmagenten Jochen Doell;

Maren Arzt, der tollen Lektorin, die mich durch den Dschungel debütantischer Stilblüten leitet;

meinen Coaches Petra Knauf und Martina und Frank Klimpel;

der Chansonsängerin Vivian Kanner, der ich außerdem den Witz mit Mutti und Vati in Amerika geklaut habe;

Holger Franke, der mir Rike vorgestellt hat und der und deren Familie ich dieses Buch widme. Wer wissen will, warum, soll sie fragen. Doch keine Angst! Sie ist keine Rabenmutter.

Denise Langenhan und Carsten Happe, die mit mir zusammen diese Geschichte geboren haben;

der Psychoanalytikerin Ursula Kemper-Krakowsky;

meinem Vater Peter Gottschick,

meinen Schwiegereltern Bärbel und Heinz-Josef Frische,

und

meinem Mann Christian Gottschick.

# Textnachweise und Inspirationen

Das Zitat von Sergej Lukianenko auf S. 7 stammt mit freund-licher Abdruckgenehmigung aus: Sergej Lukianenko, *Sternen-spiel. Roman. Aus dem Russischen von Christiane Pöhlmann.* Copyright © Wilhelm Heyne Verlag, München, in der Penguin Random House Verlagsgruppe GmbH, München 2009.

Die Liebesgeschichte mit den zwei Monden (S. 17) bezieht sich auf: Haruki Murakami, *1Q84. Roman (Buch 1-3)*, DuMont Verlag, Köln 2010/2012.

Das Zitat auf S. 75 »Man braucht nicht auf die Midlife-Crisis zu warten, man kann sein Leben auch schon mit Mitte zwanzig wunderbar gegen die Wand fahren« stammt mit freundlicher Abdruckgenehmigung aus: Olga Grjasnowa, *Die juristische Unschärfe einer Ehe. Roman.* Copyright © Carl Hanser Verlag GmbH & Co. KG, München 2014.

Der Abschnitt auf S. 286 ist inspiriert durch: Andreas Altmann, *Reise durch einen einsamen Kontinent. Unterwegs in Kolumbien, Ecuador, Bolivien, Peru & Chile*, DuMont Verlag, Köln 2007.

Penguin Random House Verlagsgruppe FSC® N001967

1. Auflage 2023
Copyright © 2021 by Penguin Verlag
in der Penguin Random House Verlagsgruppe GmbH,
Neumarkter Straße 28, 81673 München
Dieses Buch wurde vermittelt
durch die Literarische Agentur Kossack
Umschlaggestaltung: Favoritbuero
Umschlagabbildungen: © Oleg Senkov/shutterstock,
© Jacob_09/shutterstock, © Pongsak A/shutterstock,
© Daniel Fung/shutterstock
Satz: Leingärtner, Nabburg
Druck und Bindung: GGP Media GmbH, Pößneck
Printed in Germany
ISBN 978-3-328-10957-0

www.penguin-verlag.de

GREGOR SANDER

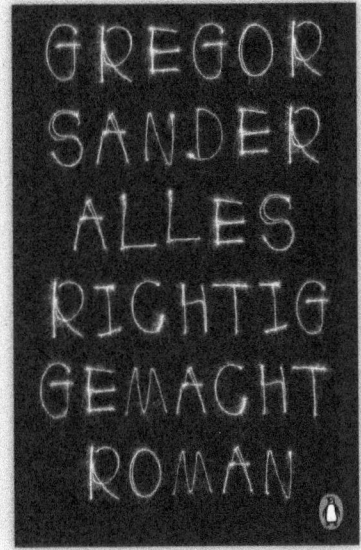

**Gregor Sander
Alles richtig gemacht**

Roman
Auch als E-Book erhältlich

# Freunde kommen, Freunde gehen, Freunde bleiben

Als es mit der DDR zu Ende geht, sind Thomas und Daniel noch jung, aber alt genug, um sich von der aufregenden neuen Zeit mitreißen zu lassen. Die ungleichen Freunde aus Rostock ziehen nach Berlin, das Leben scheint eine einzige Party. Doch irgendwann verschwindet Daniel. Als er Jahre später wieder auftaucht, wird Thomas' inzwischen bürgerliche Rechtsanwaltsexistenz gerade gewaltig durchgeschüttelt... Ein funkelnd-wunderbarer Roman über die frühen und späteren Jahre des wiedervereinten Deutschland und eine helle Feier der Freundschaft.

»Berührend, spannend, in Teilen wirklich unglaublich, aber dabei in jedem Satz glaubhaft.«

*Radio Bremen, Katrin Krämer*

Anne Müller
Sommer in Super 8
Roman

## Ein Roman wie ein heißer Tag am Meer ... bis das Gewitter kommt

In Claras Leben passiert alles Wichtige an einem Mittwoch. 1963 wird sie an einem Mittwoch in eine große Landarztfamilie hineingeboren. Die Mutter schön und klug, der Vater von Patienten geschätzt, weltmännisch und Gastgeber legendärer Partys. Clara bewundert ihren Vater – bis sie erkennt, dass sein Hang zum Alkohol und seine Eskapaden das Familienleben erschüttern. Und dann spitzt sich an einem Mittwoch alles zu ...
Mit feinem Humor erzählt Anne Müller vom Aufwachsen in einer scheinbar perfekten Familie – und lässt die 70er-Jahre mit Tritop und Super-8-Filmen wieder auferstehen.

 **PENGUIN** VERLAG